Ruth Warburton

Uma Bruxa Apaixonada

LIVRO DOIS

Tradução: Débora Isidoro

LeYa

Título original: *A Witch in Love*

Diretor editorial: Pascoal Soto
Editora executiva: Tainã Bispo
Produtoras editoriais: Pamela Oliveira, Renata Alves e Maitê Zickuhr

Tradução: Débora Isidoro
Preparação de texto: Poliana Oliveira
Revisão: Iraci Miyuki Kishi
Diagramação e adaptação de capa: Vivian Oliveira
Gerente de produção gráfica: Fábio Menezes

Dados Internacionais de Catalogação na Publicação (CIP)
Angélica Ilacqua CRB-8/7057

Warburton, Ruth
Uma bruxa apaixonada / Ruth Warburton; tradução de Débora Isidoro. – São Paulo: LeYa, 2014.

ISBN 978-85-441-0021-9
Título original: A Witch in love

1. Literatura inglesa 2. Ficção 3. Fantasia I. Título
II. Isidoro, Débora

14-0150 CDD–823

Índices para catálogo sistemático:
1. Literatura inglesa

2014
Texto Editores Ltda.
[Uma editora do Grupo LeYa]
Rua Desembargador Paulo Passaláqua, 86
01248-010 – Pacaembu – São Paulo - SP
www.leya.com.br

Para meu pai.

E para Meg, Kate e Eleanor.

NOTA DA AUTORA

Muitos textos contribuíram para a criação de *Uma bruxa apaixonada*, mas eu gostaria de mencionar alguns em especial que garimpei para as citações diretas.

O primeiro é o *Malleus maleficarum*, de Heinrich Kramer e Jacob Sprenger, que é citado pelos guardas de Anna no Capítulo Dezenove.

A dedicatória na primeira página da coletânea de John Donne – que Seth dá a Anna – contém versos tirados do poema "The good morrow", de Donne.

E, finalmente, o poema citado na carta da mãe de Anna é um trecho condensado de um sermão do Cônego Henry Scott Holland, parte de uma passagem algumas vezes chamada de "A morte não é nada". Eu o abreviei e acrescentei um verso que não está no original para atender aos meus propósitos.

As citações da Bíblia foram todas extraídas da versão King James[1].

---

1. A versão em língua portuguesa consultada na edição brasileira foi a Bíblia Almeida Corrigida e Revisada Fiel. (N. da E.)

CAPÍTULO UM

– Feliz Natal – eu digo e em seguida me inclino para beijá-lo.

Quando nossos lábios se encontram, sinto uma brisa de flocos de neve em torno de nossas cabeças.

– Droga. – Recuo sentindo meu rosto vermelho e quente, resultado de uma mistura de raiva e vergonha. A neve caiu sobre os cabelos escuros e cacheados de Seth e derreteu em cima da mesa do restaurante. Nenhum dos outros clientes percebeu, e Seth apenas abriu aquele sorriso largo, arrasador. Eu não retribuí o sorriso. Em vez disso, balancei a cabeça na direção dele, ainda com o rosto quente.

– Não sorria... Tenho que ter controle sobre isso, Seth.

– Desculpe. É que foi tão bonito.

Beleza não é bem a questão. Meus deslizes podem nos causar problemas sérios – talvez até nos matar, se eu não me controlar. Seth viu minha expressão e segurou minha mão por baixo da toalha de mesa.

– Está ficando mais forte, não é?

Concordo, balançando a cabeça.

Raramente a reação era a mesma: às vezes as plantas mais próximas floresciam de repente; às vezes o sol aparecia brilhante, apesar da chuva torrencial; às vezes todas as luzes piscavam como se houvesse algum problema de energia.

– Não se preocupe – disse Seth. – Ninguém notou.

Olho em volta e examino o restaurante de iluminação suave. Era verdade, todas as outras mesas estavam ocupadas por casais entretidos em suas conversas e famílias reunidas para as comemorações do Natal, todos preocupados demais para notar dois jovens e, menos ainda, a rápida precipitação de neve sobre a mesa deles. Tive sorte. Desta vez.

Olho de volta para Seth. Ele me observava em silêncio, as velas refletidas em seus olhos cinzentos. Seth havia se vestido com capricho para a noite, descartando os habituais e velhos *jeans* e a camiseta rasgada que usava para velejar por uma camisa branca e impecável – passada, inclusive –, aberta no colarinho, revelando a linha do pescoço e um triângulo de pele muito bronzeada dos dias passados à beira-mar. Ele era lindo, e eu ainda não conseguia acreditar que éramos um casal havia seis meses – mas voltei a me concentrar na questão importante.

– Alguém um dia vai notar. Lembra quando chamusquei a grama sob os nossos pés? Se não fosse um dia chuvoso, aquilo poderia ter se transformado em um incêndio na floresta.

– Mas *era* um dia chuvoso – Seth lembrou. – Portanto, não aconteceu nada. De certa forma, você tem algum controle sobre isso.

Algum controle. O problema era esse *algum*. Apoiei o queixo nas mãos.

– Isso não aconteceu com Emmaline.

– Emmaline teve dezessete anos para se acostumar com a condição de bruxa. Você teve seis meses, e seu poder cresceu durante todo esse tempo. Não é de surpreender que você esteja levando algum tempo para se acostumar com a situação. Teria que ser sobre-humana para lidar com uma mudança dessas imediatamente.

– E eu não sou sobre-humana. Na verdade, sou depressivamente medíocre.

– Não tem nada de medíocre em você, Anna – Seth protesta com firmeza. – E você vai *conseguir* lidar com isso. Eu sei que vai.

– Espero que sim. – Engoli o nó na minha garganta que deixava meu peito apertado e tentei sorrir. – O que fez você pensar que era uma boa ideia ter uma namorada bruxa?

– *Adoro* namorar uma bruxa. Neve repentina, panes elétricas e tudo isso. Eu não trocaria por nada.

– Ah, é? Mesmo com a constante preocupação com o clima? Você me ama de verdade, ou nosso relacionamento não passa de um efeito colateral prolongado de um encantamento acidental?

– Anna... – Seth falou, e havia um tom de advertência na sua voz. – De novo não. Pela última vez, isso *não* me preocupa. Se você se incomoda, vai ter que superar. Fim da história.

Mordo o lábio, lamentando ter tocado no assunto e ameaçado o clima de felicidade. Seth estava certo. Eu já tinha superado esses receios, eu *tive* que superar. Acabei com aquele encantamento de todas as maneiras possíveis – do ponto de vista de Seth, o assunto estava encerrado, a magia tinha acabado.

Eu não podia continuar nos atormentando com minhas dúvidas, nos castigando por um engano cometido havia muito tempo. E de qualquer jeito, durante seis meses eu vivia a vida de uma garota normal de dezessete anos, uma menina com um namorado lindo e adorável. Sem encantamentos. Sem magia. Bem – eu me corrigi, pensando naqueles flocos de neve –, *quase* sem magia.

E estava funcionando. Estávamos bem. Tudo estava bem. Desde que eu conseguisse me controlar, tudo ia ficar bem.

Óleo e água, sussurrou uma voz traiçoeira em minha cabeça quando levei à boca a última colherada do jantar.

Empurrei o prato para longe e senti uma náusea repentina.

No mesmo instante, o garçom apareceu e começou a limpar a mesa.

– Sobremesa, senhorita? Senhor? – Ele começou a recolher as migalhas com uma pequena faca de prata. – Café? Chá?

– Para mim não, obrigada. – Olho para Seth. – Quer alguma coisa?

Ele balança a cabeça.

– Só a conta, por favor.

O garçom se curva, em uma reverência sutil, e desaparece.

– Então, quais são seus planos para amanhã? – Seth perguntou enquanto esperávamos a conta. – Quer ir velejar? Estou experimentando o novo leme.

Estremeço ao pensar na água escura e gelada e no vento cortante do mar em dezembro, mas falo apenas:

– Não posso, vou levar Emmaline a Londres para as compras de Natal.

– Ficou maluca? – Seth parecia horrorizado. – Faltam só três dias úteis para o Natal e você vai enfrentar as lojas de Londres? É tão ruim quanto Winter em um sábado.

– Vamos sobreviver. E você também; é o único para quem já comprei uma coisinha.

– Não precisa se preocupar. – Seth segurou minha mão e beijou a área sensível na parte interna do pulso. – Se eu tiver você e meu barco, não preciso de mais nada.

Era verdade, eu nunca havia conhecido ninguém menos apegado aos bens materiais que Seth. Quando olhei em seus olhos, parei de respirar por um segundo e deixei escapar uma risada trêmula.

– Bem, vai ter que fingir muito bem no dia de Natal. Vou ficar furiosa se esquecer de abrir seus presentes e for velejar, em vez disso.

Seth fez uma careta e abriu a boca para responder, mas foi interrompido por um cutucão em seu ombro.

– Com licença... – Era uma ruiva linda, que estava sentada na mesa atrás da nossa com um grupo de amigos. – Não conheço você de algum lugar?

– Acho que não. – Ele sorriu com simpatia, mas balançou a cabeça.

– Não, eu conheço sim – ela insistiu. – Você não é o *barman* daquele *pub* em Winter? Qual é o nome... o Coroa e Âncora?

– Ah, sim. – Desde que completou dezoito anos, há dois meses, Seth ajudava a mãe trabalhando no bar, nas noites em que faltavam funcionários. – Sim, sou eu. É possível que tenha me visto lá.

– Você se lembra de mim? – Ela sorriu flertando, ignorando completamente minha presença. Eu teria ficado aborrecida, não fosse o desinteresse tão evidente de Seth.

– Desculpe, não. – Seth balançou a cabeça outra vez.

A garota lançou um olhar de leve irritação e em seguida jogou os cabelos.

– Ah, bem, vai lembrar na próxima vez. Aliás, meu nome é Zoe. A gente se vê quando eu for a Winter de novo!

Seth só balançou a cabeça e riu, e nesse momento o garçom chegou com a conta. Pagamos, levantamos a gola dos nossos casacos e saímos pela porta do restaurante em direção à noite gelada que nos esperava do lado de fora.

★

Havíamos estacionado o carro longe, mas eu tinha comido tanto que não me incomodei com a caminhada, e seguimos sem pressa pelas ruazinhas de Brighthaven. Andávamos de mãos dadas, olhando as vitrines iluminadas das lojas. Todas haviam sido decoradas para o Natal, com pisca-piscas e neve falsa, e a paisagem me fez sentir um calor por dentro. Sempre amei o Natal, cada momento dele, desde o primeiro contato com a meia cheia na escuridão da manhã de Natal até o último sanduíche de peru e sobras na noite do dia vinte e seis. Este seria nosso primeiro ano na Casa Wicker. Meu pai ia montar a árvore esta noite, e eu já conseguia imaginar como ela ficaria linda embaixo das vigas escuras da sala de estar, cercada por nossas decorações antigas, com a luz do fogo refletida pelo vidro colorido. Também seria meu primeiro Natal com Seth. Na verdade, tudo era quase perfeito. Ah, eu podia reclamar das minhas notas e da recuperação, mas, no geral, estava tão feliz que chegava quase a doer. Às vezes me perguntava o que havia feito para merecer tudo isso, como se fosse bom demais para ser verdade.

Estava tão entretida com esse pensamento que só a pressão crescente do braço de Seth contra o meu me preveniu de que havia alguma coisa errada. Olhei para ele; seu rosto expressava ansiedade e os passos eram mais rápidos, alcançando uma velocidade quase desconfortável.

– O que foi? – perguntei.

– Shhh – ele respondeu em voz baixa. – Não olhe em volta, mas dois homens estão seguindo a gente.

Apesar do aviso, eu me viro e vejo dois homens andando despreocupadamente atrás de nós, ambos vestindo moletons com capuz.

– Devem estar indo na mesma direção que nós, só isso – cochicho de volta.

Seth parece apreensivo.

– Talvez, mas é uma direção bem estranha. Estamos fazendo um ziguezague sem nenhum sentido, olhando vitrines, e eles estão atrás de nós o tempo todo.

– Vamos virar aqui – sugeri, indicando uma pequena travessa que nos levaria de volta ao restaurante. – Não existe nenhuma possibilidade de eles irem para lá também. A rua volta para o lugar de onde viemos. Se nos seguirem até lá, vamos ter certeza, e podemos bater em uma porta qualquer ou fazer alguma coisa.

Seth assentiu e seguimos pela viela. Os dois homens atrás de nós fizeram a mesma coisa, e um deles olhou rapidamente para os dois lados da rua principal para ver se alguém os observava. Senti um frio no estômago e, de repente, pensei que tinha sido de uma estupidez terrível entrar naquela viela deserta. Só quando ouvi Seth resmungar um palavrão com um tom de pânico na voz, percebi o quanto tínhamos sido burros. Não era uma viela; era um beco sem saída.

Quando chegamos ao fim, senti Seth apertar minha mão. Não havia alternativa. Teríamos que enfrentar os dois. Meu estômago revirou como se o chão se movesse sob nossos pés, e nós viramos.

– Entreguem os telefones – disse o mais alto, com sua voz sibilante sob o capuz.

As palavras deviam ter me assustado, mas, em vez disso, suspirei aliviada. Eles eram só homens comuns – garotos, na verdade. Nada do que eu temia desde que vi as sombras escuras daqueles rostos escondidos. E podia dar o que eles queriam. Abri a bolsa, satisfeita por entregar qualquer coisa que nos tirasse daquele beco.

– E o seu – disse ele para Seth.

Seth suspirou e tirou o telefone do bolso.

– Carteira.

– Pode levar o dinheiro – Seth avisou, abrindo a carteira para pegar as notas –, mas a carteira fica.

– Cale a boca e entregue logo essa coisa.

– Escute, não tem nenhum valor. É só uma carteira de couro barata. – Seth entregou todo o dinheiro. – Aqui tem sessenta dólares, mas deixe a carteira. Você sabe que vou acabar bloqueando os cartões.

Meu coração está na boca, e tenho que apertar bem forte os dentes para não gritar "entregue a carteira, idiota", mas eu sabia por que ele não queria entregá-la. Era a carteira do pai dele, uma das poucas coisas que Seth mantinha guardadas desde que ele havia morrido, fazia quatro anos.

– En-tre-gue-a-car-tei-ra – disse o maior dos dois, cuspindo cada palavra como um insulto.

Seth balançou a cabeça. O menor deles atacou.

Eu gritei. Houve uma luta que durou uma breve eternidade, o som pavoroso de punhos acertando carne e ossos, e depois o atacante cambaleou para trás e caiu no chão com o nariz sangrando. Seth ofegava, massageando os dedos doloridos pela força com que havia agredido o garoto, mas, fora isso, ileso. Sem o capuz, era evidente que o ladrão era só um garoto magrelo de dezesseis anos, pálido por passar muitas horas na frente da TV. Não era páreo para Seth, que passava todas as horas livres no mar puxando cordas e cabos.

Eu me preparava para correr na direção de Seth quando senti alguma coisa me agarrar pelo cabelo. E a pressão gelada em minha garganta. Seth ficou quieto de repente, pálido e furioso, com todos os músculos do corpo tensos.

– Entregue a droga da carteira, ou quer sua namorada sangrando por um buraco diferente? – sussurrou o garoto maior, e sua voz sibilante e baixa era mais assustadora do que qualquer grito.

Eu me mantinha muito quieta, sentindo o frio da lâmina contra a garganta enquanto Seth entregava a carteira em silêncio. O garoto largou meu cabelo para pegar a carteira, e eu caí para a frente nos braços de Seth.

– Otário – disse o ladrão, e se virou para ir embora. Quando ele girou o corpo, a faca brilhou novamente. Dessa vez na direção de Seth.

Tudo parecia acontecer em câmera lenta. Vi o brilho da lâmina se aproximando das costelas de Seth, ouvi o ruído do tecido rasgando e o gemido de dor quando Seth se dobrou para a frente depois do golpe. O sangue irrompeu em sua camisa. E eu senti meu poder, contido há tanto tempo, despertar e ferver e explodir dentro de mim como um grito.

– *NÃO!*

Houve um lampejo branco, como a explosão de uma bomba, um círculo de poder que se espalhava em ondas. Os dois corpos foram lançados para trás, contra as paredes do beco, e o impacto provocou um barulho pavoroso e alto. A luz ofuscante gravou uma imagem em minhas retinas: corpos como bonecos de pano colados na pedra dura. Depois a escuridão outra vez. Meus olhos se ajustaram à penumbra e eu os vi caídos no chão, imóveis, sangrando pelo nariz e pelas orelhas.

Cambaleei, senti as pernas fracas com a repentina explosão de poder, e então Seth, que estava ao meu lado, me abraçou, segurando meu rosto e meus ombros com força.

– Anna, Anna, você está bem?

– Sim – respondi ofegante. – E você?

Ele olhou para a própria camisa, rasgada e manchada de sangue, e depois a levantou para examinar as costelas. Um corte ensanguentado atravessava a lateral de seu corpo.

– Vai sarar.

– Ah! – suspirei. – Como eles foram capazes? Como? Senti tanto medo...

Olhamos para os dois corpos e um medo renovado me invadiu.

– Você acha...?

– Não sei – disse Seth. E se ajoelhou com cuidado ao lado do garoto mais velho, tocando seu pescoço. – Tem pulso. – Ele repetiu o gesto com o outro ladrão. – Os dois estão vivos, graças a Deus. Acho que você só desmaiou os caras.

Seth pegou a faca e a limpou na camisa ensanguentada, depois recuperou a carteira e os telefones que estavam com o garoto mais velho. Ouvi uma sirene bem perto de onde estávamos, e nós dois ficamos parados e rígidos como se qualquer movimento pudesse atrair a viatura. Ela passou a caminho da rua principal, e ouvi o suspiro de alívio de Seth ecoar o meu.

– Temos que sair daqui – disse Seth. – Tem alguma coisa neles que possa nos identificar?

– Só a faca, seu sangue... – Limpei a lâmina outra vez e a enxaguei em uma poça. Não ia adiantar muito se a perícia fosse acionada, mas eu torcia para que não chegassem a isso.

– Quando os encontrarem, vão pensar que eles se meteram em uma briga de que não conseguem se lembrar. É o que espero – disse Seth, abotoando o casaco sobre as manchas de sangue.

– *Se* os encontrarem.

– Eles vão ficar *bem* – Seth declarou, enfático. – Anna, escute, os dois estão respirando; vão ficar bem. Agora venha, vamos sair daqui.

Caminhamos rapidamente pelo beco. A rua principal estava vazia quando voltamos a ela, e seguimos para o carro tão depressa quanto era possível, sem despertar suspeitas. Minhas mãos tremiam depois da descarga de adrenalina.

No carro, Seth ligou o motor. Ele se preparava para sair quando eu disse:

– Espere, espere um segundo...

Havia uma cabine telefônica em um canto do estacionamento, e eu corri até lá e liguei para o número de emergência.

– Ambulância – falei ofegante em resposta à pergunta do operador, e depois, quando a ligação foi transferida: – Por favor, mandem uma ambulância para o beco que sai da rua principal em Brighthaven. Não sei qual é o nome do beco, mas fica entre a Topshop e o Salão de Chá da Milly. Tem dois homens caídos; eles se envolveram em uma briga. Estão inconscientes, mas respirando.

– Certo. Pode me dar seu nome, por favor? – pediu a voz do outro lado.

Desliguei e corri para o carro.

★

Fiquei em silêncio no caminho de volta, tentando me controlar. Seth me olhava de lado na penumbra, e eu podia sentir sua preocupação.

– Tudo bem, Anna – ele disse finalmente. – Vai ficar tudo bem.

– Você não pode saber. – Eu olhava para os túneis dourados dos faróis; um coelho assustado pulou para uma cerca viva como um lampejo branco. – Estraguei nossa noite; estraguei tudo.

– *Não* diga isso – Seth falou zangado. – Não estragou nada. Aqueles caras podiam ter matado a gente. Você nos tirou de lá da única maneira possível. Estaríamos falando sobre isso se você tivesse batido com uma pedra na cabeça deles?

Provavelmente. Mas, de qualquer maneira, havia uma enorme diferença, e Seth sabia disso. Eu era uma bruxa, os dois garotos eram só pessoas comuns, sem poderes para se defender. Eu havia usado uma arma ilegal em uma luta injusta – e havia colocado Seth e eu mesma em perigo.

Desde o encontro com os Ealdwitan no ano passado, eu havia prometido a mim mesma que nunca mais usaria magia e, até agora, cumpria a promessa. Não havia recebido mais visitas aterrorizantes dos "empregados" dos Ealdwitan e seus ternos cinza, não tinha acontecido mais nenhuma tentativa de recrutamento pela porta dos fundos, só uma carta oficial e direta com um brasão do corvo, uma mensagem lamentando "um infeliz incidente em junho passado, quando parte de nossa equipe foi além de suas responsabilidades e cometeu erros de julgamento".

Esses "erros de julgamento" haviam resultado na morte de um dos nossos amigos, na inundação da cidade de Winter e na destruição da maior parte do Castelo Winter. E tudo por causa da minha incapacidade de controlar meus poderes.

A carta dos Ealdwitan prometia que "não haveria mais nenhuma ação, desde que os termos e condições acordados anteriormente fossem cumpridos". O que significava, traduzindo em termos claros: nada de enfeitiçar pessoas comuns e nada de praticar magia. Não era só a reação da polícia que tínhamos que temer depois da explosão desta noite, mas a fúria dos Ealdwitan também, se eles ficassem sabendo disso.

A viagem de volta do Brighthaven foi longa, e eu já tinha recuperado o controle quando Seth percorreu a trilha no bosque para a Casa Wicker. Ele parou na frente da casa e segurou minha mão.

– Quer que eu entre?

Balancei a cabeça. Estava pensando na camisa ensanguentada e na provável reação do meu pai.

– Melhor não. Sua camisa. Você sabe... Meu pai vai fazer perguntas.

Seth assentiu.

– Tudo bem. Mas não se preocupe com isso, Anna. Você fez o que tinha de fazer. Ninguém precisa saber sobre isso.

Assenti séria, mas Seth deve ter lido minha expressão hesitante, porque me puxou na direção dele e me beijou forte.

– Amo você, Anna. Por favor, não vá se atormentar. Você promete? Durma bem, tenha um bom dia amanhã com Emmaline e tire tudo isso da sua cabeça. Promete?

– Prometo – respondi com um nó na garganta.

CAPÍTULO DOIS

No dia seguinte tentei cumprir o que havia prometido a Seth, mas não consegui me conter e, durante o café da manhã, acabei ouvindo os noticiários locais. Meu pai desceu e me encontrou ouvindo a Coast FM enquanto preparava torrada no fogão e fez uma careta cômica parado na porta da cozinha.

– O que é isso? Acordada antes das dez nas férias escolares? E o que aconteceu com o programa *Today*?

– Senti vontade de mudar – respondi desconfortável. – E acordei cedo porque hoje vou a Londres com Emmaline, lembra? Vamos nos encontrar às nove na estação.

– É claro, eu havia esquecido. Precisa de uma carona?

– Vou pedalando – respondi, e parei de falar para prestar atenção às notícias.

Meu pai falava sobre os preparativos que ainda precisava fazer para o Natal: comida, decoração, essas coisas; mas eu não estava prestando atenção. Ouvia com desespero esperando alguma menção aos dois corpos encontrados no beco em Brighthaven. Mas não havia nenhuma notícia, o que significava que não estavam mortos, pelo menos. Havia poucos crimes na região, nada além de pequenos furtos em lojas e garotos fumando maconha. Uma morte – duas, então – teria ocupado os noticiários locais por semanas. Quando o jornal terminou, suspirei aliviada e voltei a dar atenção a meu pai.

– Desculpe, pai, o que disse?

– Disse que são oito e meia. Se não quer perder o trem, é melhor se apressar.

– Droga! – Olhei para o relógio na parede, acima do fogão. – Tenho que correr. Tchau, pai.

Eu o beijei e corri para a porta, parando apenas para pegar o capacete de ciclista e a roupa de chuva. Tudo indicava que ia cair um temporal.

★

Emmaline esperava na plataforma quando eu cheguei correndo, ofegante e com calor. Ela baixou os óculos quando me aproximei e me olhou por cima das lentes, com cara de professora.

– Desculpe, desculpe – pedi, vendo que ela batia com o dedo no relógio enfaticamente. – Tive um probleminha.

Emmaline bufou.

– Quer dizer que dormiu demais! Você e Seth ficaram até tarde declarando o amor infinito que têm um pelo outro?

– Não exatamente – respondi irritada, e contei sobre o assalto no beco. – Demorei porque esperei para ouvir o boletim da Coast FM.

– E?

– Nada, felizmente.

– Então, eles não morreram – Emmaline conclui pensativa. – Parece que desta vez você escapou.

– *Desta* vez. Mas e na próxima vez que eu perder o controle? Estou apavorada, Emma. Eu precisava me esforçar muito para fazer qualquer tipo de magia, e agora tenho que me esforçar para *não* fazer. Não consigo mais me controlar, são centelhas elétricas, nuvens de borboletas... Ontem à noite fiz cair flocos de neve no restaurante.

O trem chegou nesse momento e houve uma interrupção momentânea enquanto procurávamos assentos vazios e nos acomodávamos em um vagão. Tão perto assim do Natal o movimento diminuía, e conseguimos encontrar um compartimento só para nós. Guardei as bolsas no compartimento de bagagens e saímos da estação ao som do apito do guarda.

Emmaline estivera pensando no que tinha acabado de ouvir, era evidente, porque, assim que nos sentamos, ela disse:

– Acha que está seguindo pelo caminho errado?

– Como assim?

– Esses... vazamentos, ou sei lá como os chama.

Dou risada.

– Ótima terminologia! Devo acrescentar absorventes para incontinência na minha lista de presentes de Natal?

Emmaline riu.

– Você sabe o que eu quero dizer. Talvez esteja se esforçando demais para *não* fazer nenhum tipo de magia. O poder vai acumulando, acumulando, e tem que sair de algum jeito, e acaba escapando quando você se concentra em outras coisas, em momentos de estresse emocional, ou alguma coisa assim. Uma pequena distração, como, digamos, sr. Waters piscando seus lindos olhos para você, e ocorre um pequeno vazamento; uma grande distração, como, digamos, uma tentativa de assalto, e acontece um grande vazamento.

Pensei na teoria dela enquanto via passar a paisagem de inverno lá fora; campos molhados e escuros, árvores sem folhas, poças de orvalho matinal nas áreas mais baixas. Os postes do telégrafo refletiam o barulho do trem como um pulso humano.

– Pode ter alguma lógica nisso – eu disse finalmente. – Então, qual é a solução?

– Deixe o poder fluir, com segurança.

– Mas e...

Emmaline não esperou eu concluir a frase, não era necessário.

– Longe da fronteira, assim os Ealdwitan não podem protestar. As aulas que minha mãe ofereceu podem não ser tão ruins.

Ela deve ter visto alguma coisa em meu rosto – o silêncio entorpecido, talvez – porque se inclinou para a frente, sobre o vão entre as poltronas, repentinamente séria.

– Escute, sei que está tentando ser normal, e não quero ser chata e pessimista, mas você *precisa* manter isso sob controle. Está ficando pior, não é?

Respondo movendo a cabeça para cima e para baixo, sem abrir a boca.

Ela continua:

– Seus níveis de estresse só vão aumentar. E se alguma coisa *realmente* séria acontecer e você explodir?

Desviei os olhos dos dela, olhei para a janela. Aulas. Bruxaria. Eu realmente estava preparada para abandonar completamente minha antiga vida? Eu tinha alguma escolha?

– Podemos tentar – falei depois de um tempo. Era mais para me livrar da pressão de Emmaline do que por estar convencida do que ela dizia.

– Tudo bem. Bom. Enfim, o mais importante – ela diz, mudando de assunto com determinação –, o que vamos fazer em Londres?

Faço um esforço para voltar a pensar em assuntos agradáveis.

– Bem, pensei em Selfridges e depois Bond Street, talvez. Meu pai me deu dinheiro para comprar roupas, e provavelmente vou encontrar alguma coisa lá. E ele me pediu que passasse na Fortnum's e comprasse algumas coisas para o almoço de Natal. Também vou comprar livros de presente para ele, o que significa que vou dar uma olhada na Hatchards. É uma livraria – explico, notando que Emma levanta uma sobrancelha. – O que quer fazer?

– Notei que está gostando de bancar a urbana antenada, mas não precisa ficar lembrando que sou só uma provinciana sem graça. Todas as sugestões são boas. Vou comprar roupas para Sienna, então, Selfridges serve, e Abe e Simon vão ganhar livros, o que significa que a Hatchets também serve.

– Hatchards – corrijo automaticamente.

– Ninguém gosta de uma sabe-tudo, Anna. O que vai comprar para Seth?

– Ah, o presente dele já está resolvido. E sua mãe?

– Não sei... Pensei em comprar alguma coisa um pouco diferente, uma antiguidade, talvez. Conhece algum lugar assim? Tipo um brechó?

– Não em Piccadilly – falei hesitante. – A menos que queira gastar muito. Mas podemos ir ao mercado Portobello. Fica perto de onde eu morava.

★

Acabamos andando até Notting Hill. Carregávamos uma montanha de sacolas de compras em cada braço e segurávamos um *bourek* quente que queimava a mão – era nosso almoço.

– Tem uma padaria – falei entre uma mordida e outra de queijo *feta* escaldante – que faz aquelas tortinhas portuguesas incríveis. Fica nesta rua, mesmo. Vamos até lá tomar um café e comer uma sobremesa?

– Você tem *muita* sorte – suspirou Emmaline com uma ternura incomum. – Crescer nesta região, com todas essas lojas maravilhosas, os cinemas, as danceterias...

– As danceterias não tinham muita utilidade – interrompi com pesar. – Mudei daqui antes de alguém acreditar no meu RG falso. Enfim, não tenho mais sorte. Agora sou só mais uma provinciana sem graça, lembra?

– Mas vai voltar, não vai? Para fazer faculdade, quero dizer?

– Não sei... talvez.

A sra. Wright havia insistido para eu me candidatar a Oxford, mas eu ainda não tinha certeza. Estava meio desanimada com os boatos sobre o envolvimento dos Ealdwitan em algumas faculdades, mas não queria contar isso a Emmaline. Meu pai havia estudado em Magdalen, e eu sabia que ele ficaria muito orgulhoso se eu seguisse seus passos. E havia Seth, é claro, que não seria aceito em Oxford ou Cambridge com as notas que tinha – e nem ia querer nada disso. Ele pretendia estudar Biologia Marinha e planejava se candidatar a Plymouth, Bangor e UHI no extremo norte da Escócia. De qualquer maneira, eu o veria bem pouco, a menos que decidisse estudar em uma faculdade no litoral.

Olhei em volta procurando alguma coisa para mudar de assunto e parei de repente. Estávamos andando em direção à padaria portuguesa sem prestar atenção, e eu nem notava para onde meus pés me levavam.

– Emmaline, veja! Olhe onde estamos!

– O quê? – Ela olhou para um lado e para o outro. – É uma rua como todas as outras. É famosa?

– É a *minha* rua! A rua onde meu pai e eu morávamos. – Parei na frente do número 31 e olhei para as linhas limpas do sobrado. – E essa é nossa casa. Estou em casa!

– Esta? – Emmaline apontou com o polegar para a porta verde. – Esta aqui é a sua casa?

Assenti.

– Aquele é meu quarto. – Apontei para o segundo andar. A janela ainda tinha um adesivo do CND, lembrança da minha fase de paixão pelo Partido Verde.

– Eca. – Emmaline se arrepiou e recuou.

– Qual é o problema? – De repente me sentia profundamente ofendida. Aquela era a casa onde eu havia nascido e crescido, onde estavam todas as minhas lembranças de infância. Pensei em meu pai na cozinha comigo, assando meus primeiros *cupcakes*, todos murchos e queimados. Lembrei-me de subir na cama dele nas manhãs de domingo para tomar leite quente e comer biscoitos de chocolate, de deixar as marcas dos meus dedos sujos de chocolate na colcha da cama e no *Sunday Times*. Todas as lembranças da minha vida antes de Winter, todas estavam relacionadas com aquela casa branca e alta. Ela havia sido meu lar por mais de dezessete anos e, de certa forma, seria sempre um lar como Winter nunca poderia ser. Cada milímetro de mim se rebelava contra a reação de Emmaline. – Que diabos você quer dizer com "eca"?

– Anna, esse lugar transborda magia. Não está sentindo?

Com grande esforço, superei o momento de nostalgia e olhei novamente para a casa, agora com olhos de bruxa.

Ela estava certa. Uma estranha força mágica pulsava sobre toda a frente da casa. Era incrível que eu não houvesse notado antes – o cheiro ruim da magia foi como uma bofetada em meu rosto. Depois que *percebi*, não consegui controlar um arrepio que fez meu corpo todo tremer.

– O que é isso?

– Não faço ideia, mas vem de *lá*. – Emmaline apontou com desgosto para a escada na frente da casa.

– Não podemos descobrir o que é isso?

– Acho que deve haver alguma coisa enterrada ali. É muito localizado para ser qualquer coisa genérica. Deve ser um encantamento, mas não podemos ter certeza sem ver.

– Então, o que está sugerindo? Temos que desenterrar essa coisa?

Emmaline assentiu.

– Mas... o chão é de pedra! E não temos nenhuma ferramenta!

Emmaline revirou os olhos.

– Não precisamos de ferramentas, sua tonta. Esqueceu seus poderes?

– Mas... *aqui*? Na frente de todo mundo?

– Está vendo alguém aqui? – Emmaline perguntou. – De qualquer maneira, posso criar um escudo para esconder a gente de quem passar pela rua. Não é difícil criar um feitiço refletor. – Ela foi bater na porta e esperou um momento. – Não tem ninguém em casa, o que é bom. Vamos lá, você explode a escada e eu mantenho a gente escondida.

Ela olhou para os dois lados da rua e, bem nesse momento, o rosto de uma senhora surgiu curioso na janela do outro lado. Emmaline apontou um dedo para ela de maneira imperiosa; o rosto da mulher se tornou inexpressivo e ela voltou ao interior da casa com um súbito desinteresse.

– Vai! – Emmaline me apressou. – Esse vai ser um bom teste da minha teoria sobre a sua incontinência mágica. Deixe sair um pouco, e veremos se vai haver algum vazamento esta noite.

– Emma, por favor, não quero.

– Pelo amor de Deus, por que não?

– Precisa perguntar? Depois do que aconteceu no ano passado?

– Ah, por favor! Você não tem notícia dos Ealdwitan há meses. Não acredito que isso tem alguma coisa a ver com eles;

você quer fingir que é a forasteira só para formar um casal perfeito com Seth. Além do mais, não se incomodou quando explodiu todos eles em pedacinhos no verão passado, incomodou?

– Aquilo não foi uma escolha. Foi uma necessidade.

– Bem, pense nisso como uma necessidade – Emma disse. – Vou levantar aquele degrau; se você gosta de como tem vivido livre dos Ealdwitan, trate de criar um escudo para mim. – Ela apontou o degrau e levantou uma sobrancelha.

– Não sei como!

– Ah, é claro que sabe, não é difícil. Só precisa pensar em coisas que, sabe, encobrem. Se alguém aparecer para olhar, diga que não há nada com o que se preocupar. Pronta?

Fiquei tensa, me preparei para esconder nós duas de qualquer pessoa que passasse por ali, mas nada aconteceu. Eu sentia o poder pulsando com intensidade dolorosa no centro do meu corpo, mas não conseguia ter acesso a ele. Era como estar no banheiro e sentir uma vontade desesperada de fazer xixi, mas ouvir alguém na casinha ao lado e não conseguir relaxar.

Emmaline apontou o dedo para o degrau e eu gritei:

– Pare!

– O que é?

– Não consigo! – avisei desesperada. – Não consigo trazer a magia para fora. É como se ela estivesse presa.

– Não seja idiota – Emma disse de imediato. – Está preocupada com o que aconteceu ontem à noite. Não force. Apenas relaxe...

Eu me sacudi, respirei fundo algumas vezes e tentei deixar a magia fluir. Nada. Nada. Nada! O que estava acontecendo?

– Anna, estou avisando, vou levantar aquele degrau em cinco... quatro... três...

– Não consigo! – disse, soltando um gemido. – Não sei o que está acontecendo, mas simplesmente não consigo. Alguém vai ver a gente.

– Ah, pelo amor de Deus, tenho que fazer tudo sozinha aqui? – Emmaline se irritou. Seus ombros ficaram tensos, e percebi que ela tentava desesperadamente formar um escudo de proteção e reservar poder suficiente para levantar o degrau. Houve um momento de esforço, uma luta interna, e depois um estalo, e a terra explodiu em um pequeno vulcão. A terra rica transbordou pelas rachaduras na pedra. Emmaline deixou escapar um grande suspiro de alívio, e nós duas corremos para examinar a terra. Lá, no meio dela, havia um pequeno embrulho de material impermeável manchado, coberto de terra e amarrado com barbante vermelho. O cheiro de magia era tão forte que eu mal conseguia tocá-lo, mas com um grande esforço, peguei o pacote do chão e joguei dentro de uma das sacolas de compras. Depois, olhando rapidamente para os dois lados da rua, Emmaline empurrou a terra de volta para o chão e devolveu o degrau ao lugar, e a casa e sua varanda recuperaram a aparência que tiveram durante todos os anos em que morei ali.

★

Na padaria portuguesa, pedimos pastéis de nata e café, embora eu não precisasse de nada que pudesse fazer minhas mãos tremerem mais, e fomos nos sentar em uma mesa tranquila no pequeno ambiente dos fundos. Eu estava preocupada demais para beber. O pacote desenterrado parecia estar abrindo um buraco na sacola plástica de compras.

– O que vamos fazer com... *isso*? – perguntei finalmente em voz baixa.

– Não sei. – Emmaline roeu a unha. – Queria saber o que é. Parece ser... ruim. Acho que temos de abri-lo.

– O quê? Aqui? – perguntei incrédula. – Mas e se houver nele algum tipo de magia do mal, e ela vazar e... matar alguém, talvez?

– Não *acredito* que as consequências sejam tão terríveis. Quero dizer, esse negócio está enterrado embaixo da entrada da sua casa há muito tempo, pelo jeito, e a vizinhança parece estar bem. Se existe algum perigo, aposto que as ameaçadas seremos nós duas. Mas quais são as opções? Ou deixamos aqui, ou levamos o pacote para casa, certo?

– Não podemos deixar isso aqui – sugeri imediatamente.

Emmaline assentiu com ar sombrio.

– E não vou deixar você levar essa coisa para Winter sem antes ver o que é. Além do mais, não quer saber o que esteve escondido na porta da sua casa durante todos esses anos? Não quer ver?

Queria. Eu queria ver. Pus a sacola em cima da mesa e peguei o pacotinho de dentro dela.

Apesar do incentivo, Emmaline se inclinou para trás ao sentir o forte cheiro de magia. Eu também recuei. O pacote emanava uma sensação bizarra de entorpecimento que eu nunca havia experimentado antes. Mal conseguia me aproximar, mas me obriguei a desfazer o nó no barbante vermelho, depois removi o papel impermeável sujo de terra. Meus olhos lacrimejavam.

– Por favor! – Emmaline estava inclinada para trás na cadeira, tão afastada quanto era possível, o rosto voltado para longe do pacote. – Acabe logo com isso. Olhe o que é, depois jogue essa coisa de volta na sacola.

Através das lágrimas, vi pedaços de alguma coisa... uma espécie de papiro. Eram dois pedaços, e quando desdobrei o primeiro, vi que havia nele uma inscrição. Letras pequenas e rebuscadas cobriam a página. Mas os sinais dançavam diante do meu rosto e eu não conseguia decifrar as palavras. Na verdade, aquelas coisas nem pareciam ser letras.

– Não consigo ler. Quer tentar? – Empurrei o papel na direção de Emma, e ela se esquivou rapidamente.

– Anna, por favor! Tire essa coisa daqui! Não, também não consigo ler. Parece... – Superando o desgosto, ela se aproximou um pouco para olhar melhor, os olhos lacrimejando como os meus pelo esforço e a proximidade. – Parece grego, ou russo talvez? – A repugnância foi mais forte, e ela empurrou o papel para longe. – Ponha isso na sacola; lamento ter pedido que você olhasse. Isso está além da minha compreensão, eu definitivamente não sei o que é isso. Apenas... apenas embrulhe isso. Vamos levar para casa. Talvez minha mãe saiba o que fazer.

Dobrei o papel, embrulhei da melhor maneira possível, escondi o pacote na sacola plástica mais grossa que tínhamos e o guardei no fundo de outra sacola de compras. Emmaline estremeceu e limpou as mãos involuntariamente na minissaia *jeans*. Assim que terminamos de tomar o café, pagamos a conta e saímos, felizes por podermos respirar ar fresco, finalmente.

CAPÍTULO TRÊS

– Que magia *nojenta* é essa?

Maya estava na porta quando subimos a escada para o apartamento, cansadas de corpo e alma e abaladas com o cheiro horrível do pacote dentro da sacola.

– Que bom que perguntou – Emmaline disse com tom azedo. – É uma lembrancinha da antiga casa de Anna.

Abri a sacola para mostrar a Maya o pacotinho, e ela recuou enojada.

– Meu Deus, de onde tirou a ideia de trazer isso para cá? E se for perigoso?

– Desenterramos esse embrulhinho na frente da porta da casa da Anna – contou Emma. – Não podíamos jogar na rua.

– Não, mas... ai, Senhor! – Maya levantou as cabeças como se sentisse dor. – Por que desenterraram isso? Não... não respondam. Entendo que precisavam saber... mas o que vamos fazer?

– Esperávamos que você tivesse uma ideia. – O rosto de Emmaline expressava desânimo, e de repente ela parecia amedrontada. – É um texto de magia, mas em um idioma estrangeiro. Russo, eu acho. Não conseguimos ler.

– Tudo bem, tudo bem, vamos pensar. Simon, talvez? É bem a cara dele. Talvez ele consiga ler esse texto, ou, se não souber, talvez nos ensine como descartar o pacote com segurança.

– Ótima ideia – Emmaline respondeu com gratidão. – Vou telefonar para ele agora.

Emma foi em direção ao aparelho de telefone no canto do apartamento. Enquanto ela discava, Maya levou o pacotinho para a janela e o colocou no parapeito, do lado de fora. Depois fechou o vidro e a cortina também. O cheiro continuava forte, mas era reconfortante não ter que olhar para aquela coisa.

Com a cortina fechada, o lugar foi invadido por uma súbita penumbra, e eu vi Maya andando de um lado para o outro, acendendo lamparinas e velas até a caverna em ruínas se iluminar com o brilho de panelas de cobre, cristal e prismas. Maya aproximava um fósforo da última lamparina quando o apito de uma chaleira fervendo cortou o ar, e nós duas pulamos de susto.

– Acho que vamos precisar de uma bebida quente – disse Maya, e foi despejar a água fervente em um pequeno bule de cerâmica. O reconfortante cheiro de rosas invadiu o ambiente. – Tome, beba isto.

Ela me deu uma caneca, e nós nos sentamos no canto da mesa comprida, ouvindo o que Emmaline dizia a Simon.

– Então, além dessa rápida escavação arqueológica, como foi o dia? – Maya me perguntou enquanto eu esvaziava a caneca com um suspiro agradecido, sentindo as especiarias exercerem todo tipo de efeitos positivos sobre meus músculos cansados e meus nervos esgotados. Eu tinha minhas suspeitas com relação ao chá de Maya, apesar de todos os discursos que ela proferia sobre não fazermos mau uso da magia.

– Bom – respondi sem pressa. – As compras foram boas. Eu me distraí um pouco, esqueci ontem à noite, pelo menos.

– Ontem à noite? – Maya repetiu.

Contei a ela o que havia acontecido, falei sobre os homens no beco enquanto olhava deliberadamente para o fundo da caneca, evitando enfrentar sua expressão horrorizada.

– Oh, querida... – Ela tocou meu ombro quando terminei o relato. Senti a magia fluir dela, ondas de segurança e calma que penetravam em minha pele e ossos, um fluxo de poder cujo propósito era acalmar e reconfortar.

Mas eu dei de ombros com ingratidão, e ela removeu a mão. Uma sombra de tristeza passou por seu rosto, apesar do evidente esforço que fazia para não se sentir ofendida. Para ela, declarar seu amor não era diferente de abraçar alguém para dar conforto, e eu suspirei.

– Desculpe, Maya, eu não queria... Não tive intenção...

– Eu sei. – Ela me envolveu com um braço. – Assim é melhor?

Concordei, e senti as lágrimas brotando em meus olhos enquanto seu braço forte e esguio envolvia meus ombros.

– Emmaline acha que sou incontinente – contei, tentando rir. Maya sorriu de volta, encorajando minha tentativa de ser engraçada, mas havia preocupação por trás do sorriso.

– É um ponto de vista válido, eu acho. Mas ela está certa, seu poder precisa encontrar uma forma de sair, de se manifestar. Se não dominar esse poder, ele vai dominar você. E essa é uma situação bem ruim.

– Não vou me deixar dominar – falei com firmeza.

Maya olhou para mim, e eu vi seu rosto sério à luz da vela.

– Tem certeza? Anna, você pode sentir que ainda está nove décimos fora de tudo isso, mas seu coração sabe o que você é. E você é...

Ela parou ao ouvir as batidas na porta, e Emmaline pulou da cadeira ao lado da janela levando as unhas à boca.

– Isso foi... – Maya parecia assustada. – Foi rápido.

Emmaline assentiu.

– Sim. Eu o peguei a caminho de casa.

Ouvimos o som de passos na escada, e em seguida vimos o rosto longo e sério, a barba negra e o nariz romano de Simon na fresta da porta. Ele trazia uma expressão animada que não era característica.

– Boa tarde, senhoras. Bem, não preciso perguntar onde está o tal pacote. – Ele olhou para a janela. – Pelo mau cheiro que vem de lá, presumo que esteja atrás da cortina.

– Do lado de fora, na verdade. – Maya se levantou para abrir a janela e recuperar o pacotinho, segurando-o com a ponta dos dedos.

– Nossa esperança é que você leve isso daqui e desodorize tudo magicamente, ou alguma coisa assim – revelou Emmaline.

– Bem, não prometo nada, mas vou fazer o melhor que puder. – Ele começou a desamarrar a sacola plástica.

– Oi, Simon, como vai? Como é bom ver você. Como está minha irmã? Sim, obrigada, e você? – Emmaline recitou sarcástica.

– Desculpe – ele pediu sem se alterar. – Sei que deixei de lado a etiqueta e a cortesia, mas, como você sabe, gosto muito de feitiços escritos, o que torna isso mais interessante. Na verdade, o poder é... – Ele parou e quase se sufocou quando abriu a sacola e todo o poder da magia invadiu a sala. – Mu-muito maior do que qualquer coisa que já conheci antes. Meu Deus, o que é isto?

Ele puxava o barbante vermelho que eu havia amarrado sem muito cuidado. Quando o pacote se abriu, Simon espiou os fragmentos de papiro. Prova de seu entusiasmo era o fato de ele conseguir examinar o material de perto.

– Em que idioma está escrito? – Emmaline perguntou do outro lado da sala.

– Russo. Conheço as letras, mas não sou muito fluente. É alguma coisa como: *Que a bruxa dos vivos*... Não, espere. ... *a bruxa que aqui vive*... Qual é a palavra? *Prejudicada*? Não, espere. Vou ler outra vez.

Ele continuou debruçado sobre a página por um tempo que pareceu uma eternidade, digitando palavras no celular de vez em quando para, talvez, encontrar traduções *on-line*, ou alguma coisa assim. Finalmente, Simon levantou a cabeça. Seu rosto estava rosado acima da barba negra, os olhos brilhavam.

– Bem, o primeiro papiro diz alguma coisa mais ou menos assim: *Que a bruxa que aqui mora seja privada de magia; que ela seja como aqueles que não têm magia enquanto chamar este lugar de lar*. E o segundo pedaço é mais difícil de traduzir, mas cheguei a alguma coisa mais ou menos assim: *Que os que aqui vivem sejam como galhos dentro de uma floresta, como penas em um colchão, como chuva no mar. Por osso, pedra e graveto, por prato, água e olho interno, que assim seja.*

Houve um momento de silêncio, depois Emmaline perguntou intrigada:

– Que diabos isso significa?

– O primeiro trecho é bem claro, eu acho. Disse que encontraram o pacote embaixo da casa de Anna?

Nós duas assentimos. Ele prosseguiu:

– Bem, em todo caso, isso resolve um enigma, não?

– Não resolve nada! – exclamou Emmaline. – Quem pôs isso lá? Por quê? Quando? Queriam prejudicar Anna? Não vejo como isso possa resolver nada!

– Isso explica por que os poderes de Anna se manifestam de um jeito tão estranho – Maya explicou devagar. – Não é isso que quer dizer, Simon?

Ele assentiu e olhou para mim.

– Sim, enquanto pensou que Londres era seu lar, este pequeno amuleto prejudicou sua magia. Quando se mudou para Winter e parou de pensar que seu lugar era em Londres, seus poderes se recuperaram. Quanto mais se sentir em casa em Winter, maiores serão seus poderes.

– É claro – falei sem pressa. – E foi por isso que não consegui usar a magia para explodir o degrau da casa de Londres. Por um momento eu me senti em casa. Eu até comentei... Lembra, Emmaline?

Emmaline deu um tapa na testa.

– É claro... Eu sou uma idiota. E deve ser por isso que você não notou de início, ou enquanto morava lá. Não entendi como alguém podia viver a cem metros desse encantamento e não se sentir como um pato à beira da morte, mas, sem magia, você não sentia o efeito.

– Sim, é um truque brilhante – Simon concordou. – Sem magia você não podia detectar o amuleto, e sem detectar o amuleto você não podia recuperar sua magia. Mesmo que se afastasse de lá temporariamente, enquanto pensasse na casa como seu lar, o encantamento funcionaria. O que a salvou foi a coincidência de você ter se mudado em definitivo, Anna.

Salvou? Eu teria dado risada, se não me sentisse tão amarga. Eu realmente fui *salva* de uma vida sem magia? Eu não teria escolhido essa palavra. Mas Simon via as coisas de outro ponto de vista, era evidente. Para ele, o acaso me resgatou de... De quê? Da obscuridade? Da normalidade?

A voz de Emmaline interrompeu meus pensamentos.

– E o outro?

Por um momento não entendi do que ela estava falando, mas depois lembrei. O outro pedaço de papel.

– Ah – disse Simon. – Bem, imagino que seja algum tipo de encantamento de confusão criado, talvez, para protegê-la de pessoas tentando encontrá-la. Mas não sei o que se perdeu com a tradução. Preciso levar isso tudo para mais alguém analisar. Pode haver implicações mais sutis no original russo.

A última palavra me fez lembrar uma coisa que estava me intrigando desde o início.

– É claro... Os textos foram escritos em *russo*. Por quê?

– Não sei. – Simon franziu a testa. – Mas acho que esse é um dos aspectos mais curiosos e preocupantes dessa história toda.

– Preocupantes? – perguntei.

– Estou mais apreensiva com a força do encantamento – contou Maya. Os olhos dela encontraram os de Simon, e a ansiedade no rosto de cada um fez deles um espelho estranho, apesar de não serem nada parecidos.

– Sim – Simon falou. – É um enigma, tenho que reconhecer. Raras vezes vi um poder como este. Não conheço pessoalmente ninguém que pudesse ter criado um encantamento assim, nem mesmo trabalhando em equipe. O tipo de talento necessário para criar alguma coisa dessa magnitude é extremamente raro. Mas há boatos sobre certas... técnicas. – Estranhei o desconforto traído pela voz dele. – Métodos para aumentar o poder de indivíduos.

Ele trocou outro olhar com Maya, e senti um arrepio gelado na nuca. Não perguntei nada, mas Maya deve ter notado alguma coisa em meu rosto, porque se aproximou e sentou ao meu lado no sofá, depois passou um braço em volta dos meus ombros.

– Tente não se preocupar demais, Anna. Não sabemos o que está por trás disso, mas, quem quer que tenha criado o encantamento, não voltou para incomodar em quase dezoito anos. Vamos torcer para que isso se mantenha.

– E é bem possível – opinou Simon – que o feitiço tenha sido dirigido a alguém que morava na casa antes de você. Seu pai pode ter tropeçado nisso, mais nada.

– Talvez – concordei sem muita confiança.

– Não parece muito convencida – apontou Simon.

– Não é bem isso... É que tenho certeza de que meu pai comprou a casa enquanto ainda vivia com a minha mãe, que era uma bruxa, até onde eu sei. Portanto, é pouco provável que ela tenha se mudado para lá sem perceber nada.

– Mas não tem certeza disso, tem? – Emmaline indagou.

Eu balancei a cabeça.

– Não, realmente não sei de nada. Meu pai nunca me contou nada sobre ela.

– Bem... – Simon abriu os braços. – Acho que não vai adiantar nada ficar pensando nisso. Se todas vocês concordarem, posso levar os papiros para a universidade, ver se conseguimos descobrir mais alguma coisa, tentar conter o poder de algum jeito. Tudo bem?

– Tudo bem? – Emmaline repetiu. – Simon, esta foi a principal razão por termos chamado você aqui. Vá e leve essa coisa.

– Anna, tudo bem?

– Eu? – Levantei a cabeça assustada. – Por que precisa da minha autorização?

– Bem, se tem alguém a quem esse encantamento pertence, esse alguém é você, acho.

– Pode levar. – Eu me arrepiei. – Faça o que quiser. Não quero ver essa coisa de novo.

Nós acenamos quando ele começou a descer a escada. O sentimento de alívio quando o pacote desapareceu foi como aquele que aparece depois de uma tempestade. Emmaline girou os ombros como quem se livra de uma mochila pesada.

– Agradeço a Deus por isso. Acabou! Longe dos olhos, longe dos pensamentos.

Longe dos olhos, talvez, eu a corrigi em silêncio, mas não longe dos pensamentos. Na verdade, quando voltei pedalando pelos longos e escuros quilômetros até a Casa Wicker, eu não conseguia pensar em outra coisa.

CAPÍTULO QUATRO

Felizmente, não faltou o que me distraísse do pacote nos dois dias seguintes, porque havia presentes para embrulhar, plantas e galhos para cortar e usar na decoração da casa, e era preciso montar a árvore de Natal e ajudar meu pai com os preparativos para o almoço. Quatro amigos dele viriam de Londres para a comemoração, por isso estávamos caprichando muito.

Não sei se inveja é a palavra certa, mas sempre senti certa melancolia quando meus amigos recebiam caravanas de parentes para grandes comemorações em família. Meu pai era filho único, como eu, e os pais dele já haviam morrido. Quanto à minha família materna, não sei nem qual é o sobrenome deles, muito menos se estão vivos. Meu pai nunca mais mencionou a esposa morta, desde o dia em que ela desapareceu.

Enquanto trabalhávamos, pensei em falar com meu pai sobre o papiro enterrado, mas não conseguia começar a conversa. Não era só o silêncio decidido sobre minha mãe – a questão era formular a frase sem dar a impressão de que havia perdido o juízo. Falar alguma coisa como "Pai, alguma vez você viu uma bruxa cavando em frente à porta de casa?" não parecia resolver o problema. Além do mais, qualquer feiticeira capaz de fazer aquele encantamento certamente evitaria olhares curiosos enquanto escondia o pacote – era altamente improvável que meu pai houvesse notado alguma coisa, mesmo que naquele momento ele estivesse sentado na sala da frente. Ainda assim, durante dois dias considerei a ideia de perguntar, até que os convidados para a comemoração do Natal chegaram e eliminaram completamente essa possibilidade.

James e sua esposa Lorna, e Rick e seu companheiro Ben chegaram na véspera de Natal trazendo uma montanha de presentes e duas caixas enormes de comidas e bebidas, como se já não tivéssemos o suficiente.

Eu estava no meu quarto fazendo a lição de casa quando ouvi os carros chegando e, assim que desci, Ben já estava descarregando o conteúdo de uma sacola da Harrods em cima da mesa da cozinha.

– Tâmaras, figos, tirinhas de casca de laranja cobertas com chocolate, pacotes de nozes (espero que você tenha um quebra-nozes, Tom), laranjas *kinkan*, compota de *cranberry*, chá de Natal, que eu acho horrível, mas Rick adora, geleia e... ah, o que mais temos? Ah, sim, aqui está a sacola da Fortnum, essas coisas têm que ir para a geladeira, aqui tem *foie gras* e salmão defumado. Rick já vai trazer o champanhe.

– Ben, você trouxe comida para alimentar um exército – disse Lorna.

– Um exército de esganados – meu pai concordou.

– Bem, a esganada número um está aqui – anunciei da porta da cozinha.

– Anna, querida! – Ben me beijou com exuberância nas duas bochechas. Ele era um dos meus tios honorários favoritos. Meu pai conhecia Ben e Rick desde a universidade, e meus aniversários de criança haviam sido sempre salpicados com seus presentes ultraextravagantes e altamente impróprios. Meu preferido era uma bolsa Dior que ganhei ao completar seis anos.

– Oi, Anna! – Lorna também me beijou com carinho. – Como vai? O que achou da nova escola?

– Ótima – respondi. – Não é mais tão nova, na verdade. Já me sinto em casa.

– Está gostando da influência civilizadora do sexo masculino, não é? – James riu. Essa era sua ideia de humor, considerando que minha antiga escola em Londres era particular e só para meninas, enquanto o Colégio Winter era público e misto.

Meu pai fez uma careta.

– Anna tem um namorado.

– Pai! – eu soltei um gemido.

– O que é? Eu só estava contando uma novidade.

– Espero que tenha chicoteado esse garotinho pretensioso – Ben respondeu. – Ou vai deixar a parte apimentada para Anna?

Meu pai decidiu ignorar a segunda parte do comentário e disse apenas:

– Seth é um bom rapaz, e eu aprovo inteiramente o namoro. Talvez ele apareça em algum momento do Natal, e você vai poder conhecê-lo. Anna, Seth vai vir?

– Hum... – resmunguei irritada. O entusiasmo de meu pai por Seth beirava o improvável, em minha opinião. Eu havia perdido as contas de quantas vezes cheguei em casa e encontrei meu pai e Seth sentados lado a lado no sofá, assistindo aos melhores momentos de uma partida de *cricket* e discutindo com entusiasmo as chances da Inglaterra no Ashes, ou resolvendo juntos algum problema de encanamento. A Casa Wicker era trabalho contínuo, já bem melhor do que as ruínas que encontramos quando nos mudamos, mas ainda longe do ideal, e meu pai não hesitava em convocar Seth para um ou outro conserto. Era tudo muito esquisito. Os pais não tinham que odiar o namorado das filhas? E Seth era igualmente culpado. O tempo todo era "Tom disse isso", "Tom disse aquilo".

– Isso é um hum... sim, ou um hum... não? – meu pai perguntou.

– Hum... talvez. Vamos sair hoje à noite, se você não se importar, mas vai depender dos planos da mãe dele para amanhã.

– Por que não os convida para um drinque?

– Hum... – Mordi o lábio. – Não sei...

– Por que não? – Ele parecia um pouco ofendido. – Adoraria ver a Elaine.

– Ah, não é a Elaine – expliquei apressada. – É Bran, o avô de Seth. Ele veio para o Natal e... – Parei sem saber como continuar. – Ele não me aprova por eu ser uma bruxa, então duvido que queira vir à nossa casa. – Tentei encontrar outro jeito de relatar o ódio veemente de Bran, um jeito que não o fizesse parecer senil.

– Querida – Ben tocou meu braço e baixou a voz a uma oitava dramática –, não me diga que ele é... *homofóbico*?

– Ah, pelo amor de Deus! – Rick bateu nele com uma baguete. – Deixe a menina em paz. Ela não quer os amigos velhos do pai queimando seu filme. E daí?

– Não, não é isso, de verdade – declarei apressada, mesmo sabendo que os dois estavam brincando. – É que o avô de Seth... ele não me aprova. Não acha que sou a garota certa para Seth. E como ele está hospedado na casa deles, não quero provocar uma discussão de família no Natal. Seth e eu vamos nos ver hoje à noite no *pub*, e acho que vai ser só isso. Vamos esperar para ver o que acontece, certo?

– Anna! – Ben ficou sério e me envolveu em um abraço que cheirava a Gaultier. – Quem não a aprovaria? Nesse caso, eu me recuso a compartilhar uma gota de Veuve Clicquot com esse velho bode idiota. Se ele aparecer, vamos deixá-lo sentado no jardim bebendo água da chuva.

Eu o abracei de volta. E depois, quando Ben apontou enfaticamente para o teto, onde o visco estava pendurado, balançando suavemente embalado pelo ar quente do fogão, eu o beijei no rosto.

★

Às oito da noite, deixei meu pai e os outros instalados confortavelmente na frente da crepitante lareira da sala de estar, discutindo se Quorn era uma palavra válida no jogo de palavras cruzadas, e peguei minha velha bicicleta para pedalar até o Coroa e Âncora, onde Seth ajudava no balcão. Não esperava encontrar o lugar muito cheio, mas, por alguma forma misteriosa de comunicação adolescente, parecia que todas as salas do Colégio Winter estavam ali para uma reunião espontânea do tipo "meus pais estão me enlouquecendo na véspera de Natal".

Disse oi a pelo menos três pessoas da escola enquanto prendia a bicicleta com um cadeado à cerca do jardim do bar, e encontrei mais meia dúzia lá dentro. Em uma saleta perto da lareira estavam June, Prue e Liz, e mais dois garotos que eu não conhecia. June parecia muito corada e feliz, com o rosto redondo radiante embaixo da franja pesada.

As coisas estavam meio estranhas com elas desde o ano passado – elas haviam sido as primeiras no Colégio Winter a se aproximar de mim, e depois, do ponto de vista delas, eu havia me envolvido com o garoto mais lindo do colégio e virado amiga da distante e sarcástica Emmaline Peller, deixando-as sem pensar duas vezes. E pior era que eu nunca poderia explicar. Mas quando acenei hesitante, elas sorriram para mim. June falou:

– Ei, Anna, esse é Philip. Philip Granger.

Philip Granger? Ela parecia prestes a explodir de orgulho e, quando me aproximei, vi que eles estavam de mãos dadas. Por um minuto senti uma ponta de ressentimento. Havia sido June, com sua paixão maluca por Philip Granger, que tinha nos convencido a experimentar aquele feitiço de amor estúpido. É claro, o encantamento não havia tido nenhum efeito, porque June não era uma bruxa. E agora ela havia conseguido o que queria, e sem os horrores e a culpa que eu tive que enfrentar por Seth...

Suspirei. Era inútil culpar June por meus erros. Eu tinha Seth. Ela estava com Philip. Eram águas passadas.

– É bom conhecer você, finalmente – falei. E era verdade.

Então vi Seth acenando para mim do balcão, por cima de muitas cabeças. Sorri e me despedi do grupo, depois atravessei o mar de estudantes até onde Seth servia bebidas e cobrava por elas.

– Desculpe, Jack – ele dizia a um garoto de rosto corado que ainda não havia concluído o terceiro ano. – Nós dois sabemos que você só tem dezessete anos. Por favor, não faça isso, cara. Está criando uma situação chata para nós dois.

– Anna também tem dezessete anos – Jack respondeu carrancudo. – Não vejo você tentando expulsá-la daqui. Ou as regras são diferentes para suas namoradas?

– Bem, Anna não está bebendo álcool – Seth explicou. Percebi que ele estava ficando irritado. Eu sabia que ele odiava ter que dizer não aos colegas de escola. – Por favor, Jack. Beba um refrigerante, ou procure outro bar.

– Tudo bem. – Jack saiu furioso e eu ocupei o lugar dele. Seth sorriu para mim com alívio.

– Oi, linda. Por favor, faça qualquer coisa, menos mostrar uma falsificação ruim do seu RG e dizer que tem vinte e quatro anos, certo?

– Não vou – prometi. – Quero uma coca.

Seth me serviu a coca, mas não aceitou meu dinheiro. Decidi que o deixaria na caixa de gorjetas dos funcionários antes de ir embora.

– Trouxe seu presente – contei, batendo na bolsa a tiracolo.

Seth deu um tapa na testa.

– Ah, droga. Deixei o seu lá em cima. – E olhou em volta, analisando o movimento do bar lotado. – Acho que não vou conseguir sair daqui com a fila do tamanho que está... Vamos ter que esperar Tim voltar do intervalo. Tudo bem?

– Tudo bem. Você me procura quando puder sair. – E me debrucei sobre o balcão para beijá-lo nos lábios. Minha intenção era só um selinho, mas ele segurou minha cabeça e me beijou de verdade, um beijo apaixonado. Ouvi assobios à nossa volta. Alguém gritou:

– Prometo que beijo você desse jeito, cara, se me servir um drinque em seguida!

E uma menina acrescentou:

– Eu quero o que ela pediu!

Eu me afastei, senti o rosto vermelho e encarei Seth por cima da máquina de refrigerante. Ainda não estava acostumada a essa felicidade triunfante com nossa situação de casal e sua disponibilidade para anunciar o namoro para toda a cidade. A ex de Seth, Caroline, certamente não tinha me perdoado, mesmo seis meses depois, e ainda havia os que se ressentiam contra a menina de Londres que havia aparecido do nada e conquistado o gostosão do colégio. Lutei contra o impulso de olhar por cima do ombro e procurar hospitalidade no rosto das pessoas ou, pior, ver neve, chuva ou outro distúrbio de mágica desabando sobre o bar. Seth, porém, não tinha esse tipo de preocupação e sorria sem nenhuma apreensão.

– Vejo você daqui a pouco.

Hunf. Levei meu refrigerante para um canto mais sossegado. Mas eu mal havia me sentado quando ouvi uma voz familiar.

– Ora, ora, ora, se não é minha bruxa preferida.

– O quê? – Virei tão de repente que quase derrubei minha coca. O irmão de Simon, Abe, estava em pé atrás de mim, com os cabelos negros e desgrenhados ainda mais rebeldes que de costume, a boca retorcida num meio sorriso torto. – Abe! – Eu não sabia se ria ou batia nele. – Fale baixo.

– Ah, relaxe. Nenhum desses bêbados reconheceria uma bruxa nem se apanhasse dela com uma vassoura. E pelo que Emmaline me contou, você anda mais propensa a explodir lâmpadas e fazer chover cerveja.

– Ela contou, é?

– Disse que você estava com alguns problemas. Acho que as palavras exatas foram "Anna está sofrendo de incontinência". Ou esse é outro problema?

– Cale a boca! – Não consegui conter o riso, ele era impossível! – Não, esse não é um problema separado do outro, felizmente.

– Ah, bom, então ainda pode rir sem cruzar as pernas? Isso deve ser um alívio para todos os envolvidos. Posso me sentar? – Ele apontou o banco ao meu lado com a caneca respingando, e eu concordei com um aceno de mão.

– Fique à vontade. Sinta-se em casa.

Ele se sentou e me olhou pensativo enquanto bebia um gole de cerveja.

– Então, qual é o plano? Absorvente?

– Emmaline acha que preciso de aulas. Para ajudar com a incontinência.

– Aulas? – Abe bufou. – De quem? Maya?

Assenti, e ele bebeu mais um gole de cerveja, balançando a cabeça enquanto engolia.

– Não há nada que ela possa ensinar a você – disse.

– Abe, isso é bobagem e você sabe disso.

– Tudo bem, vou tentar colocar de outro jeito. Ela pode ter coisas para ensinar, mas duvido que o problema seja esse. Sim, provavelmente você não sabe muito sobre o efeito da erva-de-são-joão em encantamentos para dormir, mas e daí? Tem mais habilidade natural no dedinho do que a maioria das bruxas no corpo inteiro. Poderia se controlar, me controlar, controlar Emmaline e todo mundo neste salão, se quisesse. Mas não quer. A pergunta é... por que não?

– Eu prometi... – falei em voz baixa.

– A quem?

– Aos Ealdwitan, para começar. – Senti novamente aquela corrente de medo que se apoderou de mim no beco quando os garotos encapuzados nos encurralaram; o terror nauseante antes de perceber que eles não tinham nada a ver com os Ealdwitan, que eram só ladrões. Eu não queria correr o risco de despertar a fúria do grupo outra vez. O perigo de meus poderes vazarem era pequeno comparado com a fúria que provocaria, se começasse a lançar encantamentos deliberadamente. Só precisava me esforçar mais para me controlar.

– Hum... – Abe analisou meu rosto por cima da borda da caneca por um longo minuto, com os olhos negros intensos e inquietantes. Depois mudou de assunto. – Onde está o namoradinho, então?

– Atrás do balcão. – Mostrei Seth com um movimento de cabeça. Ele pegava uma caneca vazia com uma das mãos e servia com a outra. Abe fez uma careta.

– Ótimo, então teremos a companhia dele mais tarde? Esse é um incentivo para beber.

Ignorei a piada e disse apenas:

– Talvez ele se junte a nós, depende do trabalho. Onde está Emmaline?

– No bar. Não, é mentira; aí vem ela. – Ele apontou para o balcão, onde Emma pegava um copo gelado e um pacote de salgadinhos. – Emma, aqui.

– Oi, Anna. – Ela se espremeu para se sentar à mesa pequenina. – Feliz Natal.

– Feliz Natal para você também. Obrigada por ter contado a Abe sobre aquele meu probleminha.

– Ei. – Emmaline abaixou a cabeça numa reação de seriedade debochada, com um esboço de sorriso divertido no canto da boca. – Um problema compartilhado é um problema reduzido, sabe?

– Ah, agradeço por ser tão cuidadosa comigo.

– Contou a ele sobre o pacote embaixo da escada de sua casa? – Emmaline perguntou.

Abe interferiu.

– Eu já soube disso por Simon. Ele não está nada feliz.

– Ninguém está muito feliz, cabeça de vento, muito menos Anna, imagino. É muito esquisito. Por que alguém ia deixar o encantamento lá?

– Eu vejo três possibilidades. – Abe levantou três dedos para contar. – Um, para ajudar você, Anna. Dois, para prejudicar você. Três, não tem nada a ver com você e estava lá antes de se mudar para a casa.

– Mas como Anna falou... como a mãe dela poderia ter se mudado sem perceber o mau cheiro? – Emmaline lembrou. – Alguém *deve* ter posto o encantamento lá depois que a mãe dela desapareceu, quando Anna era pequena.

Respirei fundo.

– Sobre isso. Sobre minha mãe...

– Sim?

– Eu acho... acho...

– Ah, meu Deus – Abe falou devagar. Seus olhos negros encontraram os meus, e vi neles um tipo de compreensão horrorizada.

– O quê? O que tem sua mãe? – Emmaline olhava do rosto dele para o meu. – Espere aí... não pode estar pensando... sua *mãe* fez isso?

– Parece ser a explicação mais lógica – respondi. – Ela sumiu... e antes de desaparecer enterrou um amuleto para nos esconder e...

– E um encantamento para mutilar você? – Emmaline concluiu incrédula. Ela balançava a cabeça, e seu rosto era contorcido pelo desgosto. Era como se... como se eu houvesse sugerido que minha mãe havia cortado uma das minhas mãos para guardar de lembrança. – O feitiço para esconder vocês, sim, isso eu consigo entender; pode ter sido com a intenção de proteger a família de algum jeito. Mas atrofiar sua mágica desse jeito, deliberadamente? Por quê? Por quê? Isso é uma coisa horrível! Que tipo de mãe faria isso com seu bebê recém-nascido?

Que tipo de mãe fugiria deixando para trás seu bebê recém-nascido? Era isso que eu queria falar. Mas mordi a língua e balancei a cabeça.

– Seu pai sabe alguma coisa sobre isso? – Emmaline perguntou.

Balancei a cabeça novamente, dessa vez com mais amargura.

– Não tive coragem de falar com ele... Eu sei, eu sei. – Levantei as mãos. – Mas, Emmaline, não é como se eu não tivesse tentado. Perguntei muitas vezes por minha mãe. Mas é como se ele não pudesse me contar. Como interrogar uma muralha. Não sei o que fazer.

– Vai ter que tentar de novo – Emma respondeu sem rodeios. – Se isso... se essa *coisa* for verdade... – E parou balançando a cabeça. Sua expressão confirmava o que eu já imaginava; aquele encantamento não era uma decisão que alguém tomaria de forma inconsequente, muito menos um pai.

Então, por quê? Por que faria isso?

Só havia um jeito de descobrir a resposta: começar a cavar o passado. Descobrir a verdade sobre a vida e a morte de minha mãe, e sobre o que a fez fugir.

– Tem mais alguém a quem possa perguntar? – Abe indagou.

Balancei a cabeça.

– Meu pai perdeu contato com a família da minha mãe, ou cortou os laços, não sei. E não consigo encontrá-los. Não sei nem qual era o nome dela de solteira.

– Deve estar na sua certidão de nascimento, não? – Emmaline sugeriu.

Balancei a cabeça mais uma vez.

– Não na versão que eu vi, um papelzinho onde só tem meu nome, a data do meu nascimento e coisas assim.

– Essa é a versão resumida – explicou Abe. – Tem uma versão maior, uma folha A4 com mais informações. É preciso solicitar esse documento, eu acho. Mas, dependendo do sobrenome, não sei se vai ajudar muito. Se você sabe que ela era Jane Smith, a certidão completa não vai servir para muita coisa. Não tem mesmo mais ninguém a quem possa perguntar?

– Não, bem... – De repente eu pensei em algo. James, Lorna, Ben e Rick conheciam meu pai havia anos. Eu podia...? Teria coragem? Todos iriam embora no dia seguinte ao Natal. Eu tinha o dia seguinte, basicamente, para descobrir. – Talvez tenha alguém... não sei. Vou ter que pensar nisso.

O problema era que, sem dúvida, eles ficariam com receio de aborrecer meu pai e revelar segredos que eles não tinham o direito de contar. Eu teria que ser muito cuidadosa ao escolher com quem falaria, e como. Lorna, talvez? Eu poderia convencê-la a falar com alguma estratégia envolvendo companheirismo feminino, ou criando um clima de mãe postiça e órfã? Mas Lorna era muito discreta, e eu não tinha certeza de quando ela e meu pai se conheceram. Não suportava a ideia de juntar coragem e ter todo o esforço para perguntar, e tudo ser em vão.

Ben era minha melhor chance, provavelmente. Ele havia estudado em Oxford com meu pai, o que significava que devia ter conhecido minha mãe. Mas ele sabia alguma coisa? Havia morado em Nova York durante muitos anos depois da universidade. Talvez esse período coincidisse com o do breve casamento dos meus pais?

Eu olhava para o nada, ouvindo sem muita atenção o que Emmaline e Abe diziam, quando um *flash* vermelho no bar chamou minha atenção, e eu vi uma ruiva se debruçando confiante sobre o balcão para falar com Seth. Era a garota do restaurante.

Mordi o lábio quando ela se debruçou, com os seios quase pulando do decote da blusa. Ela era linda, com grandes olhos escuros realçados com sombra escura esfumaçada para parecerem ainda maiores e mais profundos, e com os cabelos vermelhos cobrindo os ombros e as costas como uma crina de fogo. Ela cochichava alguma coisa para Seth.

– O quê? – Notei que ele gritou de volta irritado. – Pode falar mais alto? Não consigo ouvir nada.

Ela o chamou por cima do balcão e ele se se inclinou para a frente. Ela então o agarrou pela gola da camisa e puxou para mais perto, aproximando a boca de sua orelha. Não vi bem o que aconteceu em seguida, mas podia imaginar. Seth recuou com uma mistura de choque e espanto estampada no rosto, limpando a orelha com um pano de prato numa reação instintiva. Havia uma mancha de batom que ia desde a orelha direita até o alto da bochecha, e a garota ria com a língua entre os dentes numa atitude provocante. Senti meu rosto ficar vermelho de raiva.

Ela disse mais alguma coisa, e eu vi Seth balançar a cabeça e apontar para mim no canto. Depois ele se afastou para ir servir outro cliente. A menina deu de ombros e começou a escrever alguma coisa em um porta-copos. Seth a ignorou. Ele se esticou para pegar um copo na prateleira, a camiseta subiu e deixou à mostra uma faixa de pele bronzeada e um caminho de pelos escuros, e a garota se debruçou sobre o balcão e encaixou o porta-copos atrás da fivela do cinto, dentro de sua calça. Seth pulou assustado e derrubou o copo de cerveja, espalhando cacos de vidro pelo chão.

A fúria explodiu dentro de mim. Como ela se atrevia? Como se *atrevia*!

Senti cheiro de queimado. A fumaça invadiu o bar e a garota gritou, segurando a parte detrás da cabeça.

– Meu cabelo! Meu cabelo está pegando fogo!

Houve uma comoção imediata. Alguém jogou bebida, outra pessoa abafou as chamas com as mãos. A menina agora chorava com o cabelo encharcado de cerveja e os amigos em volta tentando acalmá-la.

– Zoe, você está bem?

– O que aconteceu?

– Deve ter sido alguém com um cigarro. Quem está fumando aqui?

Seth observou a cena boquiaberto por um instante. Depois se debruçou sobre o balcão e perguntou?

– Você está bem? Posso fazer alguma coisa?

– Ela está bem. – Uma das amigas abraçou a chorosa Zoe. – Bebeu demais. Vou levá-la para fora. – E levantou a voz. – Quem estiver fumando aqui, espero que tenha ficado satisfeito. Tem um motivo para a proibição, sabe?

Ela olhou em volta com ar sério, reprovador, e em seguida levou Zoe, que ainda soluçava, para fora.

Emmaline olhou para mim. Eu cobria o rosto com as mãos. Minhas bochechas queimavam.

– Anna?

– Meu Deus, Emmaline. O que está acontecendo comigo?

Emmaline balançou a cabeça, e seus lábios se comprimiram numa linha fina.

– Não está dando certo, Anna. Fingir que é uma pessoa normal, seja lá o que for normalidade. Você não é. E seu corpo sabe disso. Admita o que é e pare de fingir.

Ela olhou por cima do meu ombro enquanto falava e sua expressão mudou, passou para alguma coisa entre desgosto e resignação.

– Tenho que ir embora. Abe?

Abe olhou além de mim e assentiu.

– Eu deixo você em casa. Se tomar mais uma cerveja, vou ultrapassar o limite, mesmo. Até mais tarde, Anna. Bom Natal e tudo o mais.

Virei para ver o que havia alterado o humor dos dois. Era Seth.

– Por que eles foram embora tão depressa? – Seth perguntou quando sentou ao meu lado. Dei de ombros, mas a verdade era que eu sabia. O que tornava tudo pior, do ponto de vista deles, era que eu estava revelando seus segredos também, não só os meus. Seth havia visto demais, sabia demais para estar seguro.

– Emma está cansada – menti. E meu coração ficou apertado quando vi o quanto ele estava esgotado, com sombras escuras em torno dos olhos, a camiseta suada de trabalhar no bar a noite toda. – E você, como se sente?

– Morto de cansaço. – Ele passou a mão pelos cabelos, revirando as mechas em uma confusão desgrenhada e suada. – Completamente exausto. Passei o dia todo tentando fazer aquela maldita lição de casa de Química, e a noite inteira trabalhando aqui. E como se não bastasse, apareceu aquela garota estúpida! Enfiando a língua na minha orelha... – Ele estremeceu. – E como o cabelo dela pegou fogo?

Apoiei a cabeça nas mãos, sem conseguir pensar sequer em como começar a responder. Seth viu minha expressão e começou a balançar a cabeça.

– Não, não, você nem chegou perto dela! Anna, não faça isso com você. Precisa parar de pensar que tudo de ruim que acontece em um raio de oitenta quilômetros tem a ver com você.

– Ela estava flertando com você – falei com uma voz que parecia fria e dura até para os meus ouvidos.

– Anna, não foi você. – Ele segurou meu rosto entre as mãos. – Você é uma *boa* pessoa. Eu sei que é.

– E aqueles homens no beco? – perguntei. – E *você*, seis meses atrás? Não me lembro de você estar muito convencido da minha bondade com tanta veemência quando encantei você. Disse que me odiava e que nunca mais queria me ver.

– Eu errei. E aqueles homens, você me salvou de ser esfaqueado, Anna. Seria uma pessoa melhor se não tivesse feito nada, se tivesse deixado aqueles caras me matarem?

– Talvez, não sei. – Eu me sentia horrível, não sabia como uma noite tão boa havia azedado tanto.

– Por favor. – Seth afagou meu cabelo e deslizou a mão até minha nuca, acariciando o ponto sensível atrás da minha orelha. – Pare com isso, amor. É véspera de Natal. Não deixe isso estragar tudo. – E levou a mão para baixo da mesa. – Trouxe seu presente.

Era um objeto pequeno, mas pesado na minha mão, e estava embrulhado em papel dourado.

– Também estou com o seu aqui – falei, tentando sorrir. Estendi a mão para pegar a bolsa. Sabia que era impossível adivinhar o que era. Uma caixa quadrada, anônima... Podia ser qualquer coisa.

Seth sacudiu o pacote e parecia curioso.

– É frágil?

– Não muito. Melhor não bater com uma marreta. – Sacudi o presente dele para mim. Não fazia barulho nenhum. – Quero uma pista.

– Não. – Ele riu, feliz por me ver preocupada com alguma coisa além de magia. – Vai ter que esperar até amanhã, como uma boa menina. – E cobriu a boca tentando sufocar um enorme bocejo. – Desculpe, desculpe. Estou muito cansado.

– Você precisa dormir. E eu preciso ir para casa.

– Não, suba comigo. – Eu hesitei, e ele tentou me convencer com um sorriso provocante e cheio de malícia. – Minha mãe está no bar... Tem tanto barulho aqui que ninguém vai ouvir os nossos barulhos lá em cima...

– E seu avô? Ele não ia ficar para o Natal?

– Estava dormindo na frente da televisão na última vez que olhei. Apagou como uma lâmpada.

Balancei a cabeça. Se Bran estava lá em cima, eu não ia correr o risco de um confronto.

– Desculpe, Seth. Acho que seu avô não iria gostar muito de me ver.

– Mas ele não vai ver você! Vamos passar por ele sem fazer barulho. Por favor? – Seth beijava minhas mãos, um dedo de cada vez. – Eu poderia improvisar mais um presente de Natal?

O desejo se acumulava em meu ventre como uma fome insaciável, mas balancei a cabeça novamente, dessa vez mais decidida.

– Não. Seth, escute, fiz nevar quando nós nos beijamos. Não acha que... – Parei e olhei em volta, baixando a voz antes de continuar. – Não acha que fazer alguma coisa *além disso*, principalmente com seu avô em casa, seria uma péssima ideia?

– Tem medo de fazer a terra se mover? – Seu sorriso era malicioso, mas eu não estava rindo.

– Se prefere colocar as coisas desse jeito, sim.

– A maioria das garotas tem medo do contrário – ele brincou, mas o riso desapareceu de seu rosto diante da minha expressão. – Ai, Anna, Anna, meu amor, desculpe; não quis ser canalha. Eu só estava brincando.

Ele se inclinou e me beijou suavemente, depois me abraçou. Apoiei a cabeça em seu peito e ouvi as batidas lentas de seu coração, e tive a impressão de que o ruído do bar ia ficando mais distante.

– Escute, você não quer – ele disse com voz suave –, e está tudo bem. Está tudo bem mesmo.

Eu não disse nada. Como poderia explicar que o problema não era não querer subir com ele, mas *querer*, e querer desesperadamente, e que dizer não de novo e de novo fazia meu coração se partir cada vez mais?

A campainha soou no balcão anunciando que os últimos pedidos deviam ser feitos antes da hora de fechar, e Seth beijou o topo de minha cabeça.

– Vamos – ele falou com os lábios tocando meus cabelos. – Está cansada, vou levar você para casa de carro.

– Eu vim de bicicleta. – Endireitei as costas meio encabulada, tentando sorrir. – Ela não vai caber no seu carro. Tudo bem, não se preocupe. Está tudo bem, prefiro ir pedalando.

– Tem certeza? – Ele me encarou com atenção. Tentei dar um sorriso mais convincente e assenti com firmeza.

– Sim, certeza. Vou aproveitar para clarear as ideias.

– Tudo bem. Então, me dê um beijo.

– Não... – Olhei em volta, e ele suspirou.

– Lá fora, então? Onde não tem tanta gente?

– Tudo bem.

Saímos e ele ficou parado com os braços em torno do corpo para se aquecer, observando enquanto eu removia a corrente que prendia a bicicleta e prendia as luzes de segurança. Em seguida ele estendeu os braços.

– Vem cá.

Não sei quanto tempo ficamos ali, abraçados no ar gelado da noite, com as luzes da bicicleta cintilando ao nosso lado na escuridão. Só sentia o coração dele batendo perto do meu, seus cabelos úmidos, a barba por fazer roçando minha pele e o calor dos lábios em meu pescoço.

Quando nos afastamos, estávamos tontos e ofegantes, e precisei de um momento para recuperar o foco. Vi os flocos brancos flutuando no ar da noite. E percebi repentinamente.

– Ai! – O pânico era inevitável. Eu havia arruinado esse momento perfeito, como tantos outros. – Droga, droga, *droga*!

– Anna... – Ele me segurou, e vi seu rosto iluminado pelo riso e pela alegria. – Não viu a previsão do tempo? Está nevando *de verdade*. Não tem nada a ver com você. Vai ser um Natal com neve, Anna.

★

Voltei pedalando sob a neve que caía, a luz frontal da bicicleta iluminando os flocos que passavam por mim em pequenos aglomerados e solitários. Meus lábios ainda guardavam o calor dos beijos de Seth, e minha respiração formava nuvens brancas. A lua era contornada por um halo de gelo e a paisagem era linda: Winter em sua versão mais encantadora.

Havia uma janela acesa em uma das casas enfileiradas na rua, as cortinas abertas criando um rio dourado no gramado congelado. Uma silhueta estava sentada diante dessa janela; uma garota cujos cabelos claros brilhavam à luz da lâmpada. Seu queixo repousava sobre uma das mãos e o rosto estava voltado para o *pub* no alto da rua. Havia tanto anseio em sua expressão que quase não a reconheci, mas, quando percebi quem era, derrapei e quase caí no chão coberto de neve. A garota era Caroline, a ex-namorada de Seth, mas eu nunca havia visto seu rosto tão melancólico antes. Sentia-me como se invadisse uma propriedade privada.

Pisei no pedal, pronta para me afastar antes que ela notasse minha presença, mas os pneus da bicicleta levantaram um *spray* de neve, e ela olhou em minha direção.

E franziu a testa. Não me reconhecia cercada pela escuridão. Em parte eu ainda queria fugir, mas, agora que ela tinha me visto, seria covardia, como se alguém me surpreendesse espionando, ou coisa parecida, como se eu estivesse envergonhada. Por isso tirei o capacete, sacudi os cabelos e levantei a mão. Não sei o que esperava. Não pensei que ela correria para me abraçar, é claro, mas era Natal!

Qualquer que fosse minha expectativa, não foi o que aconteceu. Ela levantou de repente, tão de repente que ouvi o estrondo da cadeira caindo no chão, e seu rosto se contorceu. Por um momento ela olhou para mim, os olhos queimando na escuridão. Depois fechou a cortina com um barulho de tecido rasgando.

Mordi o lábio ao colocar o capacete de volta, tentando controlar os dedos adormecidos e fechar a fivela. Quem eu queria enganar? Havia roubado o namorado dela, inundado sua casa, bagunçado sua vida de todas as maneiras que alguém pode imaginar. Ela não tinha obrigação nenhuma comigo. Certamente não tinha que me perdoar.

Mas, antes que eu terminasse de afivelar o capacete, um raio de luz invadiu a escuridão e vi Caroline descalça na neve, os cabelos formando um halo reluzente na porta iluminada.

– Saia daqui – ela falou.

– Sinto muito – respondi enquanto tentava fechar a fivela, mas meus dedos gelados se recusavam a cooperar. – Estou indo, de verdade.

– Eu disse para sair daqui. Não basta ter que aguentar você pendurada em Seth no colégio? Agora vou ter que ver seu sorrisinho idiota no meu jardim também?

– Sinto muito – repeti. Desisti da fivela do capacete e pisei no pedal. – De verdade.

– Sente! – Ela riu, aproximando-se de mim sob os flocos de neve. Devia estar congelando na camisola fina, com os pés descalços pisando o chão congelado, mas era como se nem notasse o frio. – Sente? Acha que pode arruinar minha vida e resolver tudo dizendo que "sente muito"?

– Nunca tive a intenção de magoar você, Caroline. Se soubesse como me sinto mal...

– *Você* se sente mal? – Ela agora estava a centímetros de mim. Parecia um anjo vingador na camisola branca, com os cabelos emoldurando seu rosto como uma aura de fogo. – Como acha que *eu* me sinto?

– Sinto muito – falei mais uma vez. Mas ouvia a impotência em minha própria voz, a certeza de que nunca, nunca poderia consertar essa situação.

– Cale a boca! – ela gritou.

E me empurrou.

Perdi o equilíbrio, e com a bicicleta entre as pernas não consegui me manter em pé. Caí sem poder sequer amortecer o impacto, com a bicicleta em cima de uma canela. O metal rasgou meus *jeans* e a pele. Caroline ficou parada, olhando por um momento enquanto eu me revirava na neve, e senti o calor do sangue começando a encharcar os *jeans*.

– Se acha que isso acabou, está enganada – ela disse. – Nunca vai acabar, não enquanto você e Seth não terminarem.

Depois se virou para voltar para casa. Caroline entrou e bateu a porta, e eu fiquei sozinha, no escuro e sob a neve que continuava caindo.

CAPÍTULO CINCO

Fiquei em silêncio até ela se afastar, e depois, quando a casa ficou silenciosa e tive certeza de que Caroline não voltaria, eu me contorci dolorosamente para sair de baixo da pesada bicicleta e levantei a calça para examinar minha canela. Havia um corte longo e sangrento na parte da frente e um rasgo nos *jeans*. O corte era feio, mas nada que eu não pudesse resolver com um pouco de água morna e antisséptico.

Mas quando tentei ficar em pé, o pé que havia ficado embaixo da bicicleta não suportou meu peso. A dor subiu pela perna, espalhando ondas elétricas agonizantes até o alto da coxa, e eu caí novamente sobre a grama congelada. O choque fez brotar lágrimas quentes em meus olhos. Esperei, mordi a parte interna da boca para segurar o choro, e a dor se resumiu a um latejar persistente na região do tornozelo.

Não conseguiria pedalar até minha casa. Teria que... O quê? Telefonar para meu pai? Ele terminava um cálice de porto e se preparava para uma dose de uísque quando saí de casa. Não devia estar em condições de dirigir. Olhei para a subida até o *pub*. Quatrocentos metros de distância, mais ou menos, longe demais para ir mancando, e as janelas estavam escuras.

Eu me movi desajeitada, tentando pegar o celular no bolso dos *jeans* sem provocar outra explosão de dor no tornozelo, e tentei falar com Seth. Caiu na caixa postal; provavelmente, ele havia se esquecido de carregar a bateria outra vez. Quando desliguei, notei que a bateria do meu telefone também estava no fim. Ótimo.

Liguei para o *pub*, mas eles já haviam fechado. Ouvi a voz de Elaine recitando os horários na secretária eletrônica, sugerindo que eu fizesse uma reserva para o jantar.

Deixei uma mensagem, mas sem muita esperança de que alguém a ouvisse antes da manhã seguinte. Desliguei e telefonei para o telefone fixo do apartamento dele.

O telefone tocou por alguns minutos. Seth estava no banho? Estava no bar? O frio começava a penetrar minhas roupas enquanto eu ouvia o toque incessante e inútil do outro lado da linha. Meu telefone apitou avisando que a bateria estava acabando, e eu começava a me desesperar quando ouvi um clique. Alguém finalmente atendeu a ligação.

– Quem é? – A voz era rouca e pastosa, sonolenta. Por um instante fiquei confusa, depois meu estômago deu um salto.

Bran.

– Alô – falei. – Alô, Bran, sou eu... Anna.

Nenhuma resposta. Só um silêncio pouco promissor do outro lado da linha, apenas os ruídos arfantes e pesados da respiração difícil de um homem idoso.

– P-posso falar com Seth, por favor? Lamento telefonar tão tarde, mas é uma emergência. Eu me machuquei, caí da bicicleta.

Mais uma espera silenciosa.

– Alô? – repeti, começando a me desesperar. – Bran, por favor, eu realmente... não consigo andar. Seth está aí, Bran?

– Não. – A voz soou ríspida. – Não tem ninguém aqui com esse nome. Conheço seu tipo, seus malditos truques. É uma praga que aborrece pessoas respeitáveis tarde da noite. Deixe-nos em paz, vá se danar!

Houve um estalo ensurdecedor, como se o fone tivesse sofrido um forte impacto, e a ligação foi interrompida.

Por um segundo fiquei ali sentada, olhando para o celular. Eu havia ligado para o número errado? Não, impossível... Estava lá no registro, última ligação feita. *Casa do Seth.*

Pressionei o botão de *redial* com os dedos tremendo de raiva. Por Deus, eu ia obrigar Bran a chamar Seth.

Mas, para piorar a minha situação, o número estava ocupado. Ele havia tirado o telefone do gancho.

Maldito Bran Fisher! Maldito velho déspota e tendencioso com a alma corroída pelo ódio. Por um segundo senti vontade de jogar o telefone no chão e pisoteá-lo.

Mas me contive. Em vez disso, respirei fundo tentando controlar a fúria, percorri a agenda do celular até o número de Emmaline e liguei para ela. A ligação nem foi completada. A tela piscou uma vez e a bateria acabou.

Dessa vez eu não fiz nada. Apenas fiquei sentada na neve e, com a onda de raiva perdendo força, fui tomada por um sentimento de ansiedade que beirava o pânico. O que eu ia fazer? O que eu *podia* fazer? Não podia ficar ali sentada a noite toda, esperando para congelar, certo?

Finalmente rangi os dentes e, com um esforço terrível e um movimento rápido, eu me levantei usando a bicicleta como apoio. Fiquei em pé tremendo de frio e dor por um minuto insuportável. Seria possível voltar ao *pub* usando a bicicleta como muleta?

Dei o primeiro passo para fazer a tentativa; a roda dianteira girou na neve fofa, escorregou na calçada e a bicicleta caiu outra vez. Perdi o equilíbrio e caí com ela, apoiando o peso do corpo no tornozelo machucado. A dor que senti foi tão forte que arrancou um grito da minha garganta. Fiquei ali caída, metade do corpo na calçada, metade na sarjeta cheia de neve, tentando engolir as lágrimas de agonia.

A água gelada penetrava lentamente nos meus *jeans* e eu me arrepiei, um movimento convulsivo que fez meu tornozelo protestar de novo. Mas quando a dor perdeu parte da intensidade, percebi que estava com frio. Com muito, muito frio. E não tinha absolutamente nada com que me aquecer.

De início não ouvi o barulho do carro, mas a luz dos faróis me fez virar a cabeça. Por um momento fiquei paralisada como um coelho diante dos dois feixes de luz que atravessavam a cortina de neve. Então o motorista me viu caída na estrada. O som repentino de uma buzina rasgou a noite, depois foi a vez do chiado do breque e de uma horrível derrapagem dos pneus tentando sem muito sucesso aderir ao asfalto congelado.

Quando o carro deslizou pela pista, eu fechei os olhos com força, rangi os dentes e usei toda a magia que eu tinha para parar o automóvel. Quando abri os olhos, eu me deparei com a placa parada a centímetros do meu nariz.

A porta do motorista se abriu.

– Sua maluca... – Um grito furioso cortou o silêncio. – Você bebeu ou já nasceu idiota? – Uma silhueta alta e sombria contornava a frente do automóvel. – Que diabos está fazendo aí deitada...?

A pessoa parou.

– Anna?

Levantei uma das mãos, protegendo os olhos contra o brilho dos faróis.

– Que... quem é?

– Sou eu. – Abe caiu de joelhos na neve ao meu lado. – O que está fazendo? Percebeu que eu podia ter matado você?

– Eu parei o carro – respondi cansada.

– *Eu* parei o carro! – ele devolveu. Só então notou o sangue na neve, meus *jeans* rasgados, a bicicleta caída meio em cima de mim. – Jesus, Anna. O que aconteceu? Foi atropelada?

– Nada tão dramático. Eu caí. – Não contei os detalhes da minha discussão com Caroline. Alguma coisa me disse que Abe não ia gostar de me ouvir relatar como brigamos como duas vadias no meio da rua por causa de Seth. – O que está fazendo aqui?

– Estou voltando para casa. Fui deixar Emmaline. Você está bem? – Ele levantava minha calça molhada e suja de sangue enquanto falava. O toque de suas mãos era gentil, mas quando tocou meu tornozelo, eu não consegui sufocar um gemido de dor, e Abe balançou a cabeça. – Isso deve ser um não. Venha cá... – Ele afastou a bicicleta e passou um braço em torno do meu corpo, sustentando meu peso. – Vamos chegar mais perto da lâmpada da rua, quero ver melhor o que aconteceu, descobrir se precisa de atendimento de emergência.

Ele me ajudou a levantar e eu fiquei em pé, os dentes travados para enfrentar a dor, a respiração ofegante. Abe me olhou com atenção por um momento, depois se abaixou e me pegou nos braços.

– Abe – falei. – Abe! Ponha-me no chão! Eu consigo andar, pelo amor de Deus!

– É mesmo? – E virou a cabeça para olhar para mim, seu rosto estranhamente próximo, agora que eu estava apoiada em seu peito. – Então, aquele grito quando toquei seu pé foi só brincadeira, encenação? Escute, se tem alguma sugestão, pode fazer. Caso contrário...

– Sou muito pesada... – Tentei hesitante quando ele começou a andar, mas Abe só me segurou ainda mais perto do corpo. – Por favor, isso é estranho, ponha-me no chão.

– Você não é pesada, pelo amor de Deus. É uma adolescente. Pare de se debater, ou vou escorregar na neve e vamos acabar os dois na emergência.

Eu cedi, e alguns minutos mais tarde paramos embaixo de uma lâmpada da rua. Abe me pôs no chão e ajoelhou ao meu lado sobre a neve, levantando a perna da calça ensopada de sangue até meu joelho. O que havia embaixo dela me fez arrepiar, e Abe deixou escapar um assobio baixo.

– Você não faz as coisas pela metade, garota. O corte é grande. E seu tornozelo dá a impressão de que você tem elefantíase.

– Então, o que acha? Emergência, mesmo?

– Hum... talvez não seja necessário. – Abe tocou meu tornozelo outra vez, não como se o examinasse, mas apenas repousando os dedos frios contra o inchaço. Tive a impressão de que ele queria sentir alguma coisa. – Se houvesse fratura, eu diria que sim, emergência e médico imediatamente, mas... – Ele ficou em silêncio por um momento e balançou a cabeça. – Tenho certeza de que não está quebrado. Podemos dar um jeito nisso.

– O que quer dizer?

– Curar.

– Curar? Como?

– Como acha que pode ser? Com magia, é claro. Se estivesse quebrado, eu não mexeria em nada. Ninguém quer um osso soldado na posição errada; isso é pior do que não fazer nada. Mas é só um corte e inchaço, nada que seu corpo não possa resolver com um pouco de ajuda.

– E você pode ajudar?

– Sim. Mas...

– Mas...? – repeti.

– Mas não é o que vou fazer.

– O quê? Isso é horrível! Está me dizendo que pode resolver tudo isso, mas não vai fazer nada?

– Exatamente. *Você* vai resolver.

Nós nos encaramos. Estávamos muito próximos no círculo formado pela luz da iluminação pública. Seus olhos negros refletiam o brilho frio da neve.

– Então? – Abe perguntou finalmente.

– O que vai fazer se eu me recusar? Vai me deixar aqui na neve?

Ele ficou em silêncio por um minuto, depois assentiu relutante.

– Se for necessário, sim.

– Isso é chantagem. – Minha voz tremeu.

– Estou tentando... – Abe engoliu em seco e o vi cerrar o punho. – Estou tentando ajudar, Anna. Você precisa começar a fazer magia. Sei que não quer, sei que o motivo tem a ver com algum código moral distorcido que respeita, mas vai acabar machucando alguém se não praticar. Provavelmente você.

– Mas não sei como! – Era um grito de desespero no ar quieto da noite. – Por favor, Abe, não sei nada sobre isso. O que espera que eu faça? Preciso de um feitiço... alguma coisa!

– Não precisa de feitiço – Abe reagiu impaciente. – Isso é bobagem, enrolação, postergação. A magia, a verdadeira magia, vem daqui. – Seu punho bateu no peito, uma ruga profunda marcou sua testa. A luz fria fazia brilhar um *piercing* em sua sobrancelha.

– Preciso de *alguma coisa* – insisti. – Não está me tratando de um jeito justo, Abe. Preciso de uma chance. Você teve anos! E eu, o que tive?

– Teve tempo suficiente. Tempo não é o problema. Você tem medo.

Queria gritar que não tinha medo nenhum e que ia provar.

Mas ele estava certo. Eu tinha medo. Medo de atrair novamente a fúria dos Ealdwitan sobre mim e Seth. Medo do que poderia acontecer se eu relaxasse. E... medo de mim.

– Tudo bem – ele concordou finalmente. – Adeus, Anna. Divirta-se congelando seu traseiro aqui.

– Não!

Mas Abe se levantou como se eu não tivesse falado nada, removeu a neve dos joelhos e começou a andar sem pressa para o local onde havia deixado o carro.

– Não! – gritei. – Abe!

Ele continuou andando, o barulho das botas esmagando a neve soava cada vez mais fraco à medida que se afastava.

– Abe, Abe, seu cretino, por favor! – Um nó de pânico crescia na minha garganta, me sufocava e quase me impedia de respirar. – Tudo bem! – gritei finalmente. – Tudo bem, tudo bem, vou fazer o que diz, por favor, volte!

Os passos pararam.

– Eu faço – repeti. – Mas, por favor, volte aqui e me ajude.

Ele voltou lentamente pela estrada escura e se ajoelhou ao meu lado na neve.

– Comece, então.

– Mas o que eu faço?

– Só precisa querer. Feitiços, encantamentos, toda essa bobagem... Isso não significa nada. Nada disso tem poder verdadeiro. É uma maneira de concentrar a mente; por isso as pessoas recorrem a eles. Mas é só uma muleta, e você não pode depender dela. O que conta é o quanto você quer alguma coisa, o quanto está disposta a dar para fazer esse desejo acontecer.

– Mas pelo amor de Deus! – Meus dentes trêmulos batiam sem parar, e eu nem sabia ao certo se era de frio ou de raiva. – Francamente, Abe, é claro que quero meu tornozelo curado. Se fosse só isso, eu teria resolvido a situação muito antes de você chegar aqui. É claro que eu quero, mas nada acontece.

– Deseje com mais força – Abe respondeu sem rodeios.

Fiquei ali sentada na poça de luz fria, sentindo a dor no tornozelo pulsar por toda a perna – e desejei que ele ficasse bom. Queria que ficasse bom, disse a mim mesma. *Queria*. Senti meu poder em movimento, fluindo, e tentei direcioná-lo para as áreas machucadas da minha perna, prendendo o fôlego com o esforço de concentração. Abe continuava em silêncio, me observando, e finalmente eu deixei escapar um grande gemido de frustração, uma nuvem branca no ar da noite.

– Não funciona. Não está funcionando! Abe, não sei o que *fazer*!

Ele olhou indiferente para o meu tornozelo. Parecia menos inchado, uns dois milímetros, talvez, e o vermelho era um pouco mais claro, mas não estava curado.

– Não está tentando o suficiente, Anna. Você quer ficar bem, mas não está disposta a abrir mão de suas reservas direcionadas ao uso da magia. Quer ficar curada, mas não quer sujar as mãos. Escute. – Ele se aproximou um pouco mais, o rosto tão perto do meu que senti o calor de sua respiração na face. – Não adianta querer como quer todas as coisas. É inútil desejar pensando "Ah, não seria muito legal se eu nunca mais machucasse a perna?", ou algo parecido. Você precisa querer tanto que essa vontade queima. Precisa querer *especificamente*.

Precisa desejar cada músculo, nervo e célula de sua perna curados. Precisa querer o sangue coagulado, a pele ilesa, os glóbulos brancos matando a infecção. Aqui...

Antes que eu pudesse protestar, ele segurou minha mão dormente e fria e a colocou sobre o corte na minha perna, e foi tão duro que eu gritei. Depois ele apertou meus dedos contra o ferimento, e as terminações nervosas uivaram em protesto.

– Sente isso? Sente onde está a dor? É ela que diz o que está errado. É ela que diz o que você tem que fazer. Não se limite a fazer parar de doer, isso só vai entorpecer sua perna, e você vai andar machucada e vai acabar piorando o quadro. Você precisa *querer* se curar, precisa querer estar *inteira*.

Deitei na neve gemendo de dor, com a mão dele segurando a minha, a minha apertando a perna, e fiz o poder fluir pelo meu calor, uma onda quente e urgente que desceu por minha mão, penetrou a carne, osso e sangue da minha perna exatamente onde a dor gritava e uivava.

Eu quero. Eu *quero*. Quero me curar, ficar saudável e não precisar ficar deitada aqui na neve, incapaz de andar, sem conseguir cuidar de mim. Não havia mais nada na minha cabeça, exceto a necessidade dominante e o calor da mão de Abe sobre a minha.

Finalmente desabei. Desmoronei de lado na neve, ainda segurando minha perna, e Abe me amparou antes que eu batesse a cabeça na calçada.

– Sinto muito – gemi com voz rouca. – Sinto muito, não consigo. Não posso fazer mais nada.

– Olhe – Abe falou em voz baixa, e removeu minha mão de cima da perna. Havia sangue em meus dedos, nos *jeans*, sangue na neve. Mas não na perna. Minha perna estava inteira. Abe lavou a pele cuidadosamente com um punhado de neve, removendo os últimos resquícios de sangue. Uma fina cicatriz prateada marcava o local do corpo. Abe traçou a linha com o dedo e eu me arrepiei.

– Vê isto? – ele perguntou. Havia em seu rosto linhas fundas que eram quase de pesar.

Eu assenti.

– Esta linha marca o limite da bruxaria. A magia pode ajudar seu corpo a fazer o que ele já é capaz de fazer, e pode ajudá-lo a fazer ainda melhor, mas não mais do que isso. Você pode ajudar a cura, pode combater a infecção, pode conter o progresso da doença. Mas ninguém pode fazer um membro crescer de novo. Ninguém pode apagar uma cicatriz. Você não pode desfazer o que já está feito.

– Entendo – respondi atordoada. – Obrigada, Abe.

– Não me agradeça – ele falou com uma frieza repentina. Em seguida se levantou e estendeu a mão para me ajudar a ficar em pé. Senti uma leve rigidez quando apoiei o peso do corpo sobre o tornozelo, mas não mais do que isso. – Você fez tudo.

Ele me acompanhou de volta ao lugar onde estava a bicicleta e entrou no carro, ligando o motor para acelerar o aquecimento. Depois abriu a janela e olhou para mim, sua respiração formando nuvens brancas no ar da noite.

– Até mais, Anna. A gente se vê por aí.

– Abe...

Mas ele já havia partido. Pisei no pedal com cautela e comecei a pedalar de volta para casa, em meio à neve que continuava caindo.

CAPÍTULO SEIS

Quando acordei na manhã seguinte, até a leve rigidez no tornozelo havia desaparecido. Fiquei deitada por um momento flexionando os dedos, depois toquei a cicatriz e pensei no que havia feito. O que eu havia feito? Ou o que Abe havia feito? Apesar de suas últimas palavras, eu não sabia ao certo quanto havia sido obra minha e em que medida ele tinha ajudado.

Não sabia se me sentia grata por ele ter me socorrido, ou furiosa por ter me chantageado. Apesar de tudo o que Emmaline, Maya e Abe diziam, eu ainda me sentia muito desconfortável com a ideia de usar magia. Se era algo inevitável, sim. Mas não se tivesse outro jeito. Não porque eu podia, simplesmente. Não depois do que fiz no ano passado.

Vivi sem magia durante dezessete anos, e vivi bem e segura. E desde minha decisão de parar de usá-la, há seis meses, voltei a viver em paz e feliz. Eu estava em paz, livre dos Ealdwitan, era feliz com Seth. Seria tão impossível continuar assim?

Finalmente enfrentei o frio e saí da cama para abrir a cortina. O sol ainda não tinha nascido, mas havia uma luminosidade no céu que prenunciava o amanhecer, e a floresta estava branca – um branco tão intenso e lindo que era quase insuportável. Um perfeito tapete de neve cobria o prado na frente da casa, interrompido apenas pelas pegadas de aves e raposas, e além dele o emaranhado negro da Floresta Wicker havia se transformado num esplendor congelado e delicado. Enquanto eu apreciava o cenário, um bando de pássaros alçou voo e abandonou as árvores, provocando uma chuva de neve que caiu no tapete macio com um barulho suave, abafado.

Mas, apesar da beleza, fazia frio demais para ficar ali por mais tempo, e voltei para a cama. Meus dedos dos pés encontraram o peso e o formato irregular de uma meia, e deslizei a mão para baixo do travesseiro, onde estava o presente que Seth havia me dado – era um pacote pequeno, mas sólido. Peguei o embrulho e tentei adivinhar mais uma vez o que havia nele. Era pesado, mas não muito, apenas o peso apropriado de um objeto tão pequeno. Como um relógio, talvez, ou um peso de papel, embora a caixa fosse pequena demais para isso.

Removi o papel dourado e encontrei uma caixinha de madeira entalhada com desenhos delicados. Era linda, mas eu estava um pouco surpresa com o presente de Seth. O que eu podia fazer com uma caixinha de madeira? Guardar meus brincos? Só caberia um par. Usar para guardar comprimidos? Eu não precisava de remédio. De qualquer maneira, Seth escolheu a caixa e me deu de presente, e isso era o suficiente.

Só depois de alguns instantes pensei em abri-la. E não contive uma exclamação de espanto.

Dentro da caixa forrada de tecido amassado havia um anel. Não, não era só um anel, mas o anel mais bonito que já vi. Era feito de prata retorcida em torno de uma pedra de formato irregular e azul, um azul ametista escuro e fosco. A beleza da peça era de fazer parar o coração, e eu nem queria pensar em quanto Seth havia gastado e como havia conseguido o dinheiro.

Segurando a camisola, desci correndo até o corredor onde ficava o telefone e me sentei na escada. Disquei o número do celular de Seth com dedos trêmulos.

– Ei – ele atendeu sonolento. – Feliz Natal, meu amor.

– Feliz Natal – respondi, as palavras se atropelando. – Ah, Seth, abri seu presente; é tão, tão lindo! Mas não precisava... como conseguiu o dinheiro?

– Não se preocupe. – Havia um sorriso na voz dele. – Eu devia ter posto um bilhete. Não é uma pedra preciosa, é só um cristal do mar que encontrei um dia. Ele me fez lembrar seus olhos, por isso guardei e pedi a um amigo que montasse um anel com ele. É só cristal, vai precisar ter cuidado quando usar o anel; não é tão rígido quanto uma pedra verdadeira.

– Eu adorei – falei com firmeza. A origem simples do anel não diminuía em nada minha alegria. – Estou falando sério; adorei mais do que posso dizer com palavras.

– Foi uma boa escolha, então – Seth falou em voz baixa.

Por um momento eu não soube o que dizer, tamanha a intensidade do que estava sentindo, mas depois pigarreei, limpei o nó da garganta e perguntei com voz rouca:

– Já abriu meu presente?

– Ainda não. Minha mãe não acordou. Quer que eu abra? Espere... – Ouvi o ranger da cama e o imaginei se levantando, enrolando uma toalha na cintura e caminhando descalço pelo corredor até a sala de estar. – Onde está...? Minha mãe mudou tudo de lugar. Ah, achei. Puxa, você caprichou no laço. Vou ter de soltar o telefone.

Houve um estalo, e ouvi o ruído do papel rasgando e um palavrão quando Seth tentou arrebentar o cordão resistente. Ouvi a exclamação quando ele reconheceu o logotipo da indústria de barcos, depois a caixa sendo rasgada e, em seguida, quando agarrou o telefone.

– Anna! Ah, Anna, você não deveria.

– Gostou?

– Gostei? Eu adorei! É lindo. Como sabia?

– Como eu sabia? – Tive que rir. – Seth, você está falando que precisa de uma bússola nova para o barco há semanas!

– Sim, mas nunca pensei... o preço... Ah, Anna, meu amor. Achei que ia me dar uma camiseta, ou alguma coisa assim. Isso é... Ah, eu amo você.

– Oh, Seth. – fechei os olhos, meio tonta de vontade de abraçá-lo e beijá-lo. Respirei fundo. – De qualquer maneira, foi um presente completamente egoísta. Assim, sempre vai conseguir encontrar o caminho de volta para casa.

– Eu amo você. – A voz dele tremia. – E você sabe que eu sempre vou voltar. De qualquer jeito.

– Eu sei. Também amo você. Feliz Natal.

Desliguei o telefone e me levantei, olhei para a profundidade fosca da pedra no anel. Era muito bonita, cheia de fios escuros em tons de cinza e ametista, alisada e encoberta de um verniz fosco do mar. Uma voz atrás de mim me fez pular.

– Já acordou?

– Bom dia, pai. Feliz Natal.

– Feliz Natal, querida. Venha se aquecer perto do fogão. Você pode ajudar a tostar o brioche para o café da manhã.

★

Estava deitado no tapete em frente ao fogo crepitante da lareira, espreguiçando-se como um gato. – Boa comida, bom vinho, bons amigos e neve. O que mais se pode querer?

– Boa comida, realmente – Lorna gemeu. – Aquele pato estava divino, Tom. Acho que causei um estrago considerável em mim mesma.

– Bem, pela última vez, Feliz Natal para todos. – Meu pai levantou seu copo para o grupo e sorriu, um sorriso satisfeito que iluminou seu rosto cansado. – E agora, se não se incomodam, acho que vou cochilar um pouco.

– Preciso caminhar para me livrar das calorias daquela ave fantástica. – Ben ficou em pé e se alongou tanto que as articulações estalaram. – Alguém quer ir comigo?

Todos resmungaram e balançaram a cabeça. Eu quase recusei o convite também, mas de repente percebi: eram quase seis da tarde e eles iriam embora na manhã seguinte. Era isso: minha última chance de perguntar a ele sobre minha mãe.

– Eu vou – respondi. – Só preciso ir buscar minhas botas e uma lanterna.

★

O sol havia se posto bem antes de sairmos, e andamos pela Floresta Wicker com as lanternas acesas para evitar os arbustos espinhosos, depois seguimos para a estrada do penhasco. Ali era bem diferente, a lua estava quase cheia e a neve refletia cada centelha de luz, de forma que a paisagem tinha uma luminosidade quase assustadora. Andamos até a beira do precipício pisando na neve macia e olhamos o mar, onde a lua desenhava um caminho de luz sobre as ondulações escuras, lentas. Durante todo o tempo eu tentava pensar em um jeito de falar sobre minha mãe, mas não conseguia.

– Você tem muita sorte – Ben comentou enquanto víamos o luar cintilar sobre as ondas escuras. – Por morar em um lugar tão lindo, quero dizer. Winter é uma cidade linda.

– Sim, é. Tenho sorte.

– Sente saudade de Londres?

– Sim, de algumas coisas. No início foi terrível, mas agora... bem, Winter é meu lar, sabe? Ainda sinto falta de todos os amigos e tudo que deixei em Londres, mas é como se tudo estivesse muito longe.

– Posso imaginar – Ben respondeu em voz baixa. – Parece longe mesmo, principalmente em uma noite como esta.

Vimos o raio de luz do farol varrer lentamente a baía, e eu pensei em Bran e em como Seth estava se saindo. Por algum tipo de ligação telepática, Ben acrescentou brincalhão:
– E aqui você tem seu namorado, é claro...

Sorri para a escuridão.

– Sim, eu tenho.

– Ele parece ser legal.

– Ele é. É incrível.

– O que ganhou dele no Natal? Notei que não fez comentários sobre o presente. Ele esqueceu, ou ganhou alguma coisa muito apimentada, alguma coisa que o coração do seu velho pai não aguentaria ver?

– Não, ele não esqueceu e não é nada apimentado. Veja. – Tirei a luva e mostrei a mão. O anel de cristal do mar girou e a pedra se escondeu embaixo do dedo, perto da palma. Ben segurou minha mão e girou o anel novamente, devolvendo a pedra à posição correta. E suspirou.

– Que coisa mais linda. Que pedra é esta?

– É cristal. Cristal do mar. Seth o achou e mandou fazer o anel. Ele veleja muito.

– Hum, entendo. Todas as garotas adoram um marinheiro. É o que dizem. – Ele ainda segurava minha mão e olhava para o cristal do mar, que brilhava discretamente refletindo a luz da lua. – Bem, não conheci o cara, mas tomando por base seu bom gosto, e não me refiro apenas à escolha deste anel, mas a você, principalmente, minha querida Anna, sei que vou gostar dele.

– Acho que você vai gostar dele, sim – confirmei. Depois dei uma risada. – Bom, pelo menos vai gostar da aparência dele, se não aprovar o resto.

– É mesmo? Anninha arrumou um bonitão? – Ben também riu.

– Sim, ele é bonito demais para mim, com certeza; ainda preciso me beliscar para acreditar que estamos juntos.

– Ei, ei. – Ben afagou minha mão. – Não vou ficar ouvindo esse tipo de coisa. Poucas garotas se comparam com você em um dia bom, mocinha.

– Obrigada, Ben. – Eu me levantei na ponta dos pés e beijei seu rosto. Depois ficamos em silêncio, um silêncio interrompido apenas pelas ondas quebrando na praia e pelas batidas do meu coração, acelerado pela aflição de não conseguir começar a conversa sobre minha mãe. Como? Como trazer à tona um assunto adormecido por quase dezoito anos?

– Ben... – falei hesitante.

– Sim?

– Ben, eu... – Parei, e a indecisão me deu enjoo. A sensação era de estar parada na beira do precipício, tentando reunir coragem para pular. Ben se virou e olhou para mim, examinou minha expressão à luz da lua.

– O que é? Fale de uma vez. Está querendo falar desde que saímos de casa, não é? Seja o que for, não pode ser tão ruim. Vejamos... Grávida? DST? *Piercing* secreto em lugar constrangedor e está com medo de disparar o detector de metais na próxima vez que for viajar?

– Não, seu tonto! – Agora eu ria, apesar de tudo. – Nada disso. Não, é... – Eu me preparei para mergulhar de cabeça. – Ben, você conheceu minha mãe?

– Ah... – Ele olhou para as mãos escondidas nas luvas, abriu e fechou os dedos dentro do couro forrado de pele. – Sabe, estou esperando por essa pergunta há alguns anos. Sim, eu a conheci. Mas vai ter que perguntar ao seu pai as coisas que realmente quer saber.

– Eu *já* perguntei, Ben! Perguntei muitas vezes, e nada. Não acha que tenho o direito de saber sobre ela?

– Sim, eu acho. – Ele parou e mordeu o lábio, a testa franzida revelando indecisão. Depois respirou fundo e olhou para o mar calmo. – Mas seu pai tem as razões dele também.

– Que razões? Nem isso você pode me contar?

– Quais são as razões que sempre temos? Amor, covardia, relutância em mexer nas feridas doloridas, vontade de proteger...

– Proteger quem? Minha mãe? Ela não está mais aqui, Ben! Ele mesmo?

– Ele mesmo, talvez. Mas, acima de tudo, você, Anna.

– Eu? Ele quer me... proteger?

Ben assentiu com expressão perturbada.

– Sim. Talvez esteja esperando você ficar pronta.

– Pronta para quê? E quando isso vai acontecer? Pelo amor de Deus, Ben, isso está me matando. Preciso saber; *mereço* saber.

– Escute, existem algumas coisas que não posso... não vou pisar nos calos de Tom. Mas talvez... Ah, faça suas perguntas, e eu respondo o que puder.

Engoli em seco. Era isso. O que eu queria saber, realmente? Por que ela foi embora? Se algum dia nos amou? Se era uma má pessoa? Tudo isso. Mais importante, foi ela que afastou de mim minha magia e, se foi, por que fez isso, o que temia com relação a mim? Mas eu não podia perguntar isso a Ben. Além do mais, talvez fosse melhor perguntar alguma coisa cuja resposta eu suportasse ouvir.

– Como ela era?

– Ah! Ben riu como se esperasse alguma coisa mais difícil. – Linda. Muito linda. Muito parecida com você. Cabelo escuro, olhos intensos, pele em tons de creme e carmim. Sim, Isla era linda.

– Parecida comigo? – sussurrei.

Ele assentiu com os olhos cheios de compaixão.

– Sim, querida, parecida com você.

– E... como ela era?

– Muito inteligente, confiante, engraçada. E encantadora. Mesmo... mesmo no fim, quando as coisas pioraram muito.

– Que coisas? – perguntei quase sem respirar. – Ben? O que ficou tão ruim?

– Anna... – Ele deu um passo à frente e segurou minha mão. – Isla adoeceu, você precisa se lembrar disso. Ela...

– Ben! – Um rugido furioso nos sobressaltou, e nós olhamos para onde a escuridão do bosque era repentinamente atravessada pela luz de uma lanterna. Uma silhueta escura se aproximava pisando firme na neve.

– Tom... – Ben levantou as mãos numa reação defensiva. – Tom, eu não estava dizendo nada...

– É mesmo? E o que foi que eu acabei de ouvir, então? Fruto da minha imaginação? Vozes na minha cabeça, ou você não foi tão longe? – Meu pai estava descontrolado. Eu nunca o vi tão bravo antes.

– Tom, eu não falei nada sobre aquilo.

– Que bom, porque *não é da sua conta* – meu pai disparou por entre os dentes.

– Não, mas é da conta de Anna.

– O que é da conta dela é da minha conta.

– Mais cedo ou mais tarde ela vai ter que saber.

– E eu vou contar a ela... mas quando *eu* decidir, não quando um idiota bêbado falar demais.

– Tom, por favor. Seja razoável. Ela tem dezessete anos!

– É jovem demais.

– Ela tem idade suficiente para entender.

– Entender? Não sei nem se *eu* entendo, mesmo depois de todos esses anos. E tenho certeza de que *você* não entende, seu cretino intrometido. Anna é uma criança, como pode uma criança...?

De repente eu cheguei ao meu limite. A raiva explodiu dentro de mim.

– Estou *aqui*, caso não tenham notado!

Os dois olharam para mim, ambos com ar surpreso. Acho que realmente esqueceram que eu estava ali.

– Anna... – Meu pai levantou uma das mãos.

– Não toque em mim! – Recuei um passo. – Estou cansada de ser tratada como criança. Não sou criança. Se soubesse o que tive que enfrentar neste último ano... – Parei de falar, tão cheia de raiva que não conseguia juntar as palavras. A fúria me sufocava quando eu me lembrava de tudo, me impedia de continuar.

– Eu sei – disse meu pai. – Sei que tem sido difícil. – Seu rosto era a imagem do sofrimento.

– Você *não* sabe. Não sabe nada sobre mim. Mas sabe o que é pior? *Eu* não sei nada sobre mim, porque *você* se recusa a me contar. Quem sou eu? Minha mãe é metade de mim. Preciso saber quem eu sou!

– Por favor, Anna, *por favor*, não faça isso. – Meu pai parecia repentinamente mais velho, com o rosto marcado por linhas de dor.

– Conte para mim – eu disse, e projetei todo o meu poder nessa palavra. Meu pai gemeu, um som de sofrimento físico.

– Eu... n-não posso.

– *Conte!*

– Não... Ah, Deus... – ele gemeu, e caiu de joelhos na neve sob o peso da minha bruxaria.

De repente fiquei horrorizada. O que eu estava fazendo? Dominando e punindo meu pai como se ele fosse um fantoche? Minha mãe teria desejado isso de mim?

Cobri a boca com as mãos e caí de joelhos ao lado dele.

– Pai, ai, pai, me desculpe. Você está bem?

Ele balançava a cabeça sem forças, como um homem com água nos ouvidos. Depois se recuperou com grande esforço e apoiou uma das mãos em meu ombro, tentando se levantar.

– Tudo bem... meio enjoado... meio abobado, talvez. – E ele deixou escapar uma risada rouca, trêmula.

Olhei para ele e, de repente, nas linhas de dor em seu rosto, vi... alguma coisa. Um lampejo. Nada mais. Mas estava lá. Encantamento. Tão profundamente enraizado que era quase imperceptível, mas a magia era forte. Agora que eu a havia notado, podia vê-la com mais nitidez, uma trama enredada fio a fio até fazer parte do tecido de sua alma. Alguma coisa o prendia, controlava sua vontade, e o dominava por tanto tempo que tinha passado a fazer parte de sua psique.

– Não posso falar, Anna – ele gemeu. – Ainda não. Mas eu vou contar, prometo. Só... me dê um tempo, está bem?

– Tudo bem. – Estava tão perplexa por perceber a magia que dominava meu pai que nem discuti mais. Quem havia feito isso com ele? Minha mãe? Como? Por quê? Era como se eu perdesse o chão sob meus pés. – Tudo bem, não vou mais perguntar. Mas, por favor, pai, não demore.

– Não vou demorar. – Ele assentiu e segurou minha mão quente na dele, gelada, colocando-as juntas no bolso do casaco, como costumava fazer quando eu era pequena e minhas mãos estavam frias.

– Quer um pouco de vinho quente, Anna?

Eu acenei uma resposta afirmativa e silenciosa, e meu pai olhou para Ben com um sorriso meio constrangido, como se pedisse desculpas.

– Ben? Acho que nós dois precisamos de uma bebida.

– Sim. Com certeza. – Ben também sorriu e o momento de desconforto passou.

Meu pai se virou para voltar para casa. Ele passou o braço livre sobre os ombros de Ben e começamos a caminhar, meu pai ainda andando bem devagar. Estava ficando velho, eu percebi. Não era mais o gigante que me carregava sobre os ombros por quilômetros quando eu era pequena. A constatação fez meu coração dar um salto doloroso, e deixei cair uma das luvas.

Quando me abaixei para pegá-la, eles se adiantaram um ou dois passos, e notei que se apoiavam um no outro. Dois velhos amigos, não mais no auge da juventude, as cabeças próximas num momento de companheirismo e reminiscência. Eu só conseguia ouvir fragmentos da conversa, mas sabia que falavam sobre o passado, sobre velhos amigos, e evitavam com doloroso esforço o assunto que, para meu pai, era o mais torturante de todos.

CAPÍTULO SETE

– O raspador de gelo está na porta, Lorna. – James estava colocando a bagagem no porta-malas do carro. – Não, na *outra* porta.

– Ah, pelo amor de Deus, James. Por que não podemos usar descongelante como pessoas normais? Homens, francamente! Anna, nunca se case.

– Adeus, Tom. – Ben abraçou meu pai com uma força esmagadora, depois me apertou entre os braços e me puxou contra o casaco. Eu o abracei de volta e senti aquele cheiro peculiar; o cheiro, percebi de repente, de Londres. Ele cheirava a colônia cara, lã lavada a seco e poluição do metrô, um cheiro que eu tinha quase esquecido. Meu coração ficou apertado por um momento, tomado por alguma coisa que não era exatamente saudade de casa, porque minha casa agora era aqui, mas alguma coisa muito parecida.

– Até breve, Anninha. – Ben beijou o topo da minha cabeça e falou baixo perto da minha orelha: – Vá nos visitar algum dia.

– Obrigada, Ben. Eu adoraria. – Era verdade.

– Estamos separados por uma simples viagem de trem. – Rick põe a cabeça para fora pela janela do carro. – E você sempre terá uma cama em nossa casa, se precisar. Bem, um sofá-cama.

Ele sorriu pela janela e James buzinou atrás do conversível. Ben mostrou dois dedos e voltou para trás do volante, e eles partiram pela estrada coberta de neve, o gelo rachando e estalando sob os pneus.

Meu pai passou o braço em volta dos meus ombros e ficamos olhando os carros indo embora. Eles subiram a colina, desapareceram do outro lado, e a quietude da floresta cercou a casa outra vez.

Estávamos entrando quando eu parei.

– O que foi? – perguntou meu pai. – Eles esqueceram alguma coisa?

– Não... – falei devagar, e levantei a mão para apontar.

Havia passos na neve em volta da casa.

Dois pares de pegadas, talvez mais, traçando um padrão sinuoso por todo o terreno. Alguns passos se aproximavam tanto da casa que davam a impressão de que as pessoas haviam tocado as paredes. Em outros lugares os passos se afastavam muito, como se quem andava quisesse ter uma visão mais ampla da casa. Meu pai olhou para as pegadas por um instante, tão intrigado quanto eu.

– Hum... que estranho.

– De quem são? – perguntei.

– Não são minhas – respondeu meu pai. Fomos olhar mais de perto. As pegadas eram muito maiores que meus pés, mais próximas do número que meu pai calçava. Mas ele deu de ombros como se aquilo não fosse importante.

– Devem ser de Rick ou James. Ontem à noite James disse que queria ter tido mais tempo para conhecer a região. Talvez tenha saído hoje de manhã para dar uma volta.

– Ah, e só contornou a casa? Duas vezes?

– Por que não? – ele deu de ombros outra vez. – Não sei o que mais poderia ser. Consegue pensar em alguma coisa? Quem viria até aqui só para dar voltas em torno da casa?

– Acho que... – Não continuei. Não conseguia identificar o que era, mas alguma coisa nas pegadas sem rumo certo, mas cheias de propósito, me enchia de medo. Não parecia ser algo que James faria. Por que ele daria duas voltas em torno da casa, tão perto dela que poderia ter espiado por todas as janelas? Se tivesse saído para passear, teria ido ver os galpões, teria andado pela estrada e pelo bosque.

Mas meu pai tinha razão, é claro. Por que alguém iria até ali só para dar voltas em torno da casa? É certo que não havia muito o que fazer em Winter, mas o pessoal não vivia *tão* entediado assim.

– E agora? – meu pai perguntou quando entramos. Era evidente que havia tirado as pegadas da cabeça. – Torradas? Televisão? Quer me ajudar com os ladrilhos?

– Pai, por que nunca fala sobre a minha mãe? – disparei sem rodeios.

O rosto dele assumiu aquela expressão fechada e agonizante que eu conhecia tão bem, e percebi que por muitos anos, desde que havia aprendido a falar, basicamente eu evitava causar sofrimento a meu pai. Eu o poupava de falar sobre minha mãe, até o ajudava a se esquivar do assunto quando ele surgia entre outras pessoas. Agora, quando vi aquela expressão em seu rosto, o instinto me impelia a desistir, a parar de magoá-lo.

Mas, desta vez, eu não parei.

– Por favor, pai. Estou começando a perceber que tem muita coisa sobre mim que eu não conheço.

Por exemplo, por que um dos mais poderosos grupos de bruxas da Inglaterra queria me recrutar? Por que minha própria mãe queria esconder minha existência? Por que ela havia tentado suprimir minha magia, eliminar qualquer chance de eu me tornar uma bruxa? O que havia de *errado* comigo?

– Pai... – supliquei.

Podia ver as ondas de dor percorrendo o corpo dele enquanto eu falava, via o encantamento em ação controlando cada palavra que ele dizia. Devia parar de magoar meu pai, mas... mas não seria mais correto libertá-lo?

Enfrentei o encantamento com meu poder, sentindo sua sutileza e sua força descomunal.

– Pai... – repeti, e segurei a mão dele tentando estreitar o contato. Sentia o encantamento entremeado em seus pensamentos, tão íntima de sua vontade que era impossível determinar onde a reticência de meu pai terminava e onde começava o feitiço. Isso não era um encantamento comum colado à sua psique como um tampão, uma mordaça. Aquele encantamento havia sido feito por alguém que *conhecia* meu pai, sabia exatamente como ele funcionava, o que queria. Só podia ter sido minha mãe, *devia* ter sido ela.

E também era algo muito além da minha capacidade, percebi imediatamente. Tinha uma forte suspeita de que era algo que estava além da capacidade de Maya também, maior até que a força de *qualquer pessoa* que pudesse tentar remover esse apêndice entremeado na psique de meu pai. O esforço poderia rasgar sua mente em fragmentos imprestáveis. Era algo que havia passado a fazer parte dele, que havia se integrado a ele como seu sangue e seus ossos.

Sentei em uma cadeira da cozinha, arrasada pela força da oposição de minha mãe, pela força de vontade que ela havia aplicado anos atrás para, ainda agora, me frustrar.

Meu pai olhou para mim com compaixão, interpretando mal minha frustração.

– Eu vou contar, querida, prometo. Por favor, apenas confie em mim.

Confiar nele? Ou confiar nela? Como poderia confiar nela?

– Deixe pra lá – respondi cansada. – Acho que vou subir. Tenho lição de casa de Inglês.

– Tudo bem, querida. Ah, espere, só um minuto. Quase esqueci. Seth ligou.

– O quê? Por que não me acordou?

– Ele não quis. Só me pediu que desse um recado. – Meu pai foi até o corredor e pegou o bloco de recados que ficava ao lado do telefone.

Seth telefonou, eu li na primeira página quando ele me entregou o bloquinho. *Pediu para avisar que o avô dele se sentiu mal. Bran está no hospital. Elaine está lá. Seth estará no porto a manhã toda, se quiser vê-lo.*

Ah, não.

★

O ar frio do mar parecia cortar meu rosto enquanto eu caminhava pela estrada do penhasco olhando para o canal sem realmente vê-lo. Por favor, *por favor*, que isso não tenha nada a ver comigo. Por favor, que Bran fique bem. Por favor, que tudo fique bem.

A voz de Seth, urgente e furiosa, soou em minha cabeça. *Anna, não faça isso com você. Precisa parar de pensar que tudo de ruim que acontece em um raio de oitenta quilômetros tem a ver com você.*

Estava totalmente envolvida em meus pensamentos, por isso me assustei e quase tropecei quando a voz em minha cabeça gritou:

– Anna. Ei, Anna!

– Seth! – Não percebi que já estava no porto. Não notei o pequeno iate ancorado ao lado do píer. Não havia nem registrado a presença de Seth em pé no convés, acenando, até ouvir a voz dele chamar meu nome. – Seth, desculpe, eu estava... pensando em uma coisa. Como você está? Você está bem?

– Sim, estou bem. Embarque e eu conto tudo.

– De quem é o barco? – perguntei, olhando admirada para as linhas arrojadas e o mastro alto. Conhecia todos os barcos no porto de Winter, pelo menos os que ficavam ancorados nessa época do ano, e esse era um que eu nunca tinha visto antes. A manutenção não era das melhores, percebi. A pintura estava descascando, a madeira tinha rachaduras... O nome *Charley's Angel* havia sido pintado na popa.

– É de um cliente do *pub*, Charles Armitage. Nós conversamos... ele precisa reformar o barco e me contratou para fazer isso. Venha que eu te mostro.

Seth estendeu a mão e eu lutei contra a náusea que se apoderou imediatamente do meu estômago. Nunca mais tinha me sentido assim antes em relação ao mar, não depois da luta com os Ealdwitan. Cada vez que havia uma tempestade, eu ouvia o estrondo das ondas quebrando e via, em pensamento, a água se levantando, as coisas sujas e não vistas do fundo do oceano invadindo as ruas de Winter novamente.

Desde então eu não tinha voltado a nadar, remar ou ir à praia. Mas velejar era diferente. Para Seth, velejar era viver, e era impossível amá-lo sem amar seu barco.

Então apaguei as imagens aterrorizantes naquele canto da minha mente que eu reservava para os pesadelos e, com o coração na boca, pulei sobre a faixa de água oleosa entre o barco e o píer.

Seth me amparou, e eu o segui até a pequena cabine sob o convés, abaixando a cabeça e piscando para adaptar meus olhos à ofuscante combinação de papel de parede cor de laranja e cortinas florais roxas.

– Uau.

– Isso mesmo. Foi decorado pela última vez na época de *Charlie's Angels*. A série original. *As panteras*.

– O papel de parede! Os abajures!

– Estou mais preocupado com o motor e o estado do casco.

– Seth, você consegue fazer tudo isso?

– Acho que sim. E se houver alguma coisa mais séria para consertar, posso levar o barco para um profissional e mandar a conta para o cliente. Na verdade, Charlie não quer ter trabalho com isso. Ele tem uma casa de férias aqui; mora em Surrey, onde passa a maior parte do tempo, por isso seria complicado ter que supervisionar a reforma. Mas, é claro, quanto mais coisas eu puder resolver sozinho, mais dinheiro vou ganhar com isso. E Deus sabe que tudo o que eu puder economizar vai ser útil no ano que vem. – Ele parecia sério. Nós dois estávamos preocupados com o custo da universidade.

– De qualquer maneira... – Seth parecia ter acordado do momento de seriedade. – O barco tem um pequeno gerador, podemos ferver água. Quer um chá?

– Eu adoraria. – Sentei no banco de almofadas de *nylon* e mordi a unha do polegar. – Escute, como está seu avô? Sinto muito...

Seth fez uma careta.

– Eu sinto muito mais. Quero dizer, é claro que eu quero o pobre velho bom de novo, por ele mesmo, mas isso vai dificultar muito a vida para você e para mim.

– Ele ainda...? – Parei de falar, e Seth assentiu com ar de desagrado. – Tentou conversar com ele, ou com sua mãe?

Ele mordeu o lábio e olhou pela escotilha, como se evitasse me encarar. Finalmente, suspirou.

– Eu não ia te contar, mas... bem, talvez seja melhor falar de uma vez. – Ele parou, e de repente fiquei preocupada, aflita com sua atitude angustiada e a persistente recusa em olhar nos meus olhos.

– Seth, o que é? Está me assustando. Bran está bem?

– Bem... não, na verdade. Escute, não queria contar porque sei que vai se sentir mal. Mas falei com minha mãe, pedi a ela que conversasse com o vovô. Disse que aquela casa é minha, minha e dela, é claro, e quero ter o direito de levar você lá na condição de minha namorada em algum momento do Natal. Falei que estava cheio de pisar em ovos por causa dos sentimentos do vovô. Disse que queria levar você para jantar enquanto meu avô estivesse lá e colocar um ponto-final nessa situação chata. E queria que meu avô fosse gentil com você. Minha mãe decidiu que tudo isso era perfeitamente razoável, embora achasse difícil convencer o vovô da ideia de participar do jantar, mas ela disse que era perfeitamente razoável eu querer levar minha namorada em casa. Por isso ela conversou com meu avô. Nós dois conversamos e... – Seth fez uma pausa.

– A conversa não foi boa?

– Pior que isso. – Ele passou a mão na cabeça sem se preocupar com os cabelos. – Vovô teve um ataque; nunca vi nada parecido. Minha mãe não conseguia falar. Ele berrou como um louco conosco por dez minutos sem parar ou respirar, e depois, quando minha mãe tentou argumentar, ele simplesmente teve um... um ataque, eu acho.

– Passou mal – cochichei, tomada repentinamente pelo frio da compreensão.

Seth assentiu.

– Sim. Foi como um, não sei, um tipo de convulsão, quase como um infarto. O rosto dele ficou cinza e ele não conseguia mais falar. Minha mãe teve que levá-lo para o hospital, e ele continua internado. Agora acho que ele não volta mais para casa, pelo menos para a casa dele em Castelo Espeto. Está doente demais para morar em um lugar tão isolado.

– Por minha causa.

– *Não*! – Seth respondeu com firmeza. – Não é por sua causa. É porque ele é um velho estúpido e preconceituoso. Porque nunca foi contrariado em sua vida toda, e agora não consegue lidar com isso. Porque está tão cheio de raiva que consegue realmente induzir um surto para que as coisas sejam como ele quer. É culpa *dele*, não sua.

– Ele me odeia tanto assim. – Era uma afirmação, não uma pergunta.

– Não acho... – Seth franziu a testa tentando explicar. – Não acho que ele odeia *você*, exatamente. Isso é o mais estranho. Ele só não quer você *comigo*. É a maldita obsessão dele por óleo e água, óleo e água. Ele fica resmungando isso no hospital. Os médicos estão pensando que vovô é maluco, e eu entendo.

– Ele não quer que você se relacione com uma bruxa – afirmei com tom neutro.

A dor surgiu sem disfarce no rosto de Seth. Sabia que ele queria negar, mas não podia. Era isso.

– Sinto muito – ele falou, e eu soube que não se referia somente a Bran, mas à situação como um todo, ao fato de estar em lados opostos de um abismo tão amplo quanto um feitiço.

A água começou a ferver na chaleira, e o apito estridente soou no silêncio que caiu sobre nós. Seth levantou-se, desligou o fogo e voltou para sentar-se ao meu lado e me abraçar.

– Anna, vai ficar tudo bem.

– Não vai ficar tudo bem – eu respondi. – Não vai. Não consigo ver como algum dia poderá ficar tudo bem. – Quase me sentia contente com o horror de tudo isso. Pelo menos agora estava diante de um problema concreto que podia resumir com dez palavras, não um enigma nebuloso e mutante como meu passado, minha mãe, meu poder cada vez maior.

Em vez de tentar me convencer, Seth me beijou. Talvez fosse para me fazer sentir melhor, talvez para me calar; não fazia diferença. Ele enroscou a mão no meu cabelo e me puxou, e eu senti seus lábios, a língua, as mãos quentes e cheias de amor. Eu me derreti envolvida por esse calor, encostada ao seu corpo, senti meus membros mais pesados e moles com a força do desejo. Seth me reclinou para trás com toda a delicadeza e ficamos deitados no banco estreito, balançando com as ondas que sacudiam o barco, colados um ao outro de forma que tudo o que eu ouvia eram as ondas quebrando, minha respiração e meu sangue correndo nas veias.

Mas eu não conseguia relaxar. Não podia relaxar, caso acontecesse...

– Emmaline acha que tenho que praticar a magia. – Tentei manter a cabeça acima da superfície do oceano de desejo. – Sabe como é, para que não aconteça nada... fora de hora... Seth... Eu... ela diz... – As palavras tropeçavam em meus lábios, perdiam-se entre gemidos. Eu não conseguia pensar, não conseguia falar...

– Não quero saber de Emmaline – ele falou baixinho. Seus lábios roçavam a base do meu pescoço e eu senti as palavras quentes respiradas contra minha pele, eu as senti tanto quanto as ouvi. – Não quero falar sobre Emmaline. Não quero pensar em Emmaline. Eu quero *você*...

★

Estava escurecendo quando me afastei. Não queria ir embora, mas estava ficando tarde, e sabia que meu pai logo ficaria preocupado.

– Eu levo você – Seth falou enquanto eu calçava os sapatos e abotoava o casaco.

– É muito longe. Não precisa ir, eu vou ficar bem.

– Eu quero ir – Seth respondeu firme, já pegando o casaco do cabide. – Preciso andar um pouco. Não quero ir para casa.

Casa. Ficar sozinho no apartamento em cima do bar, enquanto a mãe continuava na vigília, ao lado do leito de Bran no hospital.

– Tudo bem – concordei. Seth fechou o zíper da jaqueta e eu abri a porta da cabine, pronta para enfrentar o ar gelado lá fora. Por um minuto tudo ficou confuso enquanto meus olhos se ajustavam ao crepúsculo. Depois o brilho negro do porto e as luzes dos bares ao longo do cais foram ganhando foco, como a silhueta do homem parado no píer, observando o iate. Alguma coisa em sua atitude sugeria que ele não estava só admirando a beleza da baía.

– Seth – falei em voz baixa, depois mais alto. – Seth.

A cabeça dele surgiu na porta da cabine atrás de mim, e ouvi seu suspiro.

– Oi, Greg.

– Devia ter olhado as cordas – o homem falou furioso.

– Do que você está falando? – Seth pulou com agilidade por cima da lateral do iate para o píer, onde examinou a corda de ancoragem enrolada em uma estaca. Para mim, tudo parecia correto, mas Seth pegou a ponta solta sobre o gelo que cobria o chão e olhou para ela com uma expressão contrariada. – Mas o que...? Greg, escute, você sabe que eu não teria deixado isso assim.

– Desenrolou sozinha, então? Alguém vai acabar quebrando a perna nela.

– Eu vou arrumar – Seth decidiu, já enrolando a corda e formando uma pilha com ela.

Greg continuava parando, observando a cena com os braços cruzados. Depois Seth se levantou, me ajudou a pular por cima da estreita faixa de água para o píer e passou um braço em volta dos meus ombros, começando a se afastar para me levar para casa.

Os olhos de Greg estavam cravados em nossas costas.

– Boa noite – ele disse, e havia um tom de deboche em sua entonação.

– Boa noite – Seth respondeu irritado. Seus passos eram rápidos a ponto de se tornarem desconfortáveis enquanto percorríamos o comprimento do píer, e sentimos o olhar silencioso de Greg nos seguindo até sermos envolvidos pela escuridão da estrada do penhasco.

– Seth – falei finalmente quando começamos a subir a colina, estranhando a força com que ele me abraçava. – Seth, mais devagar. Não precisamos correr. – Era difícil não ofegar.

– Desculpe. – Ele adotou um ritmo mais normal e tirou o braço de cima dos meus ombros. – Desculpe, eu só estava... você sabe. Greg me deixou furioso.

– Então era ele? *Aquele* Greg? – O Greg que havia provocado Seth anos atrás e o induziu a partir para a briga, uma briga que havia acabado com Seth respondendo perguntas da polícia e Greg no hospital.

– Sim – Seth respondeu, e sua boca formou uma linha fina que me impediu de continuar fazendo perguntas.

Em vez disso, segurei a mão dele e continuamos caminhando em silêncio, ouvindo o barulho das ondas quebrando no penhasco e o ruído das botas esmagando a neve. Depois de um tempo, senti que o humor dele estava melhorando um pouco. Sua mão relaxou na minha e eu o ouvi suspirar, girando os ombros dentro do casaco como se tentasse se livrar de um peso.

Finalmente, quando passamos pelas ruínas do castelo, ele falou e vi as nuvens brancas no ar da noite formadas por sua respiração.

– O que acha que vai acontecer com a gente, Anna? No futuro, quero dizer?

– O quê? Não sei. No momento não consigo pensar em nada além da média final no fim do ano. Vamos para a universidade, acho. Talvez um ano fora, não sei. Por quê?

– Não, estava perguntando sobre nós. Como casal.

– Não sei. – Pensei na implacável oposição de Bran ao nosso relacionamento e na hostilidade quieta de Emmaline e Abe.

– Eu só... estava imaginando. Quero dizer... – Ouvi quando ele engoliu em seco. – Estava pensando no que vai acontecer. Sabe... o próximo passo? Assim... você está preparada?

– Preparada? – repeti com ingenuidade.

– Ai, Jesus. – Ele parou embaixo de um carvalho frondoso e passou as duas mãos na cabeça, deixando o cabelo espetado em todas as direções. Seu rosto ao luar era uma escultura fria de luz e sombras. Eu quase desejava fechar os olhos para a sua beleza, incapaz de suportar a lembrança constante de quanto era sortuda por estar com ele. Mas não conseguia desviar os olhos.

Seth engoliu outra vez; vi os músculos de sua garganta se movendo. Depois ele segurou minha mão. Ficamos parados de mãos dadas, iluminados pela luz da lua, e ele deslizou o polegar sobre o cristal do mar do meu anel.

– Anna, não quero pressionar você. Sei que é diferente do seu ponto de vista. Afinal, você é... – Ele parou.

– Sou o quê? – perguntei confusa. – Uma bruxa?

– Virgem.

Ah! *Ah*... Um calor repentino me invadiu, uma onda que se espalhava de dentro para fora, a partir do coração até alcançar o rosto.

– E eu quero que seja bom. Quero que seja especial. Mas você acha que...?

– Eu quero... – Minha voz enfraqueceu, porque a garganta estava apertada demais para falar. O que eu queria? Queria Seth. Eu o queria completamente, inteiramente, tanto que doía. Mas alguma coisa me detinha. Não era a força do meu sentimento por ele, porque eu sabia que o amava. Não tinha dúvidas sobre meus sentimentos por ele, nem temia que mudassem. Então, o que me fazia hesitar? – Eu quero... – engoli em seco.

– Sim? – Seth olhava para mim com aqueles olhos escuros e acinzentados na noite de inverno, olhos tão cheios de desejo que cortavam meu coração.

– Eu quero...

Quero você, pensei.

Mas, em vez disso, falei:

– Eu... só quero um pouco mais de tempo. Desculpe, Seth. Sabe que amo você, não é isso. E eu também quero, mas... ainda não. Tudo bem?

– É claro. – Se estava desapontado, ele disfarçou bem. – É claro, eu entendo completamente. De qualquer maneira, você só tem dezessete anos. Não é nem legal em alguns lugares! Na Califórnia eu poderia ser preso por isso.

Eu ri.

– Bem, não esqueça que faço aniversário em janeiro. Depois disso você não vai mais correr riscos, seja qual for o lugar onde eu decidir seduzi-lo.

– Então, férias na Califórnia em fevereiro? – Seth brincou.

Sorri e o abracei, afundando o rosto no seu pescoço quente.

– Oh, Seth, obrigada por ser tão legal. Desculpe, eu só sinto...

– Anna... – Seus braços em torno de meu corpo eram firmes, e os lábios se moviam encostados à minha cabeça. – Não seja tonta. Não tem por que pedir desculpas. Não precisamos apressar nada. Minha primeira vez foi horrível; eu *deveria* ter esperado. Não quero ser a pessoa que vai fazer você se arrepender pelos próximos dez anos.

– Eu nunca me arrependeria de você – sussurrei com a boca em seu ombro. – Nunca vou me arrepender de nada que fizermos juntos.

Ficamos ali abraçados na escuridão, minha cabeça no ombro dele, seu rosto descansando sobre a minha cabeça. O bosque ecoava ruídos abafados de neve pingando das folhas e caindo no chão. Além disso, o único som era o da nossa respiração criando nuvens brancas na escuridão. Estava tão perto da felicidade completa quanto era possível estar, e me sentia leve e vazia de magia. O espaço vazio que ela costumava ocupar entre minhas costelas estava tomado de amor e contentamento.

– Queria poder ficar aqui com você para sempre – cochichei emocionada.

– Ah, meu amor. – Seth beijou minha cabeça, e senti o hálito morno em meus cabelos. – Vai dar tudo certo.

Não sei a que ele se referia. A Bran, às provas, à magia, a nós; podia ser qualquer coisa. Mas não tinha importância. Naquele momento eu acreditei nele.

CAPÍTULO OITO

No dia seis de janeiro eu acordei com um pressentimento ruim. Era dia de Reis, o encerramento das comemorações de Natal e primeiro dia de volta às aulas.

Eu não havia terminado os trabalhos de conclusão de curso nem a revisão para as provas de janeiro. Mas, como descobri, esses não eram meus únicos problemas.

– Malditos vândalos – escutei. – Garotos do inferno. Devia chamar a polícia, Tom.

Ah, não. Meu estômago se contraiu. Por favor, alguém me diga que não fiz nada horrível enquanto dormia. Levantei da cama e olhei pela janela. O frio me atingiu como uma bofetada, e precisei de um momento para adaptar os olhos à luminosidade ofuscante da neve. Meu pai e o fazendeiro que era dono do estábulo na mesma avenida estavam em pé na entrada do terreno, no meio da neve, olhando para um dos galpões do outro lado da casa.

– Anna! – meu pai chamou ao ouvir o barulho da minha janela. – Sabe alguma coisa sobre isso?

– Sobre o quê? – respondi com voz rouca.

– Venha aqui para baixo. Eu te mostro.

Vesti um casaco em cima do pijama e desci, tentando calcular que horas eram. A porta da cozinha estava aberta, deixando entrar um ar gelado que tornava o interior de nossa casa parecido com um *freezer*, e eu enfiei os pés descalços nas botas, estremecendo ao sentir os raminhos e restos de terra em contato com meus dedos. Depois saí meio às cegas para a manhã de neve.

Meu pai e Miles Garroway olhavam para o galpão que servia de garagem para nós.

DEUT 18 10-12 MM

As letras foram pintadas na lateral do celeiro com tinta vermelha e tinham trinta centímetros de altura; embaixo delas havia um desenho rústico de alguma coisa que lembrava uma picareta, ou algum tipo de martelo. A tinta vermelha escorria até o chão e manchava a neve como sangue.

– Pichação! – exclamei surpresa. Não sei o que esperava, mas não era isso. Meu primeiro sentimento foi de alívio por não ser nada relacionado comigo. O segundo foi o medo de que talvez fosse.

– O que significa isso? – meu pai perguntou intrigado. – A boa e velha pichação. O que aconteceu com *Sharon & Trevor 4-ever* ou *Fred teve aki*? Já viu alguma coisa parecida com isso antes, Miles?

– São anticapitalistas – o sr. Garroway anunciou em tom sombrio. – Viu o martelo? Muito parecido com o dos soviéticos.

– Mas que anticapitalista em sã consciência viria até aqui para pichar um galpão caindo aos pedaços?

– Se quer saber minha opinião, poucos estão em sã consciência. Você trabalhava na cidade, não?

– Trabalhava! – disse meu pai em protesto. – Isso não faz de mim um membro das classes abastadas e exploradoras.

– Devem ser defensores dos direitos dos animais, então – sugeriu Miles. – Tivemos muitos problemas com isso nos estábulos.

– Mas não temos animais – meu pai revelou perplexo. – Eu ainda nem comprei as galinhas. Só comecei a procurar. – Ele olhou para mim. – Anna? Eu não ofendi ninguém na região, não é?

– Não, pai. – Era verdade. Meu pai não havia ofendido ninguém.

Consegui me controlar enquanto ele se despedia de Miles, mas assim que o vizinho foi embora eu corri para dentro de casa, para o meu quarto, e pesquisei no Google o que era DEUT 18 10-12 MM.

Muitos links se sucederam na página, todos apontando a mesma coisa. Agora eu sabia, ou pelo menos imaginava, o que o texto dizia, mas não consegui controlar o impulso de clicar no primeiro link, esperando ter certeza, ver a resposta em preto e branco diante dos meus olhos.

★

DEUTERONÔMIO 18

10 *Entre ti não se achará quem faça passar pelo fogo a seu filho*
ou a sua filha, nem adivinhador, nem prognosticador, nem
agoureiro, nem feiticeiro;
11 *Nem encantador, nem quem consulte a um espírito*
adivinhador, nem mágico, nem quem consulte os mortos;
12 *Pois todo aquele que faz tal coisa é abominação ao Senhor;*
e por estas abominações o Senhor teu Deus os lança fora de
diante de ti.

Fiquei sentada por um bom tempo, olhando para a tela até as palavras dançarem diante de meus olhos, queimarem minhas retinas. O medo desceu pela minha nuca e minha barriga gelou. Finalmente, apaguei o histórico de pesquisa, fechei o navegador e desliguei o computador.

Mas não apaguei as palavras de minha cabeça.

Feiticeiro. Abominação. E, em letras vermelhas como sangue escorrendo pela lateral do nosso galpão, as letras MM. O que significavam?

★

– Preciso falar com você. – Durante o intervalo, encontrei Emmaline e a levei ao vestiário. Havia duas meninas do primeiro ano lá dentro, e tentei não demonstrar minha impaciência enquanto elas lavavam a mão e conversavam. – Onde estava? Liguei para você a manhã toda.

– Ah, desculpe. – Emmaline tirou a presilha dos cabelos e os arrumou novamente na frente do espelho. – Meu telefone está sem crédito. Tem uma escova?

– Não.

– Tem uma escova? – ela perguntou à menor das garotas do primeiro ano. A garota ficou vermelha e assentiu, oferecendo uma escova rosa-choque com um adesivo do *High School Musical* no cabo. Emmaline começou a pentear os cabelos, segurando a presilha com a boca. – O que queria comigo? – ela perguntou com a voz estranha. Fiz uma careta e olhei para as duas meninas. – O que é? – Emma se impacientou, franzindo a testa, logo acima dos óculos. – O gato comeu sua língua?

– Não – respondi irritada. – É particular, você sabe.

– Ah. – Ela devolveu a escova à garota. – Obrigada, parabéns pela escova. Agora podem ir. O sinal vai tocar em um segundo. – Elas saíram transbordando animação, e Emmaline olhou para mim com um ar de calma resignada. – Agora fale. O que é que está pegando?

– Alguém sabe – disse por entre os dentes. – Sobre mim.

– Sabe? Do que você está falando?

– Do que acha que estou falando? Eles foram lá em casa no meio da noite, enquanto estávamos dormindo. Pintaram uma referência à Bíblia na parede do galpão; Deuteronômio 18: 10-12.

Emmaline nem precisou ouvir o resto. Sua expressão continuava impassível, mas o choque a paralisou por um instante. Em seguida, ela chutou as portas de todas as casinhas para se certificar de que estávamos sozinhas e colocou o livro de Filosofia embaixo da porta que abria para o corredor, travando-a.

– Tudo bem, uma coisa de cada vez. – Seu rosto estava pálido, mas a voz soava calma. – Havia mais alguma letra? Sinais?

– Sim, uma espécie de martelo e duas vezes a letra M. O que significa?

– Nada bom.

– É mesmo? Nunca teria deduzido sozinha. Parabéns, Emma. – O medo me deixava irritada. – Poderia ser mais específica?

– MM significa Malleus Maleficorum. Sabe o que é isso?

– Malleus... o que disse? – Soava familiar. Vasculhei a memória e encontrei uma lembrança. – É um livro, não é? Sobre...

– Sobre caça às bruxas e julgamentos de bruxas. Sim. *Malleus maleficorum*, também conhecido como *Der Hexenhammer* ou *O martelo das bruxas*. Foi escrito no século XV por dois alemães malucos que viam bruxas escondidas embaixo de cada fardo de feno e acreditavam que toda mulher que não fosse uma boa *Hausfrau* alemã se deitava com o demônio ou enfeitiçava o gado. É cheio de besteiras e foi responsável pela morte de muita gente, principalmente mulheres, e bem poucas com algum poder mágico verdadeiro. Pura idiotice, mas, infelizmente, isso também é uma organização. Organização com O maiúsculo. Também cheia de idiotices, mas mais preocupante em curto prazo. Se acha que os Ealdwitan eram assustadores, ainda não viu nada. Em última análise, *eles* têm em mente o bem-estar da nossa sociedade, embora tenham um jeito meio estranho de demonstrar. O Malleus quer nos ver mortas. Todas nós.

– Legal.

– Muito.

– Então... – comecei, mas o sinal me interrompeu alto e estridente, e eu me assustei e mordi a língua. Emmaline olhou para o relógio de pulso e ficamos ali paradas, indecisas por um momento.

– Quer matar a próxima? – Emmaline perguntou finalmente.

Mordi a unha do polegar. Não havia nada que eu quisesse mais nesse momento do que matar a aula de Clássicos, mas era dia de apresentar trabalho. Minha ausência certamente seria notada.

– Não posso – respondi. – Não posso mesmo. Droga, droga, droga. Almoço, então?

– Seth não vai se importar? – Emma foi sarcástica, referindo-se ao fato de Seth e eu sempre almoçarmos juntos, uma ocorrência que a incomodava muito nos últimos seis meses, desde que começamos a namorar.

– Ele vai superar – respondi sem estender a conversa. O segundo sinal soou, e pendurei a bolsa no ombro. – Encontro você... onde? No portão sul?

– Portão sul.

Saímos do banheiro e fomos em direções opostas para nossas salas; passei a aula toda dando respostas erradas para perguntas simples e pensando no trecho de história que havia conseguido arrancar de Emmaline. Não conseguia entender o que um bando de alemães supersticiosos e mortos tinham que ver comigo, mas o simples fato de ter chocado Emmaline ao pronunciar um nome era suficiente para me deixar preocupada. E, inegavelmente, morto ou não, alguém havia pintado aquelas palavras no celeiro do meu pai. Por outro lado, pelo que Emmaline havia dito, tive a impressão de que essas pessoas eram simples transgressores comuns. E isso era bom, certo? A experiência com os Ealdwitan havia me ensinado que um maluco armado com poderes mágicos era uma força a ser respeitada. Com certeza, em comparação com um maluco armado apenas com uma picareta, isso seria preferível, não?

★

Ao meio-dia e quarenta eu parei no portão sul, e fiquei ali tremendo e olhando para o relógio. A neve finalmente derretia, e os campos de futebol eram como lagos de barro gelado destruídos pelo vento salgado do mar. Quando eu já estava começando a ficar impaciente, vi Emma correndo pelo campo, os cabelos longos e escuros balançando ao vento.

– Mil desculpas, eu me atrasei. Vamos a pé até a cidade? Podemos comer um sanduíche no caminho?

– Não estou com fome – falei.

– Mas eu estou. E vestir um manequim 34 não vai impressionar o Malleus, você sabe.

– Emma, isso não tem graça.

– Sim, obrigada, srta. Winterson. Eu sei que não é engraçado. Sei melhor do que você, provavelmente. – Ela estava séria, e me lembrei da constante obsessão da família de Emma por sigilo, adaptação, camuflagem. Eu havia quebrado todas as regras do livro – enfeiticei apartados, revelei meu segredo a Seth, deixei a magia vazar nos mais inoportunos momentos e lugares. Atraí para eles a ira dos Ealdwitan e pus em risco a frágil paz que haviam construído em Winter. Mas Emmaline ainda estava ali, andando ao meu lado, me protegendo, fornecendo informações de que eu precisava para sobreviver nesse estranho mundo novo.

– Não temos muito tempo, por isso vou falar depressa – ela avisou. – Me interrompa se não entender alguma coisa. Caso contrário, vou presumir que sabe do que estou falando. Nunca consigo lembrar o que já expliquei antes. Tudo bem, onde estávamos quando fomos interrompidas pelo sinal?

– Malleus Maleficorum.

– Certo. Provavelmente conhece o básico da história sobre como as bruxas eram queimadas, não sabe?

– O básico, acho que sim. Pelo que entendi, todo mundo tolerava as feiticeiras do vilarejo havia séculos, e de repente tudo ficou meio maluco nos séculos XVI e XVII. Muitas mulheres velhas e pobres foram torturadas para confessar coisas malucas e queimadas; toda essa loucura chegou ao fim na Era da Razão. É isso?

– Sim, mais ou menos isso. Não foi o melhor período da humanidade, mas, honestamente, os apartados sofreram muito mais do que nós. Nós também sofremos, contudo. Os jovens e estúpidos, os velhos e senis. É difícil fazer magia forte quando se está sem dormir, meio afogado e sendo torturado. Eram homens como Heinrich Kramer e Jacob Sprenger que praticavam a tortura. Eles escreveram um tratado, o *Malleus maleficarum*, explicando como fazer uma pessoa pobre e iludida, normalmente mulher, confessar que se deitou com o demônio, desejou o mal dos vizinhos e se relacionou com parentes. Como os métodos favoritos eram bem sinistros, não é surpreendente o grande número de mulheres que confessavam. Então eram presas, executadas ou queimadas.

Estremeci, e Emmaline me olhou de lado. Andávamos contra o vento, e seus longos cabelos negros voavam para trás, dando a ela uma aparência típica de bruxa. Eu não teria me surpreendido se ela montasse em uma vassoura e saísse voando, rindo alto e subindo ao céu cinzento de inverno. Mas não disse nada e, apertando mais o cachecol para proteger o pescoço do vento cortante, Emmaline continuou:

– Com o tempo, os Ealdwitan se organizaram e assumiram o controle da situação; o Ato de Bruxaria de 1735 foi aprovado e, sem a lei que os amparava, os queimadores de bruxas ficaram paralisados. Porque esse novo ato não regulamentava a magia de verdade, a única coisa que ele tornava ilegal era *alegar* ser capaz de invocar espíritos e fazer feitiços. Mesmo que fosse condenada, a pessoa era tratada apenas como uma charlatã. No fim, as fogueiras acabaram e nós voltamos às sombras, deixamos de correr perigo.

Era estranho e desconfortável ouvir sobre esse lado benigno e protetor dos Ealdwitan, mas deixei isso de lado e perguntei apenas:

– E o que aconteceu depois?

Chegamos ao porto e Emmaline sentou-se em um banco de frente para o mar. Eu me sentei ao lado dela e fiquei em silêncio, esperando que organizasse os pensamentos e continuasse a história. Quando falou novamente, Emma tinha no rosto uma expressão ainda mais grave.

– Até aqui, tudo bem. Mas, como sempre acontece quando mudam as leis, havia aqueles que preferiam as coisas como eram antes. Quando os Estados Unidos acabaram com a escravidão, a Ku Klux Klan apareceu. Quando nosso governo parou de queimar bruxas, nasceu o Malleus Maleficorum. Eles se consideram a continuação do legado de Sprenger e Kramer, mas, dessa vez, fora da lei.

– Quem são eles? – Meus dedos eram como blocos de gelo dentro das luvas.

Emmaline deu de ombros.

– Não faço ideia; nós nos mantemos bem longe deles. Parecem estar organizados em pequenos grupos, com divisões locais de conhecimento variável. Normalmente, não são muito melhores que a tropa local de escoteiros, uma ou duas famílias de doidos que gostam de andar com a cabeça coberta por um capuz preto e pintar *slogans* sinistros. Se tivermos sorte, esse é só um bando de lunáticos da região agindo com base em suspeitas, não em informações reais.

– Ah. – Era muito confuso. No ano passado as bruxas queriam me matar, agora eram os apartados. Eu sentia que devia fazer uma piada? *Foi alguma coisa que eu disse?* Mas a expressão de Emmaline dizia que ter um grupo de malucos mascarados correndo atrás de mim não era motivo de piada.

– Mas eles não têm poderes, certo? – perguntei finalmente.

– Não. Nenhum poder. – Emma admitiu. – Consequentemente, são totalmente indefesos no combate direto com um de nós.

– Exatamente – concordei. Emma havia abordado o ponto que me incomodava. – Combate direto com um de nós; eu posso cuidar de mim, Emma. Mas e meu pai? E Seth?

– Eles não vão atacar seus semelhantes – Emmaline afirmou confiante. – É você que eles querem. Não têm nada contra seu pai.

Eu esperava que ela estivesse certa. A comparação com a Ku Klux Klan havia criado raízes em minha cabeça. Se não estava enganada, a KKK não aprovava brancos que ajudavam e amparavam escravos libertos. E se o Malleus considerasse meu pai e Seth como traidores do grupo?

Droga, droga, *droga*! Senti uma raiva fria e forte por esses malucos apartados e, acima de tudo, por mim mesma, por minha bruxaria, por colocar Seth e meu pai em perigo novamente.

– Anna... – Emmaline falou, interrompendo meus pensamentos. Seu tom ganhou uma nota de urgência. – Anna, Anna...

Levantei a cabeça. O gelo estava se espalhando a partir da poça embaixo dos meus pés, atravessando o píer e chegando ao mar. As ondas estavam virando raspadinha e se transformando em fragmentos de cristal sobre as bordas do píer e em torno das cordas que prendiam os barcos. Pingentes de gelo pendiam das correntes das âncoras e as embarcações estavam cobertas por uma fina geada.

Resmunguei um palavrão e me controlei, contendo o poder que havia transbordado da minha raiva gelada. Em poucos segundos eu havia recolhido o gelo para dentro de mim, e o porto estava novamente livre dele. As poças em torno dos nossos pés estavam líquidas outra vez. Emmaline não disse nada, mas balançou a cabeça.

Começou a chover quando caminhamos de volta à escola, e quando chegamos ao portão eu percebi que havíamos esquecido o almoço. Aparentemente, nenhuma de nós estava com muita fome agora.

CAPÍTULO NOVE

Continuou chovendo a tarde toda, e as janelas molhadas combinavam com meu humor. Sentada na aula de Inglês, tive a impressão de que os problemas corriam como ratos no labirinto da minha cabeça. O Malleus, meu pai, os fios do propósito firme da minha mãe se estendendo desde o passado para me frustrar a cada tentativa... Por que ela havia fugido? Por que me esconder?

A necessidade de saber a verdade era tão forte que queimava como ácido em minhas entranhas. Mas sem as lembranças do meu pai, como eu poderia descobrir a verdade sobre o meu passado, meus poderes, eu mesma? Se eu não soubesse, estaria sempre fugindo, sempre com medo – medo de os Ealdwitan voltarem a me perseguir, medo dos monstros nas sombras, medo do pior de todos os monstros: aquele dentro de mim mesma.

Mas era como se em todas as direções para as quais eu me virasse, minha mãe estivesse me bloqueando, e a vontade dela era muito mais forte que a minha; meu pai, eu, nossa casa... nada era sagrado, nada era valioso demais para ser moldado e retorcido de acordo com seu propósito.

Pensei novamente nas palavras de Abe sob a neve: *O que conta é o quanto você quer alguma coisa, o quanto está disposta a dar para fazer esse desejo acontecer...*

Pensei na força descomunal que senti quando tentei remover o feitiço das lembranças de meu pai, e me arrepiei.

Minha mãe havia dado tudo. Não só ela mesma, mas tinha alimentado as chamas com tudo o que amava. Mas... para quê?

★

– Meu Deus! – Meu pai levantou a cabeça quando entrei lentamente na cozinha quente, meu cabelo molhado deixando uma trilha de pingos no piso. Ele estava sentado à mesa da cozinha bebendo uma taça de vinho tinto e segurando alguma coisa nas mãos, mas deixou o objeto de lado quando entrei e correu para mim com um pano de prato.

– Obrigada. – Enxuguei o rosto, tirei o casaco encharcado e sentei em uma cadeira da cozinha, enquanto ele pendurava minha jaqueta na área de ventilação sobre o fogão. – Que dia horrível.

– Querida. – Meu pai voltou à cadeira do outro lado da mesa e pegou o pedaço de papel em que mexia quando eu entrei. – Que pena. Justamente hoje.

– Por quê? O que tem hoje?

– Bem... – Ele olhou para mim com um sorrisinho engraçado. – Vai pensar que isso é meio maluco, querida.

– Por quê?

– Bem, hoje... – Ele parou e parecia... O quê? Eu não conseguia definir. Abalado? Constrangido?

– Hoje? – insisti impaciente.

– Hoje é seu aniversário de verdade.

Tudo bem. Essa eu não estava esperando. Fiquei olhando para o meu pai sem dizer nada, e ele riu meio envergonhado.

– Soa um pouco bizarro, não é?

– Sim, soa bizarro! Que diabos você está falando? Ainda faltam dez dias para o meu aniversário.

– Bem, sim e não. Vai achar isso meio engraçado, mas houve um engano quando registramos você. Na verdade, foi sua mãe.

Minha mãe.

As duas palavras me atingiram como dois socos no estômago e estrangularam tudo o que eu poderia ter dito. Fiquei ali sentada, olhando para o meu pai como uma tonta.

Ele percebia que essa era a primeira vez que eu ouvia essas duas palavras saindo de sua boca em... bem, toda a minha vida?

Projetei minha mente às cegas procurando o feitiço, mas ele havia desaparecido. Sumido! E meu pai continuava como se nada tivesse acontecido.

– Houve um erro de digitação quando ela registrou seu nascimento, a data da notificação foi transcrita errada. Devia ser seis de janeiro, mas eles digitaram dezesseis de janeiro. Só percebemos mais tarde.

– E... não pensaram em corrigir? – perguntei atordoada.

– Parecia... – Ele levantou as mãos abertas num gesto de impotência. – Foi... Bem, Isla achou que seria mais fácil deixar como estava. E você sabe, eu não queria aborrecê-la. Ela estava... Havia coisas mais importantes com que se preocupar. Eram só dez dias... não parecia importante.

– Não era importante! Está dizendo que pus uma data de nascimento falsa em todos os documentos que já assinei em toda a minha vida?

– Bem, na verdade, não. Quero dizer, você põe a data da sua certidão de nascimento, que é a data válida. Algumas pessoas nem sabem em que dia nasceram; pessoas que emigram para o Reino Unido, por exemplo. Elas escolhem uma data que parece ser boa e fazem dela a data oficial. Isso não é diferente.

– É diferente! É completamente diferente!

– Eu sei, mas sua mãe... ela só queria deixar as coisas como estavam. E ela era muito convincente.

– Mas... mas... – gaguejei.

Queria perguntar como ele havia sido capaz de fazer isso. Como havia deixado a esposa convencê-lo a tomar uma atitude tão absurda? Uma data de nascimento falsa, pelo amor de Deus! Mas eu não precisava perguntar. Havia muita coisa sobre minha mãe que eu não sabia, mas não tinha dúvida de que ela era suficientemente poderosa para convencer meu pai, o oficial do cartório e quem mais ficasse no caminho de que essa era a decisão correta a se tomar. A única pergunta era: *por quê*? E eu também tinha certeza de que meu pai não sabia.

– Sinto muito, querida. – De repente meu pai parecia abatido e cansado. – Eu devia saber que isso a aborreceria. Estava indeciso sobre contar ou não. Mas é que isto aqui...

Ele olhou para o pedaço de papel que estava segurando e o colocou sobre a mesa entre nós. Não sei por quê, mas de repente meu coração começou a bater em uma intensidade dolorosa. Era um envelope bege comum, mas parecia... velho. Usado. Como se alguém o carregasse há muito tempo. Os cantos estavam dobrados, amassados, e a cola que o selava havia começado a amarelar.

Havia alguma coisa escrita em tinta azul desbotada, uma só palavra, *Anna*, e abaixo dela uma data. A data de hoje. Meu... décimo oitavo aniversário.

Estendi a mão para o envelope, mas antes que pudesse tocá-lo, meu pai falou:

– Espere.

Parei com a mão no ar sobre o envelope, os dedos formigando com o desejo de rasgá-lo, abri-lo. Tinha a forte sensação de que ali havia alguma coisa muito importante, algo que eu *precisava* saber. Mas as palavras do meu pai pairavam no ar e me detinham. Esperei enquanto ele falava com voz hesitante:

– Eu... eu sei que não... oh, céus. Como posso explicar? – Meu pai parou e olhou o interior da taça de vinho, virou a bebida no copo. Deixei minha mão cair sobre a mesa e esperei. Quando ele finalmente falou, era mais para si mesmo do que para mim. – Deus é testemunha de que tive muito tempo para me preparar para isso. E ainda não sei o que dizer. – Ele respirou fundo, e eu descobri que prendia a respiração temendo interrompê-lo, esperando que ele ultrapassasse a barreira que o impedia de seguir adiante. – Não quero que pense... – Sua voz era tão baixa que tive que me esforçar para ouvi-lo. – Não quero que pense que o fato de não ter mencionado sua mãe em todos esses anos significa que eu a esqueci, ou que não a amava. Eu a amava muito, demais talvez. Mas, por algum motivo... por algum motivo, eu nunca encontrei as palavras. E não acho... Não acredito...

Ele parou, depois começou de novo.

– Existem coisas que uma criança tem dificuldade para entender. E coisas que elas não deviam precisar entender. Entende o que estou dizendo? – Ele me encarou com uma intensidade que quase me amedrontou, depois balançou a cabeça. – Não, é claro que não entende. Mas eu... eu não queria magoar você. Não queria tudo isso pesando sobre você. E, isso vai soar estranho, mas às vezes era como se eu literalmente *não pudesse* mencionar o nome dela, como se alguma coisa me impedisse. Entende?

– *Sim* – respondi enfática. Tentei demonstrar com o tom de voz o quanto eu entendia, pelo menos. – Sim, entendo. Mas agora...?

Ele deu de ombros.

– Agora você tem dezoito anos; tem o direito de saber. E, é claro, tem isso aqui. – Ele bateu com o dedo na carta e suspirou. – Só queria saber o que diz, embora não acredite que ela pudesse escrever alguma coisa para magoar você. Não de propósito. Ela era tão adorável, tão linda. Parecida com você, na verdade.

Horrorizada, vi uma lágrima correndo pelo rosto dele. Meu pai nem parecia notar.

– E ela era sempre muito bondosa. Mesmo no fim, quando estava mais doente...

– Doente? – Não era isso que eu esperava ouvir. – Ela morreu? Pensei que minha mãe tivesse fugido.

Meu pai suspirou e fechou os olhos, esfregando-os com os dedos sob as lentes dos óculos, como se estivesse muito cansado.

– Ela... Ah, não existe um jeito fácil de falar. Imagino. Ela ficou mentalmente doente. Depressão. Existe uma doença chamada depressão pós-parto; sabe o que é?

– Quando a mulher tem um bebê e fica deprimida?

– Sim, basicamente isso. Mas em algumas mulheres o quadro é muito mais sério do que normalmente se considera uma depressão. É raro que seja tão sério, mas em alguns casos as pessoas ouvem vozes, ficam paranoicas, acham que estão tentando prejudicar o bebê. É uma espécie de psicose, na verdade.

– E minha mãe...? – Não consegui terminar.

Meu pai assentiu.

– Ela ficou muito... estranha, acho, perto do fim da gravidez. Ficou paranoica com tudo, mas, em especial, com a segurança do bebê, com você. E acreditava que pessoas a perseguiam, que queriam pegá-la. No fim, ela fugiu quando estava quase na hora do parto. Conseguimos encontrá-la e... bem, infelizmente ela foi submetida a uma cesariana.

Operada. Mais um soco no estômago. Eu mal conseguia respirar.

– Mas... ela melhorou? – perguntei sufocada.

– Por um tempo, sim. Mas depois do parto tudo ficou pior. Ela acreditava que todos queriam roubar ou causar algum mal a você, não recebia visitas, não saía de casa. Havia cortado os laços com a família bem antes disso, e se negou a informá-los sobre o parto. Depois a situação mudou, e ela começou a se comportar como se estivesse em risco. Ficou muito estranha. Desaparecia por longos períodos, fazia coisas esquisitas. Até que... ela desapareceu definitivamente.

Era quase como se meu pai tivesse esquecido que estava falando comigo. Sua voz era baixa, como se falasse sozinho, e ele deixava sair de cima dos ombros o peso do silêncio acumulado ao longo de dezoito anos.

– O choque da ausência dela foi terrível... brutal. Fiquei meio maluco de preocupação e tentando cuidar de uma recém-nascida, porque você tinha só seis semanas de vida. Mas de um jeito horrível eu estava quase feliz, dá para acreditar? Ela estava tão transtornada, tão convencida de que sua presença era prejudicial a você, que quase comecei a acreditar nisso. Agora, é claro que... Bem, eu li muito ao longo dos anos. Acho que entendo muito melhor o que ela estava enfrentando. E acho que falhei quando ela mais precisava de mim. – Meu pai piscou, e as lágrimas correram de novo por seu rosto. – Ela não tinha ninguém, sabe? A família se afastou quando nos casamos. Ela só tinha a mim. E eu falhei com ela.

– Pai... – Minha voz tremeu. Eu não sabia o que dizer, como confortá-lo. Segurei sua mão sobre a mesa. Ele apertou a minha, sorriu, depois tirou os óculos para limpar as lentes úmidas, tossindo para disfarçar a emoção.

– Ela deixou um bilhete – continuou, tossindo mais uma vez – dizendo que amava nós dois e que aquele era o único jeito que conseguia pensar para nos proteger, e que esperava que eu pudesse perdoá-la. Pediu que eu não contasse muitas coisas para você, que não a atormentasse com os males que eram dela. Palavras dela. "Deixe-a viver a inocência da infância", escreveu no bilhete. Acho que ela estava certa. – Meu pai sorriu para mim e afagou minha mão. Depois bebeu o vinho com determinação empresarial e se serviu de mais uma taça.

Fiquei sentada em silêncio, processando todas as informações novas que meu pai fornecia, tentando ajustá-las à imagem que eu havia construído na minha cabeça durante tanto tempo. O relógio sobre o móvel continuava com seu tique-taque, e meu pai bebeu o vinho com goles ruidosos, como um homem que acabava de voltar do deserto. Finalmente eu tossi e apontei o envelope com meu nome escrito.

– E... isso? – perguntei.

– No bilhete ela me pedia que entregasse este aqui a você no seu aniversário de dezoito anos. Não sei o que tem nele. – Ele parou e esfregou os olhos novamente, com aquele gesto nervoso. – Ela escreveu antes de ir embora. Talvez não estivesse... – Uma pausa, e ele continuou: – O que quero dizer é que por isso quis falar com você sobre a doença. Antes de abrir o envelope. Caso... caso a mensagem seja...

– Insana – sugeri em tom neutro.

– Desculpe, mas eu tinha que prevenir você.

– Eu entendo. – Olhei para o envelope e respirei fundo. – Pai, por favor, não se ofenda, mas se importa se eu abrir isso sozinha?

Ele pareceu surpreso por um minuto, mas depois se recuperou e assentiu.

– É claro. É claro, eu entendo.

– Sei que ela era sua esposa – tentei explicar –, mas é que...

– Anna, não seja boba. A carta é sua. Deus é testemunha de que não pude dar a você muito mais de sua mãe. Você merece ter isso só para você. Vá em frente.

Ele empurrou o envelope na minha direção, e eu o peguei. Minhas mãos tremiam quando o guardei no bolso, mas eu não saberia dizer se o tremor era de medo ou empolgação.

Fiquei em pé.

– Obrigada, pai – disse. – Por, você sabe... Isto. Por tudo.

– Eu que agradeço, Anna. – Ele empurrou a cadeira para trás, a madeira fazendo um ruído sobre o piso de pedra, e beijou minha testa. – Sei que sou um velho sentimental que já bebeu muito vinho, mas preciso desabafar. Você tem sido a melhor filha que um velho pai pode ter. Não... – ele disse quando balancei a cabeça com desconforto, piscando para tentar conter as lágrimas que inundavam meus olhos. – Não, é sério. Agradeço todos os dias, porque Isla foi tirada de mim, é verdade, mas deixou uma pessoa maravilhosa no lugar dela.

– Ah, pai!

Ele me abraçou e senti seu cheiro reconfortante: loção pós-barba, transpiração, fumaça da lareira. Por um minuto apoiei a cabeça no seu ombro e os anos desapareceram, o momento se fundiu a todas as outras centenas e milhares de vezes em que meu pai havia me confortado da mesma maneira. Depois de um instante, eu me levantei e enxuguei os olhos. Ele riu e assoou o nariz, fingindo que não estava chorando.

– Ai, ai. Isso é o que acontece com quem bebe quase uma garrafa de *merlot* antes do jantar. Que sirva de lição para você, querida; vinho tinto produz chatos sentimentais.

– É verdade – concordei com uma risada trêmula. – E senis, também, se não tomar cuidado.

– Vá, vá. – Ele bateu nas minhas pernas com o pano de prato. – Saia daqui, pirralha atrevida. Tenho que acabar com aquele vinho.

★

No quarto, acendi o abajur e tirei o envelope do bolso. Meu coração batia dolorosamente. Então era isso.

Rasguei a parte de cima do envelope, rasgando também dezoito anos de passado em um instante. Uma folha de papel caiu no meu colo e eu a peguei.

Estava dobrada ao meio e, por um momento, quase não tive coragem para abri-la. Mas respirei fundo e alisei a folha.

Minha querida, eu li.

Queria poder ficar, mas não posso.

Amo muito você, mas essa é a única solução. É melhor assim.

Todo meu amor, sempre.

~~Is~~ *Mamãe*

★

Em seguida, embaixo da mensagem, um poema que eu reconheci em parte:

A morte não é nada
Eu só passei para a sala ao lado
Vou esperar por você por um tempo
Em algum lugar muito próximo
Logo depois da esquina
Do outro lado.
Está tudo bem.

★

Por um minuto fiquei sentada olhando para a folha, meu peito arfando com aquela respiração pesada que faz doer minhas costelas. Havia um nó forte e pesado perto do meu coração. Era isso? Dezoito anos – eu havia esperado dezoito anos; meu pai havia guardado este envelope por dezoito anos, esperando fielmente pelo dia prescrito, e era *isso*? Um bilhete de quatro linhas e um poema copiado da internet?

Uma emoção intensa e amarga brotou no meu peito, dificultando a respiração.

Eu me sentia... traída. Traída por aquele momento de otimismo que vivi lá embaixo, de que esta carta explicaria tudo, me daria as respostas de que eu precisava.

Traída porque a carta não me deu nada – pior, me tirou alguma coisa, extinguiu uma pequena chama de esperança que eu nunca soube que existia, não até agora. Naquela manhã, se você me perguntasse se minha mãe ia voltar, eu teria respondido um enfático "não". Mas agora, ver a palavra "morte" escrita com a letra dela e ao lado da frase clichê sobre "ir para a sala ao lado", como se isso não fosse nada, quando era tudo, *tudo*...

Amassei o envelope com a mão desejando poder transformá-lo em cinzas, mas algo me fez parar. Tinha mais alguma coisa dentro dele, um objeto duro e pequeno como um quadradinho de papelão.

Desamassei o envelope, virei-o de cabeça para baixo e dele caiu um retrato do tamanho das fotos de passaporte, uma fotografia da minha mãe alguns anos mais velha do que eu. Os mesmos olhos azuis acinzentados que eu tinha, a mesma pele pálida. Mas os cabelos dela, longos e escuros, caíam em ondas sobre os ombros, enquanto os meus formavam cachos incontroláveis. O rosto dela era oval, os lábios se encurvavam em um sorriso. Ela era jovem, feliz, tranquila. Parecia infinitamente familiar, mas eu nunca a tinha visto antes. Sabia, sem ninguém precisar me dizer, que aquela era minha mãe.

Segurei a foto com mãos trêmulas, quase sem conseguir enxergá-la através das lágrimas que caíam. O que aconteceu? Do que ela fugiu? Seu rosto dançou e tremeu do outro lado do véu de lágrimas e, de repente, pelo canto do olho, tive a impressão de ver uma inscrição apagada atravessando a foto no sentido diagonal, as letras muito pequenas. Era só uma sombra, como marcas deixadas por uma caneta usada para escrever em outra página, mas estava ali.

Pisquei para me livrar das lágrimas e segurei a foto mais perto do rosto, tentando enxergar melhor. Nada. Não conseguia ver nem a sombra de uma letra. Estava quase desistindo quando alguma coisa, uma espécie de instinto, me fez olhar de novo, olhar *de verdade*, como uma bruxa. Estreitei os olhos, projetei todo o meu poder para o pequeno retrato. Ele tremeu em minha mão como se fosse sacudido por um vento forte – e de repente as palavras brotaram, traços tão nítidos que era difícil acreditar que não os havia visto antes.

Anna, espero que tenha puxado a família de Tom, não a minha. Se puder ler esta mensagem, esperei em vão. Sinto muito. Cuidado com as pessoas em quem confia. Cuidado com quem ama.

Deixei o papel cair no chão e fiquei sentada na escuridão cada vez mais intensa.

★

Quando ouvi meu pai me chamando para jantar, eu me recuperei e levantei para acender a luz. Por um momento o fantasma assustado de uma garota olhou para mim com medo, o rosto pálido e os cabelos negros como uma sombra na escuridão. Depois apertei o interruptor e vi que era só meu reflexo no espelho, piscando para mim no repentino dilúvio de luz amarela.

– Anna! – meu pai gritou de novo.

– Estou indo! – gritei de volta, tentando fazer a voz soar a mais normal possível. E desci a escada para fazer de conta que era só uma garota normal jantando *curry* em uma noite como outra qualquer. Não uma bruxa relutante empurrando a comida garganta abaixo, engolindo uma data de aniversário secreta e escondida até agora, tentando juntar os pedaços de seu passado desmantelado.

Em silêncio quase absoluto, obriguei-me a responder às perguntas estranhas que meu pai fazia em seu monólogo animado, e depois arrumamos a cozinha juntos, meu pai lavando a louça, eu enxugando e guardando tudo. Estava guardando o último prato no armário quando o relógio do corredor anunciou dez horas da noite, e meu pai bocejou.

– Certo. Vou subir e me deitar. Passei o dia todo removendo neve, e ainda não tirei nem a metade. E amanhã tenho que pintar o muro do galpão.

Ele já estava saindo da cozinha quando se lembrou de alguma coisa e voltou.

– Quase esqueci. – E pôs a mão no bolso. – Vamos comemorar seu aniversário na semana que vem, como sempre, mas não queria que o dia passasse em branco, então... – Ele me entregou uma caixinha e sorriu.

– Isto é um presente? – perguntei sem ter certeza.

– Mais ou menos. Por que não abre?

Olhei para a caixa de papelão na mão de meu pai e senti uma estranha relutância. Tantos segredos em embalagens lacradas; eu suportaria mais revelações esta noite? Mas meu pai estava esperando, por isso peguei a caixa e tirei a tampa.

Dentro dela havia um par de brincos, pequenas gotas de prata como pingos de chuva, lágrimas de prata.

– Eram de Isla – ele explicou em voz baixa. – A única coisa dela que ainda tenho para dar a você.

De repente minha garganta ficou apertada, e para disfarçar a emoção eu fui até o espelho do corredor, tentando colocar os brincos com dedos trêmulos.

– O que acha? – Virei para ele e me esforcei para sorrir, e meu pai sorriu de volta com os olhos brilhando mais do que o normal.

– Ficaram lindos em você. – Ele segurou meu rosto entre as mãos grandes e calejadas pelo trabalho, e olhou para mim com os olhos límpidos e cintilantes. – Sabe, com esses brincos, essa iluminação, esta noite, você poderia quase *ser* Isla. A semelhança é extraordinária. – Ele tossiu, limpou os olhos e beijou minha testa. – Feliz aniversário, querida, e boa noite. Durma bem e não esqueça que amanhã tem aula, não fique acordada até tarde.

Eu o vi subir a escada e senti as emoções em ebulição dentro de mim. As palavras do meu pai deviam ter me alegrado, mas só me faziam tremer. Eu queria mesmo ser como ela, minha condenada, linda e atormentada mãe? Nesse momento, senti o medo dela atravessar os anos e me contaminar.

Cuidado com quem ama.

Ah, pai, você devia ter escutado esse conselho.

CAPÍTULO DEZ

Não consegui dormir. Fiquei deitada no escuro ouvindo meu pai se movendo pelo quarto, revirando na cama, e pouco depois ouvi os roncos abafados que vinham do fim do corredor.

Pensamentos, palavras e sentimentos rodopiavam na minha cabeça, chocando-se e lutando pela liderança. Devia estar nervosa com as provas, com os trabalhos da escola, com a vida social, mas essas eram as últimas coisas em que eu pensava.

– O que teria feito minha mãe ir embora? Ela era maluca ou sã? Era verdade o que dizia sobre os demônios que a atormentavam, ou apenas paranoia? E as letras no galpão, tinham alguma ligação com o meu aniversário, ou eram só uma terrível coincidência?

As perguntas se chocavam dentro da minha cabeça até eu querer gritar, mas, em vez disso, apertei os punhos contra os olhos cansados e irritados e tentei raciocinar, me concentrar no que sabia, ou pensava saber.

Agora estava completamente certa de que minha mãe havia deixado o encantamento embaixo da nossa porta. Combinava com o que meu pai havia contado sobre a paranoia dela, os medos que tinha por mim. E, como eu suspeitava, ela devia ser também a responsável pelo feitiço de silêncio posto em meu pai – a data da carta coincidia com o fim do feitiço; não podia ser simples acaso. Ela havia inibido a minha magia, alterado a data do meu nascimento, silenciado meu pai e depois ido embora. Mas por quê? *Por quê?* Era como se a resposta estivesse ali, mas permanecesse além do meu alcance.

Devia ter *alguma coisa* sobre mim, alguma coisa que tornava necessário eu me esconder. Seria a mesma coisa que havia posto os Ealdwitan atrás de mim no ano passado? Seria alguma coisa ligada ao súbito interesse do Malleu? Mas o que quer que fosse, por que ela não podia simplesmente ter me contado? O que era tão indizível que minha mãe não suportava colocar no papel, nem mesmo na enfeitiçada mensagem secreta que deixou para mim naquela fotografia?

Deitada na escuridão, sentia os medos não manifestados se enrijecerem dentro de mim, suspeitas que cresciam e se espalhavam havia dias, semanas, unindo-se para formar a sombra escura que parecia engolir meu passado e meu futuro. E se... E se houvesse alguma coisa... ruim sobre mim?

Maya e Emmaline sempre haviam falado como se houvesse em meus poderes alguma coisa desejável que os Ealdwitan queriam usar para fins pessoais. Mas minha mãe, minha própria mãe havia deixado um encantamento em nossa casa para bloquear minha magia enquanto eu morasse lá.

Comecei a pensar sobre tudo o que havia feito com meus poderes desde a mudança para Winter. Destruí nossa casa e rachei a barragem que protegia a cidade. Invoquei demônios e, impotente, os vi atacar Winter. Provoquei incêndios, destruí propriedades, magoei pessoas, me magoei.

Magoei Seth. Calei seu amor por Caroline com um único feitiço e o fiz me amar para sempre, e com um amor tão apaixonado e sólido que algumas vezes chegava a me assustar.

Não conseguia pensar em uma coisa boa que tivesse feito. Era isso que minha mãe havia conhecido? Existia de fato o poder realmente mau, independentemente do que o detentor desse poder queria fazer com ele? Uma bruxa com um poder ilimitado para causar dano?

De repente não conseguia mais ficar imóvel na escuridão. Liguei o abajur sobre o criado-mudo e peguei a fotografia, como se o olhar da minha mãe pudesse me dizer de alguma forma o que ela temia em relação a mim.

Mas não havia nada na foto para me ajudar. Ela me olhava do papel risonha, destemida. Um sentimento de forte afeto e amor me envolveu, e de repente eu soube, por aquele olhar de felicidade, que o fotógrafo devia ser um amigo. Se pelo menos eu soubesse quem era...

Estreitando os olhos, olhei com mais atenção para o cenário no retrato. Minha mãe parecia estar em uma loja, uma livraria; havia estantes de livros meio fora de foco e tremidas à esquerda dela. Atrás dela tinha uma vitrine, e notei as letras gravadas no vidro, mas pareciam estranhas, desconhecidas.

Levei um momento para entender por quê. As letras estavam espelhadas porque foram escritas para serem lidas da rua. Eu as via ao contrário, como as veriam os clientes dentro da loja.

Minhas mãos tremiam quando aproximei o retrato do espelho ao lado da cama, tremiam tanto que por um momento o reflexo era indecifrável, só uma confusão de linhas e imagens se movendo. Mordi o lábio, me obriguei a ficar parada e as letras ganharam foco. *Truelove Books, Soho*, eu li, e notei que havia mais alguma coisa embaixo dessa inscrição, mas eram letras pequenas demais para serem lidas a olho nu.

Mas antes que eu conseguisse lembrar onde havia visto pela última vez a lupa do meu pai, ouvi um ruído que fez meu coração disparar: um estalo. Depois um ruído de atrito lá fora, como um arranhar abafado.

Pensei nas letras vermelhas, em homens encapuzados em volta da nossa casa, em meu pai dormindo desprotegido a poucos metros do meu quarto. O poder começou a crescer dentro de mim, e quando eu já me sentia prestes a perder o controle, escutei uma batida na janela e ouvi a voz baixa de Seth dizendo:

– Anna, Anna, sou eu.

– Seth! – Corri para a janela e o deixei entrar acompanhado de uma rajada de ar frio e úmido. – O que está *fazendo*? Quase me fez ter um infarto.

Não era a primeira vez que ele subia até minha janela, mas eu sempre me assustava.

– Desculpe. – Ele massageou os pés gelados, descalços para subir pela parede com fendas entre os tijolos. – Cristo, está congelando lá fora.

– O que está fazendo aqui?

– Queria ver você. Tive uma noite horrível, o bar estava cheio de bêbados briguentos, e minha mãe foi passar a noite com o vovô no hospital. Estou sozinho.

– Ele está mal?

– Sim. Os médicos disseram que ele não pode ir embora, sabe... por precaução. – A voz dele tremeu na última palavra.

– Oh, Seth... – Mordi o lábio. Não sabia o que dizer. Não tinha família, só meu pai, por isso só podia tentar imaginar o que Seth estava sentindo. E devia ser ainda pior para ele por causa das lembranças do pai, que tinha morrido de câncer naquele mesmo hospital havia quase cinco anos. Eu o abracei. Seth tentou dar de ombros, mas senti sua tensão no movimento.

Não havia nada que eu pudesse dizer, por isso segurei a mão dele e o puxei para o calor da minha cama, onde nos deitamos encolhidos e juntos. Ele estava úmido e gelado, até as roupas eram frias contra meu pijama fino, e meus dentes batiam em solidariedade quando puxamos as cobertas sobre nós. Envolvi os pés gelados dele com os meus, mais quentes, e aos poucos nós dois paramos de tremer com a transmissão do calor do meu corpo para o dele. Senti seus músculos relaxando e seus braços e pernas rígidos se alongando, entrelaçando os meus.

– Sabe que não pode ficar, não é? Não por muito tempo, pelo menos – lembro-o com um tom pouco convincente quando ele beija meu pescoço, deslizando as mãos geladas por minhas costas. O toque me faz voltar a tremer, mas agora é de desejo, não de frio.

– Hummm. Por que não?

– Po-porque... – Era difícil pensar com as mãos de Seth acariciando minha cintura, afagando a parte mais sensível logo acima da calça do pijama. – Porque... Meu pai... Coisas...

– Tudo bem. Mas só um pouco?

– Só um pouco.

Ele estendeu o braço e apagou o abajur, e ficamos juntos na escuridão, traçando as feições um do outro com dedos cegos e lábios e línguas, lambendo, mordendo, beijando.

– Anna... – ele falou no meu pescoço.

– O que é? – Minha voz soou arfante.

Ele me beijou novamente, e deixei minhas mãos explorarem a pele embaixo da sua camiseta, senti a flexibilidade e a força dos músculos dele e o desenho das suas costelas, a curva da coluna, a área mais sensível e macia de sua nuca. Agora fazia calor embaixo do cobertor, com os dois corpos colados e nossa respiração ofegante, e quando Seth jogou as cobertas longe, eu não reclamei.

Era como se o desejo me queimasse por dentro, irradiando através da pele. Seth sentou-se e arrancou a camiseta, depois se inclinou e deslizou a língua por minha barriga. O ar frio em sua saliva criou um caminho de gelo. Gemi e arqueei as costas, e ele beijou minha boca com intensidade, sufocando os ruídos baixos com os lábios. Depois os beijos desceram por meu pescoço.

– Seth... – Não sei o que eu queria dizer, só queria ouvir o nome dele, respirar o sussurro. – Seth...

Ele soltou um ruído, algo entre um cochicho e um gemido, os lábios colados à base do meu pescoço, e eu o abracei, meu desejo tão intenso e ardente que mal conseguia contê-lo. Tinha a impressão de que meu coração podia explodir de amor.

– Anna... – E com mais urgência. – *Anna!*

Ele segurava meus braços, me empurrava para longe como se me odiasse, como se não suportasse sentir meu toque nem por mais um segundo. Seth se levantou e se afastou da cama gemendo, choramingando, e eu me ajoelhei sobre os lençóis amarrotados com os braços estendidos, vazios.

– Seth! – Tentei encontrá-lo na escuridão, odiando a carência em minha voz, mas incapaz de evitá-la. – O que aconteceu?

– Não toque em mim! – A voz dele era cheia de dor, e havia um cheiro estranho no ar. – Onde eu acendo a porcaria da luz?

– Seth, qual é o problema? – Levantei da cama e me afastei dela.

– Não, Anna, não toque em mim!

Os dedos dele encontraram o interruptor, e a luz invadiu o quarto. Mas não foi a claridade que me chocou.

Seth estava em pé no meio do quarto, com o tronco nu banhado em luz. Onde minhas mãos o tocaram havia grandes vergões vermelhos. Queimaduras vivas marcavam a região das costelas. Uma bolha enorme se formava na base da coluna. Havia manchas escuras nos lençóis e um cheiro forte de queimado pairava no ar.

Cobri a boca com a mão. Queria fechar os olhos, mas essa era a saída mais covarde.

– Oh, Deus, oh, Deus. Seth, o que foi que eu fiz?

– Tudo bem... você não teve a intenção. Não era isso que queria. – Ele estendeu a mão para mim, e eu recuei.

– Não! Como pode suportar... Depois disso... – Desviei o olhar. Houve um longo silêncio, depois um chiado estranho, e quando me virei eu vi Seth esvaziando um copo de água no meu colchão fumegante.

– Desculpe. – Ele olhou para mim com um sorriso meio torto e deu de ombros. – Parece que você vai acabar dormindo no molhado.

Eu não ri da piada patética. Queria ficar furiosa, gritar, me castigar. Como eu havia sido *capaz*? Apesar de todas as coisas estúpidas e perigosas que tinha feito recentemente, nunca havia passado pela minha cabeça que eu podia *realmente* machucar Seth. Não fisicamente.

Seth viu minha expressão e tentou segurar meu braço, mas eu me esquivei, me encolhi contra a parede.

– Não toque em mim.

– Anna – ele chamou em voz baixa, e repetiu com mais firmeza quando me neguei a encará-lo. – *Anna*! Deixe de ser idiota. Foi um lapso, um deslize de um segundo. Pare de se punir por isso.

– Parar de me punir? Seth, já *olhou* para você? – Abri a porta do guarda-roupa, apontei o espelho no interior da porta. A imagem era assustadora. – Olhe para isso – falei com brutalidade, observando-o enquanto ele analisava os vergões. – *Olhe!* Parece que marquei você com ferro quente. Como posso conviver com isso?

– Foi um acidente.

– Não *interessa*!

– É *claro* que interessa. Teria me tratado desse jeito se eu... se eu derrubasse acidentalmente um cigarro aceso na sua cama?

– Não tente essa linha de raciocínio, Seth. Veja o que eu fiz. Olhe para *você*! Como... – Minha voz tremeu, e eu não consegui continuar.

– Pare com isso. – Ele me segurou e silenciou meus soluços cada vez mais altos com a mão. Raramente o vi tão zangado. – *Pare!*

– Solte!

– Não! Sua pele já esfriou, pare de ser tão dramática...

– Dramática?! – Identifiquei a nota histérica em minha voz. – Seth, eu *queimei* você! Sou uma pessoa horrível! Não é de estranhar...

– Cale a boca! – Ele agarrou meus braços para me impedir de virar, e sua voz soou quase violenta. – Não vou ouvir isso de novo, entendeu? Não vou. Todo esse ódio por você mesma, a culpa que sente, toda essa bobagem de renunciar a mim por achar que é a decisão heroica a ser tomada. Estou farto disso. Sou uma *pessoa*, Anna. Posso tomar minhas próprias decisões. Se decidir que estar com você não vale a pena, eu vou embora, mas só *eu* posso tomar essa decisão. Entendeu? Portanto, não tente decidir por mim.

– Não pode me pedir que o submeta a esse tipo de coisa.

– Mas eu *posso* pedir que respeite minhas decisões, Anna. Escute aqui: se *você* quer desistir de mim, desista. A escolha é sua. Mas, se me deixar, não vai me fazer acreditar nessa bobagem de motivos nobres. Se desistir de mim, desista por uma razão, só uma. Porque não me ama mais. Não porque acha que é isso que eu quero, ou porque *acha* que isso é melhor para mim. Enquanto não puder olhar nos meus olhos e dizer que não me ama, não quero mais ouvir uma palavra sobre esse assunto. Quando isso acontecer, *então* você pode partir.

– Como se atreve... – comecei. E parei.

Sem perceber, havíamos alterado o tom de voz e estávamos gritando, e de repente ouvi a porta do quarto do meu pai se abrir no fim do corredor. A voz sonolenta chamou:

– Anna? Anna, está tudo bem? Ouvi gritos.

– Merda. – Seth olhou em volta e foi se esconder atrás da cortina. Era ridículo, dava para ver seus pés descalços, mas se meu pai estivesse sem óculos... Apaguei o abajur e liguei o rádio um instante antes de ver a cabeça do meu pai na fresta da porta.

– Tudo bem?

– Desculpe, pai... Eu... não conseguia dormir. Estava ouvindo rádio, uma novela... Por isso os gritos. Não percebi que estava tão alto.

A história soava improvável até para os meus ouvidos, mas meu pai estava preocupado com outra coisa.

– Está sentindo esse cheiro? É de... queimado? Ah, meu Deus, será que deixei a chaleira no fogo?

– Não, fui eu... Sinto muito, pai. Eu... – Tentei desesperadamente pensar em alguma coisa, mas a aflição crescia. Sempre fui péssima para mentir, e podia ouvir a respiração de Seth abafada atrás da cortina, aumentando meu nervosismo. De repente a inspiração veio. – Eu cochilei, e acho que derrubei o abajur em cima da cama. Olhe... – Mostrei uma das marcas de queimado no lençol e o vi franzir a testa com perplexidade.

– Caramba, pensei que essas lâmpadas econômicas fossem frias. É assustador descobrir que podem deixar esse tipo de marca. Você se machucou?

Neguei com a cabeça, e ele deu de ombros.

– Deixe pra lá, então. Nenhum problema, acho. Só... seja mais cuidadosa no futuro.

– Sim, pai. – Suspirei aliviada por ele ter acreditado na minha história patética.

– Boa noite, amor. Desligue o rádio e durma, sim?

– Sim, pai.

– E pelo amor de Deus, apague o abajur desta vez! – Ele beijou minha testa e saiu, e ouvi o suspiro aliviado de Seth atrás da cortina. Quando ouvimos a porta do quarto do meu pai fechar, Seth saiu de trás da cortina.

– Que história, Anna! – ele cochichou.

– Isso é ironia? – cochichei de volta.

– Ah... sim! Foi a pior história que já ouvi!

– Escute, tente inventar uma boa história às duas da manhã, enquanto seu namorado ofega atrás da cortina de seu quarto.

– Eu teria inventado uma história melhor, mesmo que meu namorado estivesse ofegando embaixo da minha camisola. – Nós levantamos e nos olhamos, e depois sorrimos ao mesmo tempo. Seth estendeu os braços e caminhei na direção dele. Prendi a respiração, mas não ouvi nenhuma exclamação abafada de dor, nenhum chiado de carne queimando. Seth me apertou com força e beijou o topo da minha cabeça, sua respiração morna em meus cabelos.

– Desculpe – falei com a voz abafada em seu peito.

– Não, eu que me desculpo. Fui um cretino antes. É muita doçura da sua parte se preocupar comigo; só queria...

– Sim? – Olhei nos olhos dele.

– Só queria que sua preocupação não acabasse sempre na tentativa de me afastar de você. Isso me deixa triste.

Não consegui pensar em uma resposta para isso; as palavras dele *me* entristeciam também. Apenas o abracei com mais força, esperando que ele não visse a lágrima que corria pela pele dourada e nua de seu peito.

Finalmente ele suspirou e afagou meu cabelo.

– Tenho que ir – disse.

Eu assenti, mas não me movi, e finalmente ele tirou meus dedos de suas costelas e beijou minha testa.

– Ei, um minuto atrás você estava me pondo para fora...

– *Foi o rouxinol, não a cotovia...*

– Você sabe que minhas notas de inglês são péssimas, meu bem. – Seth vestiu a camiseta e acrescentou com a voz abafada pelo tecido: – Isso é Shakespeare, certo? Não sei nem como essa acaba.

Mal, eu pensei, mas não falei. Apenas suspirei e disse:

– Tudo bem, vá. Tome cuidado, Seth.

– Eu vou tomar cuidado. Sou cuidadoso sempre.

Não com relação a mim, pensei.

Vi quando ele desceu pela janela e ouvi os palavrões resmungados quando sua pele entrou em contato com a parede gelada e molhada. Ouvi os ruídos da descida cuidadosa e o baque quando ele chegou ao chão. Depois de sussurrar um "tchau, amor", ele correu para a estrada e desapareceu na noite enluarada.

Voltei para a cama, apaguei o abajur e fiquei deitada na escuridão, refletindo sobre nossa discussão. Não sabia se ficava feliz ou lamentava por meu pai nos ter interrompido. Sabia que eu teria revelado a verdade, não fosse por isso. Teria contado que ainda temia que Seth *não* tivesse forças para se afastar de mim. Temia que, apesar de tudo, ele ainda estivesse preso a mim por aquele encantamento do passado, incapaz de deixar de me amar, com o coração escravizado, depois de tudo.

CAPÍTULO ONZE

– Caradoc Truelove... – Emmaline mordeu o dedo da mão dentro da luva, e sua respiração formou uma nuvem branca enquanto ela pensava. – Nunca ouvi falar dele. De onde tirou esse nome?

Expliquei sobre a foto.

– Examinei o retrato com a lupa do meu pai, e só consegui ler "Proprietário Caradoc Truelove" embaixo do nome da loja.

– E por que acha que foi ele que tirou a fotografia?

– Porque, quando a olhei com a lupa, vi que a placa na porta estava virada para "fechado". Se minha mãe estava lá dentro, devia estar com o proprietário, não acha?

– Podia ser um vendedor.

– Sim, mas você acha provável que um vendedor tenha recebido alguém na loja depois do expediente?

– Bem, acho que vale a pena tentar. Mesmo que esse Caradoc Truelove não seja a pessoa que você procura, ele pode conhecer a pessoa certa. Quer que eu fale com minha mãe?

– Não se preocupe. Eu uso o Goog... – Fui interrompida pelo clamor do público quando a bola ricocheteou nas mãos do goleiro do Winter e o juiz apitou, dando um pênalti para o West Riding.

Dizer que eu não era muito fã de futebol seria pouco, mas esse era um jogo importante para o Winter, e Seth estava jogando. Infelizmente, aos setenta minutos de partida, o placar marcava dois a um para o time adversário; por isso, a menos que houvesse uma reviravolta, perderíamos o troféu. Os garotos do time de Winter se posicionaram esperando a cobrança do pênalti. O jogador do West Riding correu e chutou a bola. Ela voou desenhando um arco perfeito, seguindo para o canto do gol, e o goleiro do Winter se jogou para o lado e para o alto num mergulho milagroso, quase suicida, e aterrissou em um mar de lama com a bola firme entre os braços.

– AÊÊÊÊÊÊÊ! – Emma gritou ao meu lado, balançando os braços no ar como uma doida.

– Não sabia que você gostava de futebol – comentei quando ela se sentou.

Emmaline deu de ombros e me olhou de lado.

– Homens suados, cobertos de lama e vestindo *shorts*... Como não gostar?

– Entendi. Tem muita coisa para olhar lá embaixo. – A quantidade de pele masculina à mostra, suada e suja de barro tornava o jogo atraente mesmo para quem não se interessava pelo resultado. Vi Seth correndo pelo campo, os cabelos grudados na cabeça, e vi quando ele disputou a bola com um jogador da defesa adversária, esquivando-se de outros oponentes para levá-la até o gol do outro lado. Depois, com uma brutalidade que me fez encolher, outro jogador dividiu a bola com ele, e Seth mergulhou na grama lamacenta com um barulho audível até na arquibancada.

– Caramba! – Até Emma parecia impressionada, mas Seth já estava em pé novamente e correndo. Ele sorriu rapidamente para a arquibancada, tentando me localizar no meio da torcida, e acenou para mim antes de voltar à ação.

– Está interessada em alguém em especial? – perguntei curiosa. Ela nunca demonstrava interesse pelos garotos da escola. Na verdade, às vezes eu me perguntava se ela preferia outro tipo de companhia.

– Está falando sério? – Ela olhou para mim para ver se eu estava brincando, depois balançou a cabeça. – Não, de jeito nenhum.

– Por que não? Matt, por exemplo, o amigo de Seth.

– Quem é esse?

– O cara alto no gol. – Apontei Matt, cujos cabelos clareados pelo sol recuperavam o tom dourado-escuro e estavam encharcados de suor e chuva. – É aquele que vive matando aula para ir surfar. Ele é um fofo...

– Hunf – Emma murmurou com desdém.

– Você nem conhece o cara – insisti com tom moderado.

– Não preciso. Ele é só um...

Emmaline parou e olhei para ela, meio irritada e meio debochada.

– Um o quê? Ele é só um apartado, era isso que ia dizer, não era?

– Bem... – Ela teve a elegância de parecer um pouco constrangida, mas era possível notar que não estava arrependida. – Ele é.

– Seth também é. E meu pai também. O que está tentando dizer?

– Nada. Não estou tentando dizer nada. Só não acho que isso possa dar certo.

– Como pode saber? – Eu estava ficando irritada, e as palavras saíram mais impacientes do que eu pretendia. – Eu sou meio-apartada, sabe?

– Não é, não. – Emma balançou a cabeça.

– Agora... está dizendo que meu pai não é meu pai? – Fiquei furiosa, e minha voz se elevou para competir com o ruído da torcida.

– Fale baixo... e não perca a cabeça. Não, não estou dizendo nada disso. Estou dizendo que você tem magia, só isso. Se não tem, você é uma apartada. Não existe essa coisa de meio-apartada. E se existisse, eu seria uma meio-apartada.

– *O quê*?

– Meu pai era um apartado aleatório, você sabe.

– Um apartado *aleatório*? – Seu tom de desprezo me enfureceu ainda mais. Eu não sabia se estava chocada, aborrecida, ou se sentia pena dela. – E você nunca quis conhecê-lo... saber mais sobre ele?

– Não.

– E Sienna?

– Não, o pai dela era como nós, mas ele morreu. Acho que foi isso que fez minha mãe procurar... fora do círculo. Ela queria um relacionamento sem... sem complicações. Engravidar não fazia parte dos planos, até onde eu sei. Acho que ela não o deixou ficar por tempo suficiente para descobrir.

– Então ele foi só... procriador?

– Mais ou menos. – Emmaline parecia meio reservada, mas não estava tentando se esquivar de responder. – A verdade é que nunca teria dado certo. Ela não tinha nada em comum com ele... eu também não teria, se algum dia o conhecesse. Simplesmente não *dá certo*.

– Óleo e água – eu disse em voz baixa, e minhas palavras foram tragadas pelos gritos dos torcedores.

– O que disse?

– Não importa. Mas, Emma, como pode ter tanta certeza de que não daria certo, de que não teria nada em comum com seu pai? Nunca deu uma chance a ele.

– Escute. – O rosto dela endureceu. – Talvez você não goste disso, e lamento se vai ficar furiosa, mas é verdade. Não *dá certo*.

– E quanto a mim, e *meu* pai?

– Sim, e veja como deu certo com a sua mãe – Emmaline disparou.

Não sei que reações se estamparam em meu rosto, o que eu sentia era como se usasse uma máscara dura e fria. Mas Emma parecia arrasada.

– Anna, desculpe, eu não devia ter dito isso.

– Por que não? – Minha voz soou dura até para mim mesma. – É verdade.

Olhei para o campo e ficamos sentadas lado a lado em silêncio, vendo os garotos correndo de um lado para o outro numa dança esquisita e fútil que, de repente, não fazia sentido nenhum para mim.

– Vai, Seth! – alguém gritou atrás de mim; eu me inclinei para a frente e vi que Seth dominava a bola e corria para o gol. Um enorme zagueiro se colocou na frente dele, mas Seth saiu pela esquerda, girou para a direita para driblar outro defensor adversário e parou por uma fração de segundo, avaliando o espaço cada vez menor entre as linhas e os oponentes que corriam em sua direção. Podia tentar o chute... mas teria uma chance mínima de acertar, e havia outro jogador do Winter, Ahmid, sozinho à sua direita.

– Chuta! – alguém gritou, mas a defesa adversária o cercava. Seth passou a bola para Ahmid, que chutou para o gol e marcou, para delírio da torcida. Seth bateu nas costas de Ahmid, e se havia frustração por não ter sido ele o autor do gol, a emoção não transparecia.

Agora faltavam só alguns minutos, e o jogo estava empatado. O campo era um mar de lama. Faltavam cinco minutos, pelo meu relógio. Quatro. Três. De repente houve uma movimentação mais rápida na grande área, um confronto, um jogador caiu... O juiz apitou marcando pênalti contra o West Riding.

O time de Winter conversou por um instante, e Seth se apresentou para cobrar a penalidade.

A torcida parecia prender a respiração enquanto Seth caminhava para a marca na frente do gol e, parado, abaixava a cabeça por um segundo. Ele passou a mão pelos cabelos molhados, um gesto característico que eu amava, e correu para a bola como um matador que investe contra o touro. O chute provocou um ruído que ecoou pelo estádio silencioso, e no instante seguinte a torcida explodiu em gritos eufóricos quando a bola sacudiu a rede. O juiz apitou marcando o gol e o fim do jogo.

★

A comemoração da torcida finalmente perdia força, e eu mantinha a bolsa pendurada no ombro e continuava ignorando Emmaline, quando senti um braço musculoso e escorregadio enlaçar meu pescoço e um beijo quente e molhado no meu rosto.

– Ganho um beijo pelo gol da vitória?

– Seth! – Eu me virei e o abracei sem me importar com o barro. – Muito bem!

– Final surpreendente, não foi?

– Você foi incrível.

– Bem, vou tomar banho. Você vai comemorar no *pub*?

Hesitei. Óleo e água. Caradoc Truelove. Perguntas, respostas, possibilidades metralhando meu cérebro.

– Você vai... vai se importar se eu não for? Eu só... estou muito cansada. Não vai sentir minha falta com o time todo lá.

– É claro que vou sentir sua falta. – Ele beijou meu rosto. – Mas não seja boba... vá para casa. Durma bem. A gente se vê amanhã?

– Na verdade... talvez não.

– Não? Como assim?

– Acho... acho que vou para Londres.

★

Truelove Books resultou em ocorrências demais, e *Caradoc Truelove* entre aspas não teve nenhum resultado, então tentei *Truelove Books Soho* e *Truelove Books Londres*. Não encontrei nada que parecesse com uma loja nas duas ou três primeiras páginas – quase todos os resultados eram listas da Amazon para autores chamados Alguma Coisa Truelove. Nenhum deles era Caradoc.

– Tudo bem, yell.com, talvez. Não havia ocorrências para *Truelove Books*, mas quando ampliei a pesquisa, *Truelove & Fox* surgiu na tela em forma *pop-up*. Segundo a descrição, eram *Vendedores e Comerciantes de Livros Antigos e Curiosidades*. Cliquei para ver o local em um mapa. Não ficava no Soho, mas em Cecil Court, uma pequena travessa da Charing Cross Road. Perto. Seria isso? Bem, ele podia ter arranjado um sócio, acho. A outra possibilidade, de repente me ocorreu, era ele ter se aposentado ou morrido.

Pensei em telefonar... por cerca de dois segundos. O que poderia dizer? "Ah, oi, posso falar com alguém que talvez tenha conhecido minha mãe possivelmente maluca, possivelmente morta, há pouco mais de dezoito anos, quando ela talvez usasse o nome de solteira que eu nem sei qual é? Ah, e já mencionei que ela era bruxa?"

Não. Só tinha um jeito de fazer isso.

Anotei o endereço da livraria e os horários dos trens para Londres no dia seguinte, e já me preparava para desligar o computador quando ouvi o sinal de e-mail. Era Emma.

Ei. Desculpe, eu fui uma cretina. Acho que nós duas pisamos nos calos uma da outra, mas isso não justifica minha atitude detestável.

Ouvi o que você disse a Seth. Londres, quero dizer. Vou entender se sua resposta for não, mas se quiser minha companhia, é só me avisar.

Emma. Bj

Fiquei sentada olhando para a tela por um bom tempo. Depois respondi:

Oi. Eu também, etc.

Estação de Winter, amanhã 10h05. Se não puder ir, sem problema.

Vejo você lá. Ou não.

A. Bj

– Estamos no caminho errado – Emma repetiu. – Deve ser do outro lado da Charing Cross Road, e estamos praticamente na National Gallery.

– É por aqui, vai por mim. – Olhei de novo para o guia e para a Charing Cross Road. Mas tinha que admitir, a situação não parecia promissora. Então, uma pequena brecha se abriu entre os edifícios altos à nossa esquerda e uma pequena viela surgiu entre eles. Ela era cheia de livrarias estreitas, vitorianas, cada uma delas cheia de livros e mapas. Quando passamos, eu examinei os nomes pintados nas placas discretas e gravados nas portas de vidro. *Goldsboro Books... David Drummond...*

Marchpane's... Queria parar em todas elas, vasculhar as pilhas emboloradas e as edições novas de capa dura. Mas Emmaline apontava a esquina mais afastada, onde a menor de todas as lojas tinha uma modesta placa cinza que a identificava com letras brancas, *Truelove & Fox*.

De repente, minha coragem desapareceu. Se Emma não estivesse ali eu teria voltado, corrido para o metrô. Mas ela me viu hesitar.

– Vamos lá. – Sua voz era baixa. – Quer viver com a dúvida para sempre?

Não, não. Eu queria saber.

Empurrei a porta e me sobressaltei quando um sininho de bronze badalou na loja vazia e silenciosa.

– Oi? – Emmaline falou.

Não havia ninguém atrás do balcão, por isso olhamos em volta. Havia prateleiras empoeiradas dos dois lados, cobrindo as paredes desde o chão até o teto e repletas de livros com capas de couro, lombadas douradas e guardas marmorizadas. Emmaline começou a andar entre as prateleiras, inclinando a cabeça para um lado para ler os títulos nos dorsos. Eu estava mais interessada na pequena redoma de vidro no balcão onde havia um volume pequeno e pesado com um cadeado dourado.

– O *Grimório de Honório* – li na etiqueta de identificação. – Edição revista do século dezessete.

– Tem muita coisa sobre ocultismo aqui – comentou Emma –, mas tudo bem conhecido do público, se entende o que quero dizer. Não entendo...

– Posso ajudar, moças?

Assustadas, nós duas nos viramos e vimos o homem que havia surgido silenciosamente de trás do balcão e nos observava por cima dos óculos sem aros. Ele era alto e loiro, com um cavanhaque bem-arrumado e um discreto brinco de ouro em uma orelha. Se havia conhecido minha mãe dezoito anos atrás, só podia ter sido na escola fundamental. Esse homem não podia ser Caradoc Truelove.

Pigarreei e lamentei não ter aproveitado a viagem de trem para ensaiar uma história com Emmaline, em vez de improvisar.

– Ah, sim, é... Pode me dizer...? Estamos procurando Caradoc Truelove, que era dono da Truelove Books no Soho alguns anos atrás.

– Sim? – O homem respondeu sem me ajudar.

Droga.

– Bem, estávamos pensando; Truelove & Fox... Tem alguma ligação?

– Sim. – O rosto dele era uma máscara indecifrável.

– Então, o sr. Truelove... ele está...? – Droga. Era mais difícil do que eu imaginava. Não podia simplesmente perguntar: "Ele está morto?".

E não sabia o que dizer.

– Ele está disponível? – Emma perguntou, certamente com pena da minha aflição. – Esperávamos encontrá-lo aqui. Achamos que ele pode ter conhecido a mãe da minha amiga.

– É mesmo? – O homem-cavanhaque parecia um pouco mais interessado. – E quem é você?

– Meu nome é Anna Winterson. Minha mãe era Isla Winterson. Ela morreu quando eu era pequena, mas acredito que o sr. Truelove a conheceu antes disso.

– Lamento, nunca ouvi esse nome – disse com firmeza o homem-cavanhaque.

– Bem, podemos conversar com o sr. Truelove e perguntar a ele? – perguntou Em. Agora havia impaciência na voz dela. Notei que ela estava cansada de tantos rodeios.

O homem-cavanhaque apertou os lábios.

– O sr. Truelove está meio aposentado. Ele trabalha com nossa coleção especial e só atende certos clientes.

– Especial significa *o quê*? – Emma inclinou a cabeça na direção do *Grimório*. – Mais especial que aquilo?

– Se quer colocar nesses termos, sim.

– Não somos apartadas – Emma declarou atrevida.

Levei um susto, assim como o homem-cavanhaque.

– É um prazer saber disso – ele respondeu um pouco irritado. – Infelizmente não posso acreditar apenas em sua palavra.

– Entendo. Algum truque especial que queira nos ver realizar? – Emma olhou para o balcão e uma pilha de recibos pegou fogo.

– Pare com isso *imediatamente*! – gritou o jovem com o rosto pálido.

– Tudo bem. – Emmaline deu de ombros e o fogo apagou, deixando os recibos intactos. – E agora, vai deixar a gente ver o sr. Truelove?

O rapaz estava pálido como gesso e olhou nervoso pela vitrine, para as lojas da frente, mas balançou a cabeça.

– É nossa política não abrir a coleção especial para ninguém. Clientes que não encontram a porta não podem entrar.

– Ah, encontrar a porta, é? – Os olhos de Emmaline brilharam quando ela começou a procurar nas prateleiras, atrás do balcão.

O homem-cavanhaque balançou a cabeça.

– Não, se ela quer ver Caradoc... – e olhou para mim –, *ela* tem que abrir a porta.

– Ah, não – respondi numa reação instintiva.

O rapaz cruzou os braços e uma pequena centelha de raiva se acendeu dentro de mim.

Respirei fundo. Havia ido até ali; não ia me deixar derrotar por uma porcaria de porta. Estava ali, cercada de encantamentos de todas as formas, mas tudo o que ouvia era a voz de Abe ecoando na minha cabeça. O quanto eu queria isso? O quanto eu queria a verdade sobre mim, meus poderes?

Cerrei os punhos.

– Abra – sussurrei. E mais alto: – Abra.

Não aconteceu nada.

– Abra, por favor. – Deixei meus poderes fluir, apavorada com o que poderia acontecer, mas persisti, apesar do pavor. A porta da loja se abriu e um vento gelado começou a espalhar os recibos.

O homem-cavanhaque mantinha os braços cruzados e os lábios comprimidos.

– ABRA! – gritei, e bati o pé. Uma pilha de livros se abriu em cima do balcão, e os que estavam em cima caíram no chão com um ruído que lembrava um trovão abafado. A caixa registradora tilintou quando a gaveta abriu e o cadeado do *Grimório de Honório* explodiu, a capa batendo no vidro da redoma como as asas de um pássaro em uma gaiola pequena demais.

– Por favor, evite danificar ainda mais o inventário – falou o homem-cavanhaque, batendo furioso a gaveta do caixa –, ou vou ter que pedir para se retirar.

Ai, Deus.

– Caradoc Truelove – chamei, e havia em minha voz um tom que soava como uma súplica –, por favor, por favor, onde estiver, abra a porta e me deixe entrar.

Houve um estalo.

Todos nós paralisamos, e Emma e eu vimos perplexas uma fenda escura se abrir no centro da loja, como uma porta se abrindo do nada.

Dentro dela estava escuro, mas vi alguma coisa se movendo na fatia fina de sombra.

– Eu sou Caradoc Truelove. – A voz era intensa, rouca e americana, como Louis Armstrong depois do décimo cigarro. – Quem me procura?

A porta se abriu mais; uma soleira apareceu do nada. Dentro dela, uma escada pouco iluminada descia para o chão sólido. E um homem subia a escada e surgia na livraria. Ele olhou para Emma, para mim, e cambaleou quando seus olhos encontraram os meus. O homem-cavanhaque estendeu a mão, mas Caradoc o ignorou e deu um passo à frente, os olhos cravados em mim.

– Oh, minha querida. Minha querida Isabella.

CAPÍTULO DOZE

Ele não era nada do que eu imaginei. Não sei como o imaginei – mas sei que não esperava ver o cavalheiro idoso que agora estava diante de nós. Ele era muito velho, muito mais do que eu esperava, e muito negro, com barba branca e olhos pretos tão escuros que pupilas e íris se fundiam em uma coisa só. Ele usava óculos de armação dourada, paletó de *tweed* e um lenço de pura seda branca no pescoço; enquanto eu fiquei ali parada, ele limpou as mãos em um lenço de seda e só depois estendeu a mão para mim. Eu a apertei, senti a pele velha e ressecada dele e suas veias frágeis sob meus dedos. Ele piscou.

– Você é muito parecida com Isabella, minha cara.

– Isabella? – repeti confusa. – Meu nome é Anna. – De repente me perguntei se o sr. Truelove era mais velho do que parecia.

Aparentemente aborrecido consigo mesmo, ele soltou um ruído de reprovação.

– Lamento, a memória falha quando envelhecemos. É claro, você só a conhece pelo nome que passou a usar depois de se casar com seu pai. Isla, não é isso?

– Isso mesmo – sussurrei. Data de nascimento falsa, nome falso... O que mais minha mãe fez para cobrir o próprio rastro?

– E você é filha de Isabella. – O rosto dele se enrugou num repentino sorriso encantador que o fez parecer vinte anos mais jovem. – Vamos descer e você pode me contar tudo sobre sua vida. Pode cuidar da loja, Jonathan querido, enquanto converso com nossas visitantes?

– É claro, Caradoc. – O homem-cavanhaque sorriu para ele, depois olhou para Emmaline e para mim como se nos analisasse, e esse olhar me deixou um pouco nervosa. Era claro que ele não confiava em nós e não gostava de continuar sem saber o que acontecia ali.

Então, o sr. Truelove abriu a fresta negra no centro da sala até se tornar uma passagem larga e nos convidou para entrar nas sombras.

– Este é nosso santuário – ele disse enquanto descia a escada de madeira à nossa frente. É onde guardamos nossos volumes mais *curiosos*. Só entra quem é convidado; visitantes aleatórios não são recebidos. – E olhou para nós duas. – Como já puderam notar.

Quando chegamos ao pé da escada, olhei em volta, surpresa com a sala de teto abobadado e alto que se estendia por metros em todas as direções. A loja lá em cima não devia ter mais que seis ou oito metros quadrados, mas este porão era cinco, dez, vinte vezes maior; uma caverna sombria cortada por fileiras de prateleiras, cada uma delas ocupada por centenas de milhares de livros.

Eles variavam de muito velhos a novos em folha, de coisas enormes como Bíblias de família a finos panfletos grampeados, mas todos tinham uma coisa em comum – eu não reconhecia neles um só título ou nome de editora. Emmaline, pelo jeito, reconhecia o que via, e logo a vi andando por entre as prateleiras, lendo os títulos e sufocando um gemido de inveja a cada trecho de poucos passos.

– Oh! Minha mãe mataria um para ter uma cópia deste. – Ela tocou um livro pequeno, de capa dura, com o desenho de uma lavanda na lombada.

Caradoc ajeitou os óculos e olhou por cima do ombro dela.

– Ah! *Ervas para enfermeiros*. Um clássico. Sua mãe tem interesse no assunto?

– Muito.

– Bem, então me permita... – Caradoc pegou o pequeno volume e o pôs nas mãos de Emmaline.

– Duvido que eu possa pagar por isto – Emmaline avisou, mas havia tristeza em sua voz.

– Por favor. – Caradoc inclinou a cabeça com cortesia. – A *raison d'etre* do livreiro é encontrar o dono perfeito para um livro. Tenho a sorte de ter alcançado uma posição em que lucro nem sempre precisa ser um empecilho para a satisfação.

– Obrigada – Emmaline disse, e abriu para ele aquele sorriso raro, desconcertante e sincero. – Então é... um especialista no ramo de livrarias?

– Sim, de fato. É claro que nosso piso térreo está aberto ao público em geral e recebemos frequentemente curiosos e turistas. Há um bom mercado para grimórios e livros de encantamentos entre os apartados; província do querido Jonathan. Mas como podem ver, este andar é separado; meu domínio especial aberto apenas aos *cognoscenti*. Mas chega de tudo isso. – Ele puxou duas banquetas para perto da impressionante escrivaninha que ficava no canto da sala e acionou o interruptor de uma chaleira elétrica. – Não é para isso que está aqui, é, Anna?

Seus olhos negros e brilhantes pareciam ler minha alma.

– Não. Estou aqui para tentar saber mais sobre minha mãe.

– E o que quer saber?

Fechei os olhos e apertei as mãos contra as pálpebras até ver estrelas. Depois respirei fundo.

– Tudo. O que aconteceu... Por que ela tinha tanto medo? Por que teve de ir embora?

– E o que você sabe?

– Nada. – Minha voz tremeu com a sinceridade dessa resposta.

Caradoc Truelove olhou diretamente para mim por um momento, os olhos impenetráveis. Depois, para meu espanto, sua voz soou baixa e clara dentro da minha cabeça.

Confia nessa garota que veio com você... Emmaline? Confia nela inteiramente?

A voz na minha cabeça era grave, com uma ênfase urgente no *inteiramente*, mas eu assenti.

Tem certeza? Posso inventar uma desculpa, podemos conversar outra hora. Tem certeza de que quer que eu continue?

Assenti decidida, mais uma vez. Emmaline me ajudou a cada passo do caminho desde que descobri minha bruxaria;

não havia nada que eu pudesse esconder dela. Caradoc moveu a cabeça em resposta à minha afirmação silenciosa e falou em voz alta.

– Muito bem, então. – Ele despejou água em um bule de café e vimos o vapor subir, sentimos o cheiro bom que dominou o ambiente. – Vou falar sobre Isla... ou, como ela se chamava então, Isabella Rokewood.

Um arrepio percorreu minhas costas quando ouvi o nome dela. Sempre pensei que minha mãe era Isla Winterson; o nome era tudo o que eu tinha por muito tempo – aquele nome e um eco do rosto dela no meu. Agora até o nome dela se revelava uma frágil ilusão, estilhaçava-se em pedaços sob o peso da verdade. Parecia que quanto mais eu tentava saber, menos eu sabia. Até os fatos que eu pensava ter se desintegravam em minhas mãos. Eu ainda teria alguma coisa, no fim de tudo?

Caradoc serviu três xícaras de café e entregou uma para Emmaline, outra para mim. Depois tomou um longo gole do líquido escuro e escaldante e respirou fundo.

– Isabella era a única filha de meus bons amigos, Henry e Elizabeth Rokewood. Ela era uma criança encantadora e uma feiticeira muito talentosa, como era de esperar para alguém com aquela linhagem. Ela também era obstinada, além de linda, e ficou ainda mais bonita quando cresceu. Acabou indo para Magdalen para estudar História e conheceu seu pai, Tom. Ele era um apartado e seus avós se opuseram à união desde o início. Além de não gostarem da ideia de receber um apartado na família, havia a questão dos netos. Isabella era a última dos Rokewood, uma família muito antiga, e eles contavam com sua mãe para continuar a linhagem. Como sabe, nossas mulheres podem ter filhos com apartados, mas o resultado é sempre uma grande incerteza. Muitas gestações fracassam e o futuro, magicamente falando, é incerto para a criança. Alguns de nossos maiores praticantes tinham pais apartados, mas não é incomum a criança nascer sem magia, ou ser um híbrido complicado, dotado de magia, mas talvez incapaz de controlar seus poderes.

Estremeci, mas, se Caradoc notou, ele não demonstrou.

– É uma tentativa de misturar dois elementos diferentes – ele continuou –, bruxo e apartado, e eles sempre resistem. O desfecho é sempre incerto e frequentemente surpreende. Além disso, há o estresse para a criança que cresce em uma família dividida ao meio, escondendo sua natureza do pai para sempre.

Tossi, limpando a garganta, evitando deliberadamente o olhar de Emmaline.

– Ent-então... o que aconteceu?

– Henry e Elizabeth suportaram o relacionamento durante um tempo, mas quando ficou claro que Isabella pretendia se casar com Tom, eles interferiram. Disseram que nunca concordariam com esse casamento, e que Isabella teria que escolher entre sua comunidade e seu amor. Se escolhesse Tom, a porta deles estaria para sempre fechada para ela. Nunca mais a veriam nem procurariam saber dela.

Caradoc parou, bebeu um gole de café e limpou a testa com o lenço de seda.

– Bem, minha querida, você sabe o que aconteceu. Ela escolheu Tom. Veio me visitar antes de ir embora e contou que eles iriam para os Estados Unidos, onde começariam uma nova vida. Sei um pouco sobre ser forçado a escolher entre amor e comunidade. – Ele lançou um olhar rápido para uma foto em preto e branco sobre a escrivaninha. Nela havia dois homens jovens e sorridentes vestindo ternos elegantes da década de 1950, um deles negro com olhos cintilantes, o outro branco e bronzeado, e ambos tinham um braço sobre o ombro do outro. – Talvez por isso ela tenha preferido dizer adeus, não sei. Isabella disse que o amava quando veio me visitar. E disse que não havia nada que nenhum deles pudesse fazer para mudar o que sentiam. Disse que havia forças maiores que a magia no mundo, e que ela não podia arrancar o próprio coração para agradar aos pais. Perguntei a ela sobre os filhos. Isabella me respondeu que não era uma parideira para o programa de reprodução dos pais. Talvez não tivessem filhos, talvez tivessem e fossem apartados. E se não fossem, bem, eles teriam doze ou treze anos para pensar no que fazer. Perguntei se ela seria capaz de amá-los. Se poderia amar da mesma forma um bebê apartado. “Por que não?”, ela simplesmente me perguntou. E disse que amava Tom. Depois disso não a vi durante alguns anos, embora ela tenha escrito com frequência para contar sobre suas viagens pelos Estados Unidos, o trabalho de Tom, a tese em que estava trabalhando. O tópico da pesquisa tinha alguma coisa a ver com bruxaria. Profecias, acho. Mas essa era a única referência que ela fazia à magia nas cartas. Podiam ter sido escritas por um apartado. Era como se ela estivesse determinada a eliminar a magia de si mesma, arrancá-la da alma.

Eu sentia Emmaline me observando e sabia em que ela estava pensando. Mas mantinha os olhos fixos em Caradoc.

Ele suspirou e bebeu mais café, e os óculos embaçaram com o vapor.

– E então, do nada, uma noite ela apareceu no meu apartamento sobre a antiga loja do Soho. Estava grávida, muito assustada, completamente descontrolada e pedindo uma cama. Não fiz perguntas; eu a acolhi e fiz uma cama para ela no meu escritório. A primeira coisa que pensei foi que o relacionamento com Tom havia desandado, porque ela estava muito perturbada e com medo de que alguém a houvesse seguido. Mas logo percebi que não era Tom que ela temia, mas alguém da nossa comunidade.

– "Não conte a *ninguém*", ela me implorou quando foi dormir naquela noite, segurando minha mão com força de ferro. "Eles estão atrás de mim, Caradoc; estão usando a vidência nesse momento para me achar. Lancei todos os véus em que consegui pensar, mas não vai durar muito. Não pode contar a ninguém; prometo que amanhã vou embora. Encontrei alguém que vai protegê-la." Fiquei ali sentado, assentindo e tentando acalmá-la, pensando no que seria melhor fazer na manhã seguinte: tentar entrar em contato com Tom, embora não tivesse o número do telefone dele, falar com os pais dela, ou tentar esclarecer o que a estava incomodando. Continuei ali sentado velando seu sono agitado, cheio de pesadelos e medo de que as pessoas que a perseguiam pudessem prejudicá-la, prejudicar seu bebê. Já era tarde quando ela mergulhou em um sono mais profundo e tranquilo, e me atrevi a remover a mão da dela e sair do quarto. Talvez isso explique por que dormi tão pesado e por tanto tempo. Jamais me perdoarei por isso, porque, quando acordei, ela havia ido embora.

Ele suspirou novamente, o suspiro trêmulo de um velho lutando com um fardo doloroso do passado.

– Nunca mais a vi. Tentei escrever para o mesmo endereço que tinha, mas as cartas eram devolvidas com uma mensagem de destinatário não encontrado. Procurei o nome dela em todos os catálogos que consegui lembrar, mas não havia nenhuma Isabella Rokewood. Eu não sabia se ela estava na Inglaterra ou nos Estados Unidos. Não sabia nem qual era o nome completo de seu pai; ela sempre o chamava de Tom.

– No início esperava notícias dela todos os dias. – Caradoc bebeu mais café e suspirou profundamente. – Mas os dias se tornaram meses, e os meses viraram anos. E passei a acreditar que ela estava morta ou, me perdoe, querida, que ela havia cometido alguma loucura contra si mesma em nome do amor.

– Loucura? – repeti, sem querer ouvir a resposta. Caradoc olhou para a xícara, e quando levantou a cabeça, seu rosto idoso era perturbado.

– Comecei a pensar... Nas cartas ela havia eliminado a magia de sua vida de maneira muito determinada. Era quase como se quisesse *ser* uma apartada.

– Isso é possível? – perguntei interessada. Caradoc e Emmaline reagiram da mesma maneira, com a mesma expressão de repulsa e medo.

– Sim... Existem procedimentos – Emmaline falou quase sem fôlego. – É ilegal e muito perigoso, às vezes fatal. Mas dizem que tem sido... experimentado... – Ela parou quando olhou para Caradoc.

– Não tem como você saber, minha pequena – Caradoc falou em voz baixa. – Você que cresceu como os apartados, quase como uma deles. Mas seria capaz de arrancar seu coração, sua identidade, tornar-se alguém diferente de quem é, mesmo que esse fosse seu maior desejo? – Ele olhou mais uma vez para a fotografia sobre a escrivaninha, e uma mistura de pesar e saudade passou por seu rosto enrugado.

– Então... – Tentei organizar meus pensamentos. – Nunca mais teve notícias dela?

Caradoc balançou a cabeça.

– Nem você, imagino, já que disse a Jonathan que ela estava morta.

– Não. Não me lembro dela. E meu pai não fala sobre ela... Ou melhor, não falava. Acho que ela o enfeitiçou para mantê-lo em silêncio até eu completar dezoito anos.

– Interessante. Com que propósito?

– Esconder Anna – Emmaline falou inesperadamente. – Ela deixou um encantamento na casa onde a família morava para privar Anna de sua magia. Presumo que seja porque não queria que ela fosse encontrada.

– Então o delírio persistiu... – Caradoc falou lentamente.

– Era delírio? – Emmaline perguntou sem rodeios.

– Boa pergunta, mas não há uma resposta imediata para ela. – Ele pensou por um momento, depois olhou para mim. – Nunca perguntei. O que a trouxe a mim?

– Isto. – Mostrei a foto de minha mãe, as letras enfeitiçadas brilhando vagamente à luz do abajur.

Caradoc examinou os dois lados do retrato e o devolveu a mim com lágrimas nos olhos.

– Desculpe-me – ele falou com a voz rouca, e limpou os olhos com o lenço imaculado. – Ela era tão linda, tão feliz antes de ser abraçada pelas sombras...

As sombras. A palavra foi suficiente para me fazer arrepiar.

– Acha que ela era maluca? – perguntei com um fio de voz.

Caradoc me olhou com piedade, mas balançou a cabeça outra vez.

– Não sei, minha querida. Não sou médico ou psiquiatra. Ela não estava normal naquela noite em que veio me ver. Mas as pessoas podem ser transformadas por grande medo ou estresse. Não é preciso ser louco para ser levado ao desespero.

– É como dizem – Emmaline interferiu com tom seco –, não é paranoia se *tem* realmente alguém atrás de você.

– E quanto à pessoa que devia nos manter seguras, aquela que ela mencionou quando veio ver você?

– Mais uma vez, não sei. Lamento, minha querida. Mas só posso pensar que, quem quer que fosse, falhou com ela.

Tantas perguntas – e nenhuma resposta. Mas, no fim, só uma importava realmente.

– Acha... que ela ainda pode estar viva?

Caradoc suspirou, um suspiro profundo e trêmulo. E eu soube imediatamente que não ia gostar da resposta.

– Francamente, minha querida, não. Sinto muito. Mas acho impossível acreditar que ela seria capaz de ficar longe por tanto tempo e que um talento tão grande quanto o dela poderia permanecer escondido. Ela era uma mulher impressionante. Teria deixado sua marca aonde quer que fosse; era inevitável, mesmo *in camera*. A única maneira de Isabella se tornar totalmente invisível, em minha opinião, pelo menos, é através da morte.

Fechei os olhos. Depois da carta de minha mãe, isso não era nada mais do que eu esperava, mas...

A mão velha e seca de Caradoc apertou a minha, e ela era frágil como papel, firme como madeira.

– Mas, minha querida, você não deve acreditar só na minha palavra. Se quer encontrar um rastro de Isabella, seus avós são as pessoas mais indicadas para conversar. Sua avó, pelo menos. Seu avô está morto. – A mão apertou a minha com mais força. – Lamento dar essa notícia de forma tão brusca. Os dois ficaram desesperados quando sua mãe desapareceu. Tentaram todos os métodos em que conseguiram pensar, os mágicos e os comuns, e se houvesse ao menos rastro dela, viva ou morta, eles teriam encontrado, com certeza. Acho que nunca superaram a culpa que sentiam por tê-la deserdado. Na época foi um belo gesto dramático, mas duvido que eles tenham acreditado que seria para sempre. Sei que Henry se arrependeu disso até o dia em que morreu.

– Minha avó. Eu poderia...? Você poderia...?

– Entrar em contato com ela? Posso fazer isso agora, se quiser. – E estendeu a mão para um velho telefone sobre a mesa. – Quer que eu ligue?

Fiquei parada, quieta. Eu queria? Estava preparada para conhecê-la? Conhecer minha avó, a mulher que havia repudiado minha mãe, obrigando-a a escolher entre a família e o amor, dividir sua identidade ao meio e abrir um abismo em sua alma?

Hesitei, mas já sabia qual seria a resposta. Eu precisava encontrá-la. Talvez nunca soubesse a verdade sobre minha mãe, mas minha avó podia me levar mais perto dessa verdade.

– Sim, eu quero.

Ele colocou o dedo enrugado no buraco do disco e começou a ligar para um número de Londres, um número que conhecia de cor. Alguém atendeu, e ele falou com um tom cortês, de um jeito antiquado.

– Bom dia, posso falar com Elizabeth Rokewood, por favor? Obrigado, eu aguardo.

Houve uma longa pausa, ou a senti como longa, pelo menos, e depois ele voltou a falar:

– Elizabeth, olá, minha querida. Bem... e você? Obrigado, obrigado. Escute, tenho algo muito interessante para dizer... uma surpresa. Uma jovem chegou à minha loja; ela gostaria de conhecê-la, se for possível... Sim. Sim, seu nome é Anna. Ela é filha de Isabella.

Houve outra longa pausa, e eu ouvi a voz do outro lado falando depressa e firme, fazendo perguntas rápidas às quais Caradoc respondia com afirmativas e explicações breves. Eles conversavam, enquanto eu tentava me lembrar de respirar e engolir. Depois:

– Tenho certeza de que sim. Até logo, Elizabeth, vou transmitir seu recado. Quer que eu vá também? Muito bem. Se tem certeza... Até logo, minha querida. Cuide-se.

Ele desligou com um movimento suave e olhou para mim.

– Ela gostaria muito de conhecer você. Sugere um chá no Dorchester às três horas. Seria conveniente?

– Sim – falei. Meu coração disparou. Eu ia conhecer minha avó.

★

Eu me sentei no Promenade do Dorchester e desejei estar vestida com outra coisa. Meu pai havia levado Lauren e a mim para um chá e champanhe no Dorchester quando recebemos nosso diploma da Educação Secundária, mas naquela ocasião eu estava usando saia e sapatos de salto. Agora calçava botas próprias para a trilha enlameada até a Casa Wicker, vestia *jeans* velhos de cintura muito baixa e uma camisa larga com a gola desabotoada que eu havia pegado de Seth. Mas não contive o risco quando olhei para baixo e vi que meus tornozelos e as mãos estavam cruzados à maneira recatada tão adorada pela velha diretora da minha antiga escola. Ainda me lembrava de como ela gritava para as meninas:

– Uma dama nunca se senta com os joelhos afastados!

Felizmente Emmaline não estava ali. Ela teria ficado muito impaciente com tudo isso – a atmosfera silenciosa, os garçons reverentes. Conversamos na estação de metrô e, no fim, ela decidiu que era melhor eu ir sozinha.

– Escute, é a primeira vez que vai encontrar sua família – Emmaline disse quando a convidei para ir também. – Eles vão querer muitos abraços e apertos, e já tive minha cota de beijos de avó, obrigada. Além do mais, é o Dorchester. E se sua avó for sovina e se recusar a pagar minha conta? Não vou correr o risco de pagar quarenta paus por um chá com *scones*, Anna Winterson.

Ela estava brincando, é claro, mas havia um fundo de verdade suficiente na piada para me fazer rir, e eu ainda sorria com a lembrança de sua indignação quando uma mulher pequenina, morena, com penetrantes olhos negros, cabelos escuros com mechas grisalhas presos em um coque e um pesado colar de ouro parou diante da mesa.

– Você é...? – A voz dela era rouca; soava mais velha do que ela parecia ser. A mão estendida era cheia de veias e ossos finos, enfeitada por um grosso bracelete de ouro e três anéis incrustados com pedras. Eu me levantei tomada por um repentino nervosismo.

– Anna. E você é...?

A mulher fechou os olhos e, por um momento, pensei que ela ia desmaiar, ter um infarto bem ali no Dorchester. Uma veia ficou saliente em sua testa e os dedos agarraram a bolsa com desespero. Finalmente ela abriu os olhos profundos e assentiu.

– Sim.

Era isso. Essa era minha avó – o único elo vivo com minha mãe.

– Vo... vó? – gaguejei.

Ela segurou minha mão entre as dela, um contato forte e seco, e os anéis feriram minha pele com uma força surpreendente.

– Minha querida. Esperei tanto tempo!

★

Algum tempo depois estávamos sentadas com um bule de porcelana e um prato de sanduíches finos como *wafer* entre nós. Eu me sentia acanhada por causa do nervosismo e sobressaltada demais para comer, e Elizabeth – ainda não conseguia pensar nela como minha avó –, embora mantivesse uma calma glacial, era tão magra que parecia sobreviver de torrada e aipo.

Contei a ela sobre como fui criada, sobre o desaparecimento de minha mãe, a decisão de declará-la morta quando eu ainda era pequena. Elizabeth não disse nada, mas seus anéis brilhavam como uma chama trêmula quando estendeu a mão para o bule de chá.

– E me fale sobre você, querida – minha avó pediu enquanto se servia do líquido dourado, ao qual adicionou uma fatia de limão.

– Não sei o que há para contar. – Mordi o lábio.

– Bem, você tem poder, isso é possível ver.

– Sim.

– Como lidou com isso enquanto crescia? Teve ajuda de pessoas como nós?

– Minha mãe deixou um encantamento que, ah... meio que neutralizou minha habilidade enquanto morávamos em Notting Hill – expliquei. – Por isso, não aconteceu nada até nos mudarmos para Winter. Então... bem... houve alguns problemas, mas uma família local me ajudou.

– Morou em Notting Hill, então? – Elizabeth deixou escapar uma risadinha amarga. – Nossa casa em Londres fica bem perto, em Kensington. Usamos vidência, procuramos, pagamos detetives nos Estados Unidos, e o tempo todo vocês estavam na esquina... – Ela deixou a voz morrer e suspirou. – Prejudicamos muito você quando deserdamos sua mãe, embora não soubéssemos disso naquele tempo. Pobre Isabella.

– Fale sobre ela – pedi, e me surpreendi com a urgência em minha voz.

– Não a conheceu?

Neguei com um movimento de cabeça.

– Que tragédia. – Elizabeth suspirou novamente, um suspiro mais pesado, e passou a mão cheia de anéis sobre os olhos. – Ela foi uma criança linda, adorável. E uma menina adorável. Mas muito determinada. Acho que nosso erro foi controlar a vida dela com mão de ferro. Pensávamos que a conhecíamos, sabe? Que sabíamos tudo sobre ela. Pensávamos, todos nós achávamos, que ela gostava de um amigo da família, Gabriel, mas estávamos errados, é claro, como ficou comprovado. Só Deus sabe se o relacionamento dela com seu pai teria se esgotado com o tempo, mas nossa reação exagerada impediu esse esgotamento natural. Agora entendo que, se quiséssemos empurrá-la para os braços de seu pai, nenhum método teria sido mais eficiente que esse. Mas... – Ela fez um gesto de desprezo com a mão fina. – São águas passadas. Fizemos o que fizemos e tivemos nossas razões. Sua mãe fez o que fez e teve os motivos dela. Ela se foi. Mas agora temos você e uma segunda oportunidade para sermos pessoas melhores e mais sábias. – Ela sorriu para mim e tocou meu rosto. Sua pele era muito fria, os anéis dourados eram gelados na minha face.

O salão era quente, e o contraste do contato frio era estranho, mas não desagradável.

– Gostaria de ver meu pai? – perguntei, mas me arrependi assim que disse as palavras. Sabia qual seria a resposta. Antes mesmo de eu concluir a frase, ela já balançava a cabeça com ar pesaroso.

– Não. Lamento, minha querida, mas acho que isso não seria bom para ninguém. Tenho certeza de que erramos com ele, e de que ele é um homem bom e gentil, e é evidente que seu pai a criou com amor, honra e inteligência. Mas ele é um apartado, e nós e eles somos como óleo e água. Nada de bom pode resultar da mistura dos dois. De qualquer maneira, ele deve se ressentir contra nós; só um santo não guardaria ressentimento. Seria uma ocasião desconfortável e, pior que isso, dolorosa. Não, é melhor deixarmos como está.

– Então, o que vou dizer a ele?

– O que você quiser, minha querida. Tem poder suficiente para lidar com o que acontecer, posso ver.

Levei um momento para entender o que ela dizia e, quando entendi, eu estremeci, tomada pelo horror diante da ideia de enfeitiçar meu pai para fazer as coisas do meu jeito. Isso me tornaria... bem, eu não seria melhor que minha *mãe*. Balancei a cabeça com veemência.

– Não! Nunca. Fiz uma promessa... – Parei de falar.

– Sim? – ela me incentivou.

– Prometi a mim mesma que nunca faria isso – concluí. Não era o que eu ia dizer, mas era verdade.

Minha avó deu de ombros.

– Como quiser. – E olhou para o relógio de ouro no pulso esquerdo, fazendo um ruído baixo de desaprovação. – Anna, sinto muito, o tempo passou mais depressa do que eu havia notado. Tenho uma reunião. Queria poder adiá-la, mas o telefonema de Caradoc veio tarde demais. Deixe-me pensar... Poderia me encontrar em duas horas, talvez? Para jantar?

Bem, eu teria que ligar para o meu pai, mas ele não se incomodaria; deduziria que eu estava com Emmaline. E não pensaria em outra possibilidade, a menos que eu o corrigisse.

– Sim, se eu puder estar em Victoria cinco minutos antes das nove. O último trem para Winter parte às nove e cinco.

– Acho que isso pode ser arranjado. Vou lhe dar o endereço do meu escritório. – Ela pegou um cartão da bolsa. Era bege, com o nome *ROKEWOOD* e um pequeno símbolo, uma gralha negra, eu pensei, gravados na frente. A imagem parecia familiar, e eu franzi a testa enquanto ela escrevia no cartão, tentando lembrar onde eu havia visto aquele símbolo antes. Elizabeth notou meu olhar e disse:

– A etimologia do nosso nome vem das palavras Rook e Wood, gralha e madeira, em inglês, daí o símbolo da nossa família e nosso lema: *corvus fugit*.

Ela tampou a caneta-tinteiro com um estalo e me entregou o cartão, agora coberto pela caligrafia mais delicada e fina que eu já havia visto.

– Pegue um táxi para a Ponte Vauxhall e siga as instruções no cartão – ela disse. Depois se inclinou e, com ternura surpreendente, beijou meu rosto. – Até logo, minha querida. Estou muito feliz por termos nos encontrado. Espero que possamos começar de novo, do zero. Deus sabe que não fui uma mãe perfeita, mas talvez possa ser uma avó melhor.

E depois disso ela partiu, deixando apenas o rastro de um perfume curiosamente amargo, que pairava no ar como incenso, e a marca de batom na xícara de porcelana.

Por um momento fiquei ali parada, atordoada, depois peguei minhas coisas e me levantei. O *maître* aproximou-se de mim quando eu caminhava entre as mesas, e uma ideia repentina e pavorosa me ocorreu. O comentário de Emmaline sobre ter que pagar a conta surgiu do nada em minha cabeça, e precisei me esforçar para não começar a rir de maneira histérica. O que ia fazer? Não tinha dinheiro. Tinha um cartão para saque, mas eles me deixariam sair para procurar um caixa automático?

– Lamento muito – comecei nervosa. – Minha avó acabou de sair e... Vai achar isso muito bobo, mas acabei de descobrir que não tenho dinheiro para pagar a conta e...

– Por favor, não se preocupe, srta. Winterson – o homem me interrompeu. – O valor foi somado à conta da sra. Rokewood. Só queria perguntar se gostaria de descansar um pouco na sala feminina, ou se posso providenciar um táxi para levá-la a algum lugar. Os valores serão cobrados na conta de sua avó, naturalmente – ele explicou ao notar minha hesitação.

Eu me sentia tentada, muito tentada. Havia passado o dia todo andando por Londres e estava cansada, com os pés doloridos. Mas parecia estranho demais começar a gastar o dinheiro de minha avó, e eu balancei a cabeça.

– Não, obrigada. Mas se puder me indicar algum lugar onde eu possa dar um telefonema...

– Certamente. – Ele me conduziu por um saguão e para uma pequena sala de estar mobiliada com uma escrivaninha, uma lareira e uma fileira de prateleiras de livros.

– Por favor, fique o tempo que quiser. Vou tomar providências para que não seja incomodada. O telefone está sobre a mesa.

Ele saiu e fechou a porta com um som abafado, um ruído que sugeria riqueza. Fiquei sozinha.

Olhei para o telefone, um aparelho dourado de disco que forjava antiguidade, mas não sabia se teria que usar um cartão de cobrança, ou como proceder para conseguir uma linha externa, e no fim acabei simplesmente usando meu celular para ligar para casa.

O telefone do outro lado tocou muitas vezes, e eu batia o pé no chão esperando meu pai ouvir o toque e atender. Ele devia estar fechado na cozinha preparando o jantar, mesmo assim... Meu pai sempre dizia que estava ficando surdo com a velhice. Talvez fosse verdade. Finalmente, a secretária eletrônica atendeu a ligação.

– Ah... Oi, pai. Está por aí? Atenda, se estiver. Tudo bem, escute, vou ficar para jantar em Londres, então, não se incomode em cozinhar para mim. Vou pegar o trem das nove, portanto... bem, não se preocupe. Eu pego um táxi na estação, não se preocupe.

Tentei ligar no celular, caso ele estivesse fora. A ligação foi direto para a caixa postal, mas isso não me surpreendia; não havia sinal em casa. Deixei outro recado, só por precaução, e desliguei. Depois saí para a noite fria de Londres salpicada pelas luzes amarelas das lojas e carros.

★

Quando cheguei ao metrô em Pimlico, estava muito, muito escuro. Caminhei com passos ruidosos pela Vauxhall Bridge Road nos sapatos novos que eu havia comprado na Topshop, um esforço para fazer os *jeans* parecerem um pouco melhor que roupa de sábado relaxado. Não podia comprar uma roupa nova, mas o salto alto pelo menos me fazia sentir elegante dos tornozelos para baixo. Contudo, teria que calçar as botas no trem de volta para casa, se não quisesse correr o risco de quebrar uma perna na trilha até lá.

Parei na Ponte Vauxhall e peguei o cartão de Elizabeth no bolso. Fazia frio na ponte, o inverno uivava pelo Tâmisa e penetrava com facilidade meu casaco fino. Meus cabelos voavam em torno do rosto, prejudicavam a visão, e eu tentava ler a caligrafia rebuscada do cartão.

"Vá até o centro da ponte", ele dizia. Fique em pé sobre o segundo píer, de frente para a correnteza, estátua de Belas-Artes. Quando a ponte...

As últimas palavras foram escritas em letras ainda menores, encolhidas no canto por falta de espaço. Eu não conseguia ler com aquela iluminação fraca, mas havia uma lâmpada perto do meio da ponte, então comecei a caminhar para lá até parar sobre o segundo píer, embaixo da lâmpada. Debrucei sobre a grade, tentando ignorar a água negra e oleosa que corria em torno da base do píer, e vi que estava em cima de uma estátua de ferro preto – o que era, exatamente, eu não conseguia determinar, mas estava disposta a acreditar que representava as

Belas-Artes. Virei o cartão para a luz, e a lâmpada fez cintilar a ave negra do desenho. Mais uma vez, a imagem despertou em mim a sensação de que alguma coisa queria vir à tona, estava na fronteira da memória, mas não consegui lembrar e, em vez disso, olhei com atenção para as letras espremidas no canto do cartão. *Quando a ponte... esvaziar?* Sim, era isso. A palavra seguinte era ainda menor, apenas três ou quatro letras. *Quando a ponte esvaziar, pule.*

Não, não podia ser isso. Inclinei o cartão mais uma vez, e então tive uma ideia e tirei o celular do bolso. Virei a tela iluminada para o cartão. A palavra estava lá, clara e inconfundível. *Pule.*

O que era isso? Algum tipo de piada? Um teste? O que eu encontraria lá embaixo? Olhei para a água escura subindo e descendo em torno do concreto encardido, e tremi. Tinha certeza do que encontraria lá embaixo; agulhas usadas, camisinhas, carrinhos de compras, várias bactérias causadoras de diarreia. Uau.

Podia voltar. Podia retornar a Winter e deixar minha avó esperando, minhas perguntas sem respostas, e meu anseio por uma família e uma ligação com minha mãe ficaria insatisfeito. Sim, eu podia voltar.

Mas isso faria de mim uma covarde.

O parapeito era curiosamente baixo, sem nenhuma barreira real de segurança. Mais improvável ainda, havia até um pequeno degrau para ajudar na subida. Pus um pé sobre o degrau e o outro no parapeito, e olhei para os dois lados da ponte. Estava vazia, sem nenhum movimento de carros ou pedestres naquela noite fria de inverno. As janelas dos escritórios me espiavam inexpressivas e a água escura corria lá embaixo.

Respirei fundo... e pulei.

CAPÍTULO TREZE

Caí no rio com um impacto que me roubou o ar – e logo as águas cinzentas e esverdeadas cobriram minha cabeça. A correnteza me levou girando, batendo e me arrastando até eu não saber mais de que lado vinha o rio, se eu nadava ou me debatia, se boiava ou mergulhava, ou se poderia voltar à superfície outra vez. Meus pulmões protestavam e os olhos se enchiam de lodo, mas quando eu comecei a pensar se não havia cometido um erro enorme, vi degraus de concreto cintilando no meio da lama e uma porta de aço iluminada por uma lâmpada simples que balançava na correnteza.

Meus pés naqueles saltos estúpidos encontraram alguma coisa rígida e, quando cambaleei, senti a água em movimento, mas também compreendi que descia com dificuldade e sem nenhum equilíbrio uma escada curta de concreto e caí no chão no fim dela, rasgando os *jeans* e esfolando um joelho.

Levantei-me dolorosamente e olhei em volta. Estava ao pé de um lance de degraus de concreto, em um corredor subterrâneo. Podia ser a garagem no subsolo de um prédio comercial. Havia um cheiro de umidade e ruído de água pingando em algum lugar distante – mas minhas roupas e o cabelo estavam secos. O único sinal do rio era um chumaço de algas preso no meu sapato.

Eu o sacudi e olhei para a porta. Não havia maçaneta ou fechadura, só um interfone com um botão. Olhei para trás, para o alto da escada, mas ela havia desaparecido, e o caminho de volta havia sido interrompido por uma parede de concreto. Não havia nada a fazer. Apertei o botão do interfone.

– Pois não? – A voz impessoal que respondeu pelo interfone era educada, impecável.

– Eu, ah... hum, Anna Winterson. Quero falar com Elizabeth Rokewood.

– Entre, por favor, senhorita. Empurre a porta quando ouvir o ruído de destrave. – Escutei um clique, e o interfone ficou silencioso. Em seguida ouvi um zumbido estridente no corredor silencioso, empurrei a porta e entrei.

Estava em um *hall* de entrada iluminado com suavidade, revestido com painéis de madeira que refletiam a luz das lâmpadas encaixadas em arandelas nas paredes. Um homem alto e sério vestindo terno estava sentado atrás de uma mesinha, e levantou a cabeça quando eu entrei.

– Srta. Winterson?

– Sim.

– Registre-se, por favor, e depois se sente. – Ele empurrou uma caneta e um livro grosso com capa de couro sobre a mesa, e eu assinei meu nome na coluna do *nome*, e escrevi Elizabeth Rokewood na coluna do *visitado*.

O homem alto me mostrou um banco perto da parede, e eu me sentei e esperei, resistindo ao impulso de roer as unhas de ansiedade, tentando ignorar a dor no joelho esfolado. O prédio tinha uma atmosfera contida, mas não era silencioso. Havia pessoas andando de um lado para o outro no corredor, os pés pisando com determinação o carpete grosso e macio. Portas de salas se abriam e fechavam, pontuadas por ocasionais batidas respeitosas. Até ali, o lugar podia ser só um departamento especialmente luxuoso do Serviço Civil, mas, quanto mais tempo eu passava ali sentada, mais eu notava a extravagante magia permeando tudo.

Não havia sinais de energia elétrica, por exemplo. O calor era gerado por lareiras em todas as salas, e a iluminação que tremulava nas arandelas das paredes não era elétrica ou de velas, mas uma luz mágica que queimava com uma chama eterna e sem fumaça. Quando um rapaz derrubou uma xícara de café e deixou escapar uma exclamação irritada, a mancha simplesmente desapareceu do carpete, que momentos depois estava tão limpo e seco quanto antes.

Quanto mais eu olhava, mais eu via. Carrinhos se moviam silenciosos sob o próprio vapor, plantas tropicais exuberantes em uma sala sem sol. Uma porta revestida que se abriu uma vez para revelar um armário de casacos, e outra vez para deixar entrever fileiras intermináveis de livros brilhando na escuridão. Pensei em Maya e em como ela se aborreceria com esse extravagante desperdício de magia. Eu mesma estava chocada, em parte, mas também estava impressionada com o imenso fluxo de poder que circulava silencioso à nossa volta.

Estava tão distraída que pulei quando uma mulher vestindo um elegante *tailleur* cinza parou na minha frente e sorriu.

– Anna?

– Sim. – Minha voz tremeu de nervosismo e eu pigarreei antes de repetir. – Sim.

– Sou a srta. Vane. – Sua avó está um pouco atrasada. Ela me pediu que mostrasse o escritório enquanto espera. Suponho que queira se refrescar e trocar de roupa, depois de um dia todo viajando.

Levantei-me tentando pensar em um jeito de explicar que trocar de roupa não era exatamente uma opção – a menos que ela se referisse a calçar novamente minhas botas. Mas a mulher já se afastava pelo corredor, e tive que me apressar para segui-la.

– Biblioteca – ela anunciou de modo eficiente quando passamos diante de uma porta dupla. – Refeitório... conservatório... sala dos oradores... e aqui está o escritório de sua avó. – Ela bateu na porta e a abriu revelando uma sala confortavelmente mobiliada com a mesa de carvalho e várias cadeiras. Havia um sofá na frente da lareira baixa e tapetes persas no chão. As paredes eram enfeitadas por delicadas aquarelas, paisagens e flores, e havia uma pintura a óleo acima da mesa. Ela retratava um homem que eu nunca vi com um nariz aquilino e cabelos escuros e abundantes. "Henry Rokewood", anunciava a placa embaixo do quadro. Ora, ora. Oi, vovô.

Para minha surpresa, havia uma pilha de roupas sobre a mesa de café na frente da lareira. Elas pareciam deslocadas ali, e eu me perguntava por que alguém as havia deixado em cima da mesa, quando a srta. Vane pegou um cabide e o levantou com ar interessado.

– É claro que sua avó percebeu que você não veio a Londres preparada para um jantar formal, por isso me pediu que escolhesse algumas roupas adequadas. Tive que adivinhar seu tamanho, e seu gosto, é claro, mas espero que encontre alguma coisa apropriada e, por favor, fique à vontade para descartar tudo o que não lhe interessar. Vou deixá-la à vontade para se vestir – ela concluiu, e saiu pela porta fechando-a com um clique.

Sozinha, olhei em volta por um momento e depois me concentrei e comecei a examinar a pilha de roupas. Eram todas de grife que eu reconhecia – a banca de jornais de Winter vendia a *Vogue* só para debochar de nós –, mas nunca me imaginei usando nenhuma delas. Tinha a horrível sensação de que provavelmente cada peça custava mais que meu guarda-roupa inteiro.

A ideia de me despir naquele escritório luxuoso era muito esquisita, mas empurrei uma cadeira para trás da porta, encaixei-a embaixo da maçaneta e tirei os *jeans* e a camisa de Seth tão depressa e discretamente quanto possível. O primeiro vestido que experimentei era um clássico de *cashmere* cinza que me fazia parecer uma figurante de um filme de James Bond, e o seguinte era uma peça de cetim cor-de-rosa com um decote de profundidade assustadora, considerando o que eu *não* tinha para mostrar.

Encontrei um vestido de seda cinza de corte reto. Era incrivelmente simples – uma túnica, na verdade –, mas me dava curvas que nunca vi em mim antes, e o tecido deslizava sedutor como água fria sobre o meu quadril. Era lindo, simplesmente lindo. Soltei o cabelo e o deixei cair sobre os ombros, e desejei que Seth pudesse me ver. Nesse vestido eu quase podia fazer jus ao namorado que tinha.

Uma repentina batida na porta me assustou e eu fui retirar a cadeira para abri-la. A srta. Vane estava parada do outro lado.

– Está pronta, Anna?

Enfiei minhas roupas na sacola da Topshop e a deixei no canto do sofá, depois peguei minha bolsa.

– Sim, pronta, obrigada.

★

Minha avó esperava na sala de jantar quando entramos, e ela se levantou com um sorriso.

– Anna, querida, você está linda. Obrigada, srta. Vane, é só isso por hoje.

– Boa noite, então, senhora. – A srta. Vane inclinou a cabeça, não para fazer uma reverência, mas não muito distante disso. – Anna.

Sentei-me nervosa na cadeira que minha avó apontou e abri o guardanapo sobre minhas pernas cobertas pela seda cinza. A sala tinha várias mesas pequenas, todas para dois e três lugares, e as pessoas comiam, bebiam e conversavam em voz baixa. Um garçom se aproximou, e minha avó olhou para um cartão pequeno sobre a mesa.

– Hum... vamos ver, Wilson. Acho que vamos pedir a sopa de agrião, depois o linguado ao limão. Com... *pommes boulangères* e *cavolo nero* refogado. Tudo bem, Anna querida?

Assenti, atordoada demais para falar.

– E meia garrafa de Gosset Grand Reserve. Gosta de champanhe, Anna?

– Sim, obrigada – murmurei.

– Muito bem, senhorita. – O garçom fez uma meia mesura e se afastou.

Minha avó apoiou o queixo nas mãos e olhou para mim por cima das velas que tremeluziam entre nós em cima da mesa.

– Oh, minha querida... você fica ainda mais parecida com sua mãe nessa luz. Os olhos dela eram tão lindos quanto os seus. Quantos anos tem?

– Dezessete – respondi automaticamente, depois percebi que não era verdade. Mas era tudo complicado demais para explicar.

– Reprovo-me duramente por todos esses anos que viveu longe de mim, de nós. Eu estava errada, agora compreendo. Mas nunca imaginei como Isabella ficaria mortalmente ofendida, até onde ela poderia ir.

Minha avó suspirou, e contive o impulso de segurar sua mão enrugada e cheia de anéis sobre a mesa.

– Bem, não se pode mudar o passado. – Ela parecia retornar com esforço do momento de introspecção. – Fale sobre você, Anna. Quais são seus interesses?

– Bem, eu gosto de ler – respondi nervosa. – E... espero ir para a universidade e estudar inglês. Estou me dedicando a algumas matérias com mais afinco para conseguir nota máxima e me candidatar. Inglês, matemática, francês e clássicos. E... acho que é isso. Não sou muito esportiva. Não tenho muitas atividades extracurriculares.

– Isso é muito bom – minha avó opinou, e notei que ela continha um sorriso. – Mas me refiro à magia. Quais são seus pontos fortes?

– Ah! Não faço ideia.

– Não? Quer dizer que não está estudando?

– Não. – Balancei a cabeça.

– Mas isso é abominável! Posso ver seu poder só de olhar para você! Mostre-me alguma coisa... algo bem simples. Vejamos... O copo de água. – Ela segurou um copo de cristal. – Consegue transformar a água em gelo?

– Como... aqui? – Olhei chocada para a sala cheia de gente.

Novamente os lábios dela se comprimiram impedindo a formação de um sorriso.

– Minha querida, aqui somos todos iguais. Não precisa esconder seu poder entre amigos.

– Ah! – É claro. Agora que pensava nisso, era óbvio. Mesmo assim, eu relutava. – Não sei. Não tenho muita... prática.

– Por favor. – Ela bateu com um dedo no copo, e o anel fez um ruído parecido com o tilintar de um sino. – Por favor, tente. Por mim.

Mordi o lábio, mas não havia como recusar sem parecer rude, e parte de mim queria mostrar a ela que eu tinha algum poder. E ali seria seguro, pelo menos. Podia deixar minha magia borbulhar, transbordar, sem me preocupar com a exposição ou com o risco de ferir algum apartado que passasse por ali.

– Ah... tudo bem – falei. – Vou tentar.

Pus o copo sobre a mesa e deixei meu poder fluir para ele enquanto pensava em frio, gelo, neve, granizo, inverno e...

Estava acontecendo. Era tudo muito rápido, muito forte. Tentei recuar, mas era tarde demais. O copo se quebrou com um barulho parecido com um tiro, e cacos de vidro se desprenderam do bloco de água congelada. Estalos e pequenas explosões semelhantes ecoaram por toda a sala. Gritos de alarme, gemidos de dor – pratos se partindo, copos estilhaçando, o frio se espalhando incontrolável, transformando tudo em gelo: o vinho nas taças, os vasos de flores sobre o console; a grande terrina de sopa no bufê. Resmunguei e tentei controlar a onda gelada. Em poucos segundos a contive, mas os segundos anteriores foram necessários para devastar a sala.

– Pare! Pare! – minha avó gritou.

– Sinto muito! – eu me encolhi na cadeira, segurando-me como se assim pudesse impedir o poder de continuar fluindo. – Sinto muito, muito mesmo. Eu não queria... Foi tudo minha culpa. Não consigo... – Queria entrar em um buraco no chão e sumir de vergonha e horror. O que foi que eu fiz?

– Céus! – Minha avó limpou os cacos de vidro do colo. – Bem, não se pode dizer que não procurei tudo isso.

Eu não conseguia encará-la. Porém, ela continuou:

– Querida, olhe para mim quando eu estiver falando com você.

E não tive escolha. E quando a encarei, vi que seu rosto era despreocupado, ela parecia até se divertir.

– Sinto muito – sussurrei.

– Não seja boba, Anna. – A voz dela era firme. – Foi minha culpa, não percebi o tamanho evidente de sua força. Além disso, devia ter escolhido outro teste para seus poderes.

– Garçons já corriam pela sala varrendo e limpando, e em cinco ou dez minutos não havia mais nenhum sinal do estrago que causei, exceto por um rasgo no papel de parede atrás do bufê, onde a terrina de sopa havia explodido.

– Não tem importância, querida. – Minha avó indicou a sala com um movimento de cabeça. – O controle virá e, veja, ninguém está incomodado.

Era verdade, todos haviam voltado à refeição, exceto aqueles que tiveram o infortúnio de ainda estar tomando a sopa, e esses eram servidos novamente sem demora pelos garçons solícitos. As manchas haviam desaparecido e, diante dos meus olhos, um garçom foi alisar o papel de parede e devolvê-lo ao lugar. Quando passou a mão pelo rasgo, a linha do remendo ficou invisível.

– Onde *estamos*? – perguntei.

– Quer saber qual é o nome deste lugar, ou onde estamos literalmente? Literalmente não posso responder. Estamos em um lugar entre lugares, uma área que criamos para nós. Ele extrai seu poder dos rios perdidos de Londres, contidos pelo homem, mas comandados por nós. O Effra, o Fleet, o Falconbrook, o Neckinger e todos os outros. As raízes, as fundações deste lugar estão nos rios, por isso as entradas estão sempre perto de onde esses rios emergem. O Effra deságua no Tâmisa, embaixo da Ponte Vauxhall, no portal de Saint Luke.

– E o nome? – Porém, quando fiz a pergunta, uma mulher parou ao lado de nossa mesa e alguma coisa se apoderou de mim – um frio intenso. Seu rosto era familiar – e senti um arrepio na espinha causado pelo medo. Por quê? *Por quê?*

– Presidente Rokewood – ela disse –, o Presidente Corax me pediu que viesse lembrá-la da papelada da reunião de Sennite antes de ir embora, e perguntasse se teve tempo para assinar o acordo.

– Ainda não – minha avó respondeu controlada. – Ainda preciso estudar algumas cláusulas.

– Não sei bem o que há para ser estudado, senhora. O Presidente Corax deixou suas posições bem claras.

– Diferente do que alguns parecem acreditar, Corax não é a única pessoa com opinião formada sobre esse assunto.

Havia uma rigidez metálica sob a voz tranquila da minha avó, mas eu quase não ouvia suas palavras. Em vez disso, olhava para a mulher tomada pela necessidade de lembrar quem ela era, onde havia visto aquele rosto, e por que sua presença me enchia de um medo congelante.

– Permita-me apresentar minha neta – minha avó anunciou finalmente. – Esta é Anna, Anna Winterson. Anna, essa é a sra. Revere, que trabalha aqui para meu colega Thaddeus Corax.

E eu lembrei.

Lembrei onde tinha visto aquela insígnia do pássaro estampada no cartão de visitas da minha avó, e por que a imagem havia me deixado tão inquieta.

Lembrei onde tinha visto o rosto da mulher que agora estava na minha frente.

E soube onde estávamos.

– Você! – pulei, balançando a mesa e derrubando uma vela.

– Desculpe – a sra. Revere respondeu com voz calma e leve, embora o olhar fosse atento. – Já nos conhecemos?

– Sim, nos *conhecemos* – disparei. – Nós nos conhecemos quando você e o sr. Peterson ameaçaram matar meus amigos e minha família.

– O quê? – ela gargalhou, mas a risada soou falsa.

– Anna, do que está falando? – Minha avó se levantou e, consternada, olhou da sra. Revere para mim. Eu a encarava tentando enxergar além da máscara imaculada. Sua confusão era real? Tudo isso era uma enorme farsa, uma armadilha? Essa mulher era mesmo minha avó?

– Onde estamos? – perguntei por entre os dentes.

– Na sala de jantar! – minha avó respondeu com um tom de irritação. – Do que está falando, Anna?

– Não me venha com essa – falei. – Quero saber que lugar é este... o prédio! Quem *são* estas pessoas. Quem é *você*?

– Mas eu pensei que soubesse – minha avó respondeu. – Este é o quartel-general dos Ealdwitan, é claro.

– *Você* faz parte dos Ealdwitan?

– Sim... sou uma dos cinco Presidentes. Certamente sabia disso, não?

– Como assim? Acha que, se eu soubesse que é um *deles*, teria deixado você se aproximar de mim? Depois do que aconteceu no ano passado?

– O que aconteceu no ano passado? Anna, por favor, acalme-se, você está ficando histérica.

– Está pedindo para eu me acalmar? Quer que eu me *acalme*? – Eu estava quase tendo um colapso. – Depois de terem ameaçado minha família, inundado o lugar onde eu moro, matado meu *amigo*, pelo amor de Deus! E ainda me pede *calma*?

Garçons corriam à nossa mesa prontos para, eu imaginava, me pôr para fora, mas minha avó fez um gesto e eles pararam, esperando por suas ordens.

– Anna, houve algum mal-entendido – minha avó falou com cautela –, algum engano.

– Há, sim, houve mesmo. – Enxuguei as lágrimas do rosto, furiosa com minha fraqueza, mas incapaz de interromper as lágrimas furiosas. – Meu erro foi confiar em você.

– Anna, por favor. – Minha avó estendeu a mão, e eu recuei.

– Não toque em mim. Quero sair daqui.

– Anna...

– Deixe-me sair daqui *agora*. Ou vai se arrepender. – Estava falando sério. – Sentia o poder se acumulando dentro de mim na mesma proporção do medo, e se não saísse logo daquele lugar todos nós acabaríamos lamentando. Por um momento ficamos paradas, minha avó e eu, encarando-nos por cima da mesa, e finalmente ela deixou escapar um suspiro derrotado.

– Muito bem. Tem uma saída à sua esquerda quando sair do refeitório, vire na segunda esquina e passe pela terceira porta do lado direito do corredor. Mas, Anna, por favor...

Não esperei para ouvir mais nada. Virei tão apressada que minha cadeira caiu no chão provocando um estrondo no refeitório silencioso. E saí dali.

Caminhava tão depressa quanto ousava pelo corredor, com o coração batendo dolorosamente enquanto eu tentava ignorar os olhares assustados dos secretários.

Segunda à esquerda. Uma, duas, três portas. Era uma passagem discreta espremida entre dois enormes vasos de flores. Girei a maçaneta e ela cedeu. Eles iam me deixar sair assim, sem nenhuma dificuldade? Olhei para os dois lados do corredor. Vazio. Acho que esperava ver a sra. Revere aparecendo do nada para impedir minha passagem, mas ninguém apareceu e a porta se abriu suavemente.

E de repente me vi frente a frente com um homem.

Atrás dele havia uma pequena sala de estar, nenhuma saída. Ao ver o beco sem saída não pude me conter, cobri a boca com uma das mãos e sufoquei um grito. Teria sido um engano? Uma armadilha? Eu havia entendido mal as instruções, ou eles não tinham mesmo a intenção de me deixar ir embora?

Não sabia para onde ir. Virei pensando em correr, mas o homem me segurou pelo pulso.

– Ei, ei, qual é o problema? Você está bem?

– Não! – Estava desesperada e abalada demais para fingir o contrário. – Não, não estou bem, por favor, me solte. – Tentei puxar o braço, mas ele me segurava com firmeza, embora não fosse violento. – Solte!

– Tudo bem... – Ele pôs a mão livre em meu ombro e senti a magia me envolver, uma espécie de abraço que acalmava e imobilizava. – Escute, se acalme...

– Pare com isso, por favor, me solte! – Eu me debatia inutilmente tentando me livrar da mão dele, ouvindo sons no corredor e reconhecendo o desespero da situação em que estava, trancada no subterrâneo de Londres com as pessoas que eu mais temia no mundo.

O homem olhou para o corredor e depois novamente para mim. Era jovem, eu vi, só alguns anos mais velho do que eu. Em outras circunstâncias eu o teria achado bonito.

– Por favor – implorei. Os sons se aproximavam. – Por favor, me diga como posso sair daqui.

– Tudo bem – ele respondeu, e parecia ter tomado uma decisão repentina.

O desconhecido me puxou para dentro da sala e fechou a porta. Lá dentro, soltou meu pulso e virou-se para uma longa parede de livros cobrindo um lado do aposento. Os livros estavam atrás de portas de vidro, e ele pegou uma chave para abrir um dos armários. – Ali.

– Ali? – Olhei incrédula para as prateleiras pesadas e ele assentiu impaciente.

– Sim. – Alguém bateu na porta, e o homem levantou uma sobrancelha. – Então, quer que eu vá abrir ou quer confiar em mim?

– Quem é você? – perguntei desesperada.

– Meu nome é Marcus. – E quando as batidas na porta se repetiram: – Você tem três segundos para decidir. Um, dois...

Abri a porta, passei, e alguém a fechou atrás de mim.

Do outro lado estava frio – incrivelmente frio – e por um momento pensei que aquela era a última armadilha, eu havia sido atraída para uma teia de onde era impossível voltar. Havia paredes de pedra à minha volta, pedra fria sob meus pés. Havia água pingando, o som ecoando pelas paredes, e lá em cima uma lâmpada tremeluzia fraca. Eu estava quase entrando em pânico quando vi a sinalização familiar apontando para cima, para a estação de metrô de Blackfriars. Devia estar em uma passagem subterrânea à margem do Tâmisa – provavelmente embaixo da Ponte Blackfriars.

Comecei a andar em direção à placa, cruzando os braços com força para enfrentar o frio. A seda fina do vestido não me protegia do ar gelado da noite de janeiro, e eu comecei a tremer. Para piorar as coisas, ainda usava aqueles saltos estúpidos, e eles escorregavam nos degraus de concreto que subiam da passagem subterrânea. Mas estava segura, fora daquele buraco no inferno, e isso era o principal.

Pensei com amargura em minhas roupas e botas, ainda jogadas naquele escritório. Algum dia as recuperaria? Pelo menos tinha a bolsa – ainda era londrina demais para deixar objetos valiosos largados em um lugar desconhecido, mesmo que luxuoso. Sem minha bolsa e a passagem de trem eu estaria completamente perdida. Pelo menos poderia embarcar no trem para Winter. Se não morresse de hipotermia nem quebrasse uma perna nas pedras do calçamento antes disso.

★

Nunca me senti tão grata por estar dentro de um trem. O ar morno que vinha das frestas do aquecimento mais parecia uma sauna depois da noite gelada. Encolhi-me em um assento no canto e puxei os joelhos contra o peito para tentar aquecer um pouco os ossos gelados. Depois peguei o celular e tentei falar com meu pai.

Desta vez deixei tocar até a secretária eletrônica atender, desliguei e liguei novamente. Nada ainda. O que estava acontecendo? Já havia passado muito da hora que ele costumava jantar. Com certeza meu pai estava em casa. Não podia imaginar que ele havia saído sem me avisar, ou sem se certificar de que eu estava em casa segura. Não era assim que meu pai agia, e foi então que tive o primeiro pressentimento de que alguma coisa muito errada estava acontecendo em Winter.

Tentei falar com Seth. Ligação recusada, mas eu já esperava. Ele provavelmente estava no *pub*, ou no hospital. Tentei o número fixo do balcão no Coroa e Âncora.

– Coroa e Âncora – ouvi uma voz gritar em meio ao barulho do bar. Era Angélica, uma das garçonetes.

– Oi, Angélica. Seth está?

– Não, desculpe. É a Anna?

– Sim, sou eu.

– Ele está no hospital com Elaine.

– Tudo bem, obrigada.

– Algum recado?

– Não, não se preocupe, até mais tarde.

– Até mais.

Ela desligou, e eu mandei uma mensagem de texto para Seth.

Chego à estação Winter às 10 horas, se quiser me dar carona. Se não puder, tudo bem, pego um táxi. A. Bj

Deixei a cabeça pender, alongando o meu pescoço, e esperei o trem me levar de volta a Winter. O frio não foi suficiente para me manter acordada. O anúncio das estações não me despertou. Nem o som do celular notificando a resposta de Seth me despertou. Eu simplesmente dormi.

★

– Ei, linda. – Seth esperava por mim ao lado das catracas quando subi a escada com passos exaustos. – Cristo, que roupa é essa?

– Nem queira saber. – Mal-humorada, passei pela roleta e saímos da estação.

– Anna, você está roxa de frio. – Seth tirou o casaco e eu o aceitei com gratidão. – Onde está seu agasalho, suas coisas?

– Ai, Seth... – Estava tão cansada que não conseguia pensar. – Eu vou contar tudo amanhã... agora não. Tudo bem? É uma longa história.

– Tudo bem, só me diga uma coisa. Não foi assaltada, foi?

– Não, não fui assaltada.

Caí exausta no banco do passageiro do carro de Seth e deixei minha cabeça se apoiar na janela quando atravessamos a cidade rumo ao porto, e depois começamos a subir a estrada do penhasco para a Floresta de Wicker e nossa casa. Meus olhos estavam fechados, por isso a exclamação de Seth não fez sentido no início.

– Santo... Anna!

Abri os olhos com esforço e olhei em volta.

– O que... o que é isso?

– Não sei, mas... – Ele indicou a janela com o queixo e olhei além dele para a noite escura. Mas a escuridão não era completa. Havia um brilho avermelhado sobre a floresta. Exatamente onde a Casa Wicker deveria estar.

CAPÍTULO CATORZE

A princípio eu não acreditei. Não quando vimos o brilho forte sobre as árvores. Nem quando o cheiro de fumaça começou a penetrar no carro pela ventilação. Nem mesmo quando percorríamos aos solavancos a trilha na floresta e comecei a ouvir a estática dos rádios da polícia e ver o brilho azul das luzes de emergência nas viaturas.

Mas tive que acreditar quando entramos no terreno da Casa Wicker e eu vi as brasas ainda incandescentes, as vigas caídas, as poças escuras de água das mangueiras dos bombeiros e, pior de tudo, meu pai sentado sobre a cerca em ruínas com a cabeça entre as mãos.

– Pai! – Saí do carro e dei alguns passos pelo terreno encharcado, mas os saltos afundaram imediatamente na lama, prendendo-me ao solo. Impaciente, eu os arranquei dos pés e corri, sentindo o calor dos escombros sob meus pés descalços.

– Anna! – Ele levantou a cabeça ao ouvir minha voz e ficou em pé para me abraçar. Afundei o rosto em seu peito e o abracei de volta. Senti cheiro de fumaça e meus olhos se encheram de lágrimas.

– O que aconteceu?

– Não é tão grave quanto parece – meu pai começou. – O pior prejuízo aconteceu no celeiro e na garagem. Mas a cozinha está praticamente destruída. Só Deus sabe como vamos pagar os reparos...

– Ai, pai! – Minha voz tremeu. – Como foi? O gás do fogão?

Meu pai balançou a cabeça negativamente, com um gesto cansado.

– É inacreditável, mas a suspeita é de incêndio criminoso.

– O quê?

– Pois é. Eu sei. Mas encontraram traços de combustíveis e... aquilo. – Ele apontou para a parede mais distante da casa, que havia escapado mais ou menos ilesa. Ela era iluminada pelas luzes do carro de bombeiros, e eu vi horrorizada as letras vermelhas de trinta centímetros de altura: EX 22 18 MM.

Oh, Deus.

– O que isso significa? – perguntei automaticamente, embora tivesse quase certeza de saber a resposta. Não que eu conhecesse o significado do texto, mas sabia quem havia pintado as letras, e por quê.

– Só Deus sabe. – Meu pai passou a mão na cabeça. Talvez fosse a luz, mas de repente ele parecia muito velho e cansado. – Garotos, provavelmente. Contei a eles sobre as outras letras. A polícia fez todas as perguntas óbvias. Se alguém tem alguma coisa contra nós, se você tem ex-namorados suspeitos, se ofendi alguém na cidade...

– O que você disse?

– O que poderia dizer? Não, não e não. Disse que não tenho ideia.

– Essa é sua filha, senhor? – Um policial caminhava em nossa direção pisando com cuidado no terreno encharcado e coberto de escombros.

Meu pai assentiu.

– Sim, esta é Anna.

– Sou o Sargento Whittacker, Anna. Lamento muito incomodar você nessas circunstâncias, mas entenda, preciso fazer algumas perguntas.

Concordei movendo a cabeça para cima e para baixo, exausta.

– Tudo bem.

– Aquele é seu namorado? – Ele apontou para Seth, que esperava ao lado do carro por não querer invadir o momento de tristeza de meu pai.

– Sim, Seth Waters.

– Seth Waters, é? Conheço esse nome.

Os lábios dele se comprimiram e eu quase soltei um gemido. De novo não. Seth nunca conseguiria superar aquela briga horrível? Fazia quase quatro anos, ele era pouco mais que uma criança quando tudo aconteceu, e só reagiu às provocações de um homem adulto que devia ter sido mais maduro. Mas nada disso parecia ter importância para a polícia. Eles conheciam o nome. Era isso.

– Preciso falar com ele também. – O policial fez um sinal para Seth, que se aproximou devagar.

– Estava fora, Anna? Foi aproveitar a noite? – o sargento me perguntou.

– Não... sim. Mais ou menos. Estive em Londres. Com uma amiga. Passei o dia todo lá, acabei de voltar. Seth foi me buscar na estação porque eu não consegui falar com meu pai.

– Entendo. E você, Seth?

– Trabalhei no *pub* da minha mãe a tarde toda, depois fui com ela visitar meu avô. Ele está internado no hospital Brighthaven.

– Entendo. E tem idade suficiente para trabalhar em um bar?

Seth levantou uma sobrancelha e percebi que ele estava ficando irritado. Sabia que ele tentava engolir uma resposta sarcástica. Segurei sua mão e a afaguei com delicadeza, e ele suspirou e assentiu uma vez.

– Desde que horas esteve no *pub*?

– Escute, não incendiei a casa da minha namorada – Seth falou por entre os dentes.

O sargento não falou nada por dez segundos, apenas olhou para ele com antipatia evidente.

– Limite-se a responder a pergunta, filho.

– Desde as duas da tarde, mais ou menos. Duas e quinze, talvez. Passei a tarde toda com outro funcionário da casa, e depois minha mãe foi me buscar. Tudo bem?

– Vamos averiguar – o sargento respondeu sem entonação. Depois olhou para mim. – E você, Anna? Consegue pensar em alguém que pode ter alguma coisa contra você?

Sim.

– Não – menti. – Ninguém capaz de fazer nada assim, pelo menos.

– Tem certeza? – ele insistiu. – Pessoas, especialmente jovens, fazem coisas sérias por razões muito triviais. Pequenas coisas alcançam proporções absurdas. Não ofendeu ninguém na escola?

– Não, sinceramente – afirmei de forma mais categórica. – Tenho certeza de que ninguém na escola está envolvido nisso.

Pelo menos essa afirmação eu podia fazer com honestidade. Mas Seth me olhava incomodado, mordendo o lábio.

– O que foi? – Apesar de tudo, o sargento era observador, e ele notou que Seth escondia alguma coisa. – Lembrou algum detalhe, Seth? Se é alguma coisa que acha que pode ajudar...

– Bem... – Seth olhou para mim e seus lábios se moveram formando uma palavra: *Caroline?*

– Não. – Balancei a cabeça numa reação enfática. – Não, não, não.

– O que é? – o sargento Whittacker persistiu.

O rosto de Seth traía seu descontentamento, mas ele respondeu:

– Minha ex-namorada. Caroline Flint. Ela ficou muito aborrecida quando comecei a namorar Anna, disse que faria Anna se arrepender.

– Não. – Balancei a cabeça outra vez, aflita para fazê-lo parar de falar. – Seth, francamente, tenho *certeza* de que Caroline não tem nada a ver com isso.

– Anna, tem muitas outras pessoas para estabelecer essa relação, você sabe disso. Ela ameaçou você... na frente da escola toda. Disse que transformaria sua vida em um inferno.

– Ela se referia a me xingar no corredor e esconder minhas roupas íntimas depois da Educação Física, você *sabe* que era só isso. Seth, por favor, *por favor* não faça isso. – Eu o encarei tentando fazê-lo entender, ler minha mente, compreender que certas coisas eu não podia dizer na frente do meu pai e do policial. Se confiasse em minha magia, eu tentaria enviar as palavras de forma silenciosa para dentro da cabeça de Seth, como Caradoc havia feito comigo na livraria. Mas nem tentei. Podia acabar dividindo a cabeça dele ao meio, enlouquecê-lo, matá-lo, até... se tentasse interferir em sua mente. Portanto, eu o encarei desesperada, implorando com os olhos por compreensão e *silêncio*.

– Caroline... Flint... – O Sargento Whittacker escreveu o nome dela em seu bloco de anotações. – Mora em Winter, não é?

– Sim, na Anchor Road.

– Entendo. Bem, e tem certeza de que não tem mais nada a acrescentar por enquanto? – Ele olhou para mim e para meu pai, e nós dois balançamos a cabeça. – Então, acho que vamos encerrar a conversa. Tenho certeza de que querem ir para a cama. Vou deixar meu cartão, se por acaso pensarem em alguma coisa amanhã.

Ele entregou ao meu pai um cartão de visitas com seu número de telefone e entrou na viatura policial com o colega, e eles se afastaram sem pressa pela estrada principal.

– Cama – meu pai falou em tom exausto. Seus ombros se encurvaram e ele se apoiou à cerca. – Meu bom Deus, o que vamos fazer esta noite?

– Os quartos estão inteiros? – perguntei.

– Sim e não. A parte mais antiga da casa não foi afetada, até onde consegui avaliar. Mas não tem aquecimento nem eletricidade, e os bombeiros não vão nos deixar entrar até terem certeza de que a estrutura está intacta. – Ele esfregou o rosto, espalhando marcas de fuligem pela face barbuda.

– Podem ficar na minha casa – Seth falou com firmeza.

– O quê? – Meu pai levantou a cabeça como se houvesse esquecido que Seth estava ali.

– Não podem dormir aqui. Durmam na nossa casa. Tom, você pode passar a noite no quarto do vovô, ele não vai usar, mesmo. Não tão cedo. E Anna pode dormir no meu quarto. Eu durmo no sofá – ele acrescentou quando meu pai levantou uma sobrancelha.

– Elaine não vai se incomodar? – meu pai perguntou.

– É claro que não. Na verdade, ela ficaria muito zangada comigo se soubesse que deixei vocês irem para um hotel numa hora como esta. Por favor, vamos.

– Tudo bem.

Meu pai parecia cansado demais para discutir, e percebi que ele estava aliviado por não ter que começar a procurar hotéis e pousadas àquela hora da noite.

– Tudo bem – ele repetiu. – Obrigado, Seth. Aceitamos a oferta. Porém, acho que não seremos bons hóspedes. Tudo o que temos é a roupa que vestimos... e isto. – Ele mostrou uma valise com sua carteira, o celular e alguns papéis e fotos.

– Escute, não se preocupe. – Seth tocou o ombro dele. – Tenho certeza de que minha mãe tem escovas de dentes a mais. O resto pode ficar para amanhã. Agora vamos.

E assim, exaustos, nós fomos.

★

Era estranho estar deitada na cama de Seth. Eu havia estado no quarto dele muitas vezes, é claro, praticamente todos os dias em algumas semanas, mas nunca para passar a noite. Nunca havia tido essa coragem. Não por me preocupar com o que meu pai ou a mãe de Seth iam pensar – eles eram bem liberais, e mesmo que não permitissem, não nos censurariam por pedir. Era por minha causa. Por não confiar em mim mesma.

E agora eu estava ali. Vestindo uma camiseta velha de Seth que me cobria até a metade das coxas e deitada entre lençóis frios que tinham o cheiro dele. Encostei o rosto no travesseiro e fechei os olhos, sentindo o calor da vontade de estar com ele. Não perca o controle, suplicava a mim mesma. Não perca o controle, não aqui, não com Elaine no quarto ao lado e com meu pai no quarto do avô de Seth. Mas eu sentia que estava me descontrolando e, para tentar me segurar, abri os olhos, apesar do cansaço, e olhei para o quarto escuro, para os pôsteres de bandas nas paredes, para os *post-its* em cima da escrivaninha, as roupas amassadas no cesto de lavanderia. Era tudo tão normal, tão adorável depois da grandiosidade maluca e sufocante do quartel-general dos Ealdwitan!

Meus olhos encontraram o vestido de seda cinza que, como o fantasma de minha sombra, jazia sobre uma cadeira. Havia gostado tanto dele... Agora me arrepiava só de olhar para o vestido.

Os acontecimentos da noite circulavam pela minha cabeça, chocavam-se, e eu desejei ter um interruptor que pudesse usar para apagar meus pensamentos só por algumas horas. Os roncos do meu pai eram audíveis do outro lado da parede, e achei injusto que ele conseguisse dormir, apesar de tudo: apesar das sombras que se acumulavam à nossa volta, do Malleus, dos Ealdwitan, de nossa pobre casa incendiada.

Pai... oh, pai. Eu sentia um frio na barriga só de pensar em como ele havia escapado por pouco. Imaginei os homens mascarados cercando a casa com isqueiros e garrafas de combustível. Se ao menos eu estivesse lá! Meus punhos se cerraram, senti o calor crescer dentro de mim e respirei profundamente.

Calma. Calma. Era inútil queimar a cama de Seth e me queimar junto com ela.

Suspirei e virei o travesseiro de Seth para o lado frio, como se assim pudesse acalmar os pensamentos que ardiam em minha cabeça. *EX 22:18*. As letras pareciam estar gravadas em minha cabeça e, incapaz de continuar parada, eu me levantei e abri o laptop de Seth. Em poucos segundos a resposta do Google surgiu na tela. ÊXODO 22:18, A FEITICEIRA NÃO DEIXARÁS VIVER.

De repente escutei um barulho na porta.

– Anna?

Dei um pulo e me virei assustada, pronta para abaixar a tela antes que o intruso pudesse ler o que havia nela.

Era Seth.

– Oh, Seth – falei engasgada.

Ele estendeu os braços, me levou para a cama e escondi o rosto na curva de seu pescoço, e solucei em meio às lágrimas. Não sei quanto tempo passei chorando, mas Seth apenas me abraçava sem fazer perguntas, e finalmente levantei a cabeça. Ele beijou minha boca com suavidade.

– Você está bem?

Apenas assenti e me aproximei mais dele. Seth me deitou com delicadeza. Ficamos deitados juntos, minha cabeça em seu peito, seus braços em torno do meu corpo, e eu ouvia o som de nossos corações, o meu, antes frenético, recuperando o ritmo normal até ecoar as batidas calmas do de Seth. Toquei seu pescoço com os lábios, beijei a veia que pulsava sob a pele quente.

– Amo você.

Os lábios dele eram quentes em minha testa, e eu fechei os olhos e sussurrei:

– Também amo você, amo muito...

Senti a boca de Seth formando as palavras novamente em meu pescoço, no ombro, na parte interna e suave do meu braço... Minhas mãos se fecharam, abriram e fecharam de novo, lutando contra o prazer, enfrentando a urgência de se entregar.

– Anna, qual é o problema?

Seth se apoiou sobre um cotovelo e olhou para mim. Seu rosto era sério e ele acompanhou com um dedo a ruga no centro da minha testa, descendo até a ponta do nariz e suavizando as linhas que eu sabia existirem ali.

– Está tensa. Qual é o problema, amor?

– E ainda pergunta?

– Oh, Deus. Desculpe. Foi uma pergunta idiota. Eu sei... sua casa, seu pai.

Suspirei e levantei o corpo, adotando uma posição meio reclinada.

– Olhe aquilo. – Apontei a tela do laptop.

Seth leu a frase, depois fechou os olhos.

– As letras. Anna! Eles foram atrás de você.

– Por isso eu não queria que falasse nada sobre Caroline.

– Dane-se a Caroline! É com você que estou preocupado. O que está dizendo... tem malucos por aí perseguindo bruxas? – A voz dele estava aterrorizada. – E estão atrás de você?

Eu não respondi. Não era necessário.

– O que vai fazer? – ele perguntou.

Dei de ombros.

– O que posso fazer? Esperar. Tentar proteger meu pai. Espero que eles não façam mais nada. São só... – *Só apartados*, pensei. Mas não completei a frase.

– Mas... você precisa fazer alguma coisa, contar para alguém.

– Contar o quê? Que sou uma bruxa?

– Não, não isso... mas o resto.

– Bem, eu contei... nós contamos. Meu pai chamou a polícia, não foi? O que mais podemos fazer?

– Não tem nenhuma magia que possa fazer?

– Não sei. – Cansada, esfreguei os olhos. – Vou perguntar a Emmaline. Talvez.

– E o que aconteceu em Londres? O que houve com suas roupas?

– Ai, Seth... – Eu não estava com disposição para voltar a esse assunto, mas Seth merecia uma explicação. – É complicado. Fui até lá para conhecer minha avó, a mãe da minha mãe. Meu pai não sabe – acrescentei com tom preventivo. – Não conte nada a ele, estou esperando o momento certo para contar. Enfim, ela me levou para jantar e eu não estava vestida adequadamente, então ela me emprestou aquela roupa. Mas acabamos discutindo, e eu saí de um jeito meio... intempestivo. Esqueci minhas coisas lá.

– Vocês discutiram? Por quê?

– Várias coisas. Eu te conto mais tarde. – Não sei por que não contei logo, mas acho que não estava pronta para admitir que minha avó era membro da organização secreta que havia tentado nos matar no ano passado. Eu não sabia qual seria a reação de Seth. Ainda não havia conseguido entender nem o que eu sentia.

– Mas ela tem bom gosto, pelo menos. – Havia um sorriso na voz de Seth, embora seu rosto estivesse encoberto.

– Como assim?

– Você ficou *incrível* naquele vestido. Quando se aproximou de mim na estação... – Ele parou de falar e ouvi quando engoliu em seco na escuridão. O som provocou um arrepio frio e quente. – Eu só... Só queria...

Tentei rir, mas a risada saiu trêmula.

– Vou adivinhar, queria me arrastar para a sua caverna e rasgar o vestido com os dentes? – Devia ser uma piada, mas minha voz soou estranha e rouca. Os dedos de Seth brincavam com a barra desfiada da camiseta que eu vestia. Eu sentia tudo escorregadio. – Aposto... aposto que sua velha camiseta da Educação Física não tem o mesmo efeito, não é?

– Na verdade... tem... – Ele mordeu uma das mangas e puxou o tecido como se fizesse um teste. O decote largo deslizou para o lado, e um dos meus ombros ficou exposto ao ar frio da noite.

– Seth... – Estava dividida entre o desejo e o fato de saber que meu pai e Elaine estavam a poucos metros dali. E quando meu outro ombro apareceu eu protestei: – *Seth*. Por favor...

Ele gemeu e rolou para o lado, deitando-se de costas.

– Anna...

– Desculpe.

– Tudo bem. Mas, sabe, seria legal. Algum dia. Não acha?

– Seria legal – concordei, e não consegui banir a melancolia da voz.

– O que foi, meu amor? – Ele se apoiou sobre um cotovelo, e eu senti seu olhar cravado em mim na escuridão. – Dá para perceber que você também quer. Não quer?

– Sim, eu quero. É que...

– O quê?

– Tenho medo.

– Eu entendo. De verdade. Mas podemos ser muito cuidadosos, ir com muita calma. Tomar precauções, essas coisas...

– O quê? Camisinha, essas coisas?

A surpresa deve ter transparecido na minha voz, porque ele respondeu:

– Sim, é claro. No que estava pensando?

Mordi o lábio.

– Em nada. Mas não é isso que me preocupa.

– Não? Então... o que é? – Ele segurou minha mão no escuro e senti seus dedos alisando o cristal do mar do meu anel. – Você me ama, certo?

– Sim. – Ah, Deus, sim!

– E sabe que eu amo você?

O silêncio se prolongou entre nós.

– Anna? – ele chamou, e os dedos dele apertaram o meu antes de soltá-lo. – Você *sabe* que eu amo você, não sabe?

Encontrei sua mão de novo e entrelacei meus dedos nos dele.

– Sim – menti. – Eu sei.

CAPÍTULO QUINZE

Era possível sentir o cheiro da casa antes de chegar perto dela. Meu pai e eu ficamos no campo molhado de orvalho, olhando para as ruínas encharcadas e escuras da nossa casa. O cheiro forte de madeira queimada se misturava ao da terra úmida.

Enquanto estávamos ali olhando, um vento soprou do mar e balançou as poucas folhas marrons que ainda estavam nas árvores, e um pedaço de caibro rangeu e caiu no chão do celeiro.

Meu pai suspirou e começamos a caminhar com cuidado pela grama molhada em direção à porta da frente.

De perto o estrago não era tão grande quanto parecia. Ignorando o escurecimento provocado pela fumaça e as ruínas do celeiro e da garagem, a casa até que não tinha sofrido tanto. Estava molhada e cheia de fumaça, e a cozinha tinha sido completamente estraçalhada, mas os bombeiros haviam atestado a solidez da estrutura, nos orientaram a ficar longe do celeiro e dos galpões externos, e nos deixaram em paz para conversar com o pessoal da seguradora.

A única coisa boa, na minha opinião, era que a banheira de ferro não existia mais. Havia derretido e se tornado um amontoado de metal retorcido. O diabo que a carregasse e ficasse com aquela banheira nojenta.

– Justo agora que a casa estava começando a ficar mais arrumada – meu pai resmungou enquanto examinávamos a cozinha arruinada. Dava para ver o céu cinzento pelo telhado. – E o dinheiro do seguro... é como tirar leite de pedra. Só Deus sabe quando eles vão terminar a perícia.

– Como vamos cozinhar? – Eu tentava ser prática diante da depressão do meu pai. Fomos para a área menos afetada da casa e ele olhou tudo na sala de estar, tentando avaliar o dano.

– Acho que vamos ter que improvisar uma cozinha de acampamento aqui, ou na sala de jantar. Precisamos de um micro-ondas. Só não sei como vamos lavar a louça.

– Não dá para instalar uma lava-louça no lavabo de baixo?

– É, acho que sim. – Meu pai abriu a porta e olhamos o espaço ao lado do vaso, decidindo se a máquina caberia ali. – A pia é pequena demais para servir para alguma coisa. – Ele passou a mão pelos cabelos rebeldes, e eu o contive e ajeitei seus cabelos. Reconhecia nele a mesma tendência do meu: virar um ninho de passarinho maluco à menor provocação. No momento ele parecia um Einstein de cabelos escuros.

– Quem seria capaz disso? – ele perguntou em vão. – Não consigo parar de me perguntar.

A culpa retorcia minhas entranhas. Culpa e um forte desejo de vingança.

– Olá?

Nós dois pulamos quando o grito ecoou no silêncio. Meu pai levantou uma sobrancelha.

– Está esperando alguém?

– Não.

Voltamos juntos pelos cômodos cheirando a fumaça até o fundo da casa, e eu tentei ignorar as borboletas de nervosismo no meu estômago. A destruição de metade do fundo de sua casa faz você se sentir estranho, exposto, vulnerável. Sem poder trancar a porta, eu me sentia terrivelmente consciente de que qualquer pessoa poderia entrar. Por outro lado, ladrões e estupradores não gritariam "olá" ao chegar.

Não era um ladrão ou um estuprador. Era Abe. Ele estava parado no meio da cozinha, olhando em volta boquiaberto.

– Anna... Emmaline me contou o que aconteceu. Você está bem? – Abe me abraçou com tanta força que a fivela do cinto que usava ficou desenhada na minha pelve quando ele me soltou.

– Sim, tudo bem – respondi meio sem ar. – Eu nem estava aqui.

– Quem é esse? – perguntou meu pai da porta, e notei que havia em sua voz uma leve desconfiança. Suponho que, do ponto de vista paterno, Abe não era exatamente um garoto comum. Ele tinha... bem, eu não sabia exatamente quantos anos, mas, definitivamente, tinha mais de vinte. E, além de não fazer a barba, ele se vestia com muito couro.

– Ah, desculpe, pai. Este é Abe Goldsmith. Ele é irmão do Simon... Sabe quem é, o marido de Sienna. Abe, este é meu pai, Tom.

– É um prazer conhecê-lo. – Abe estendeu a mão e meu pai a apertou, quebrando um pouco o gelo. Ele gostava de Emma e aprovava minha amizade com ela, então a associação de Abe com os Pellers era um ponto a seu favor.

– Igualmente, Abe – meu pai respondeu distraído. – Igualmente. Mas, se me der licença, tenho muita faxina para fazer por aqui.

– Sim, é claro, não se preocupe.

Abe ficou parado e desconfortável com as mãos nos bolsos, enquanto meu pai saía da cozinha arruinada, e olhou para mim quando ele saiu.

– Estou aqui por causa de Emma. Ela recebeu sua mensagem e ficou preocupada com você. Eu também fiquei.

– Bem, obrigada pela preocupação, mas não vejo realmente o que vocês podem fazer. Não imagino que Emma tenha alguma ideia.

– Talvez tenha. Ela pensou que você talvez queira ir até lá para falar sobre isso, então me ofereci para passar aqui e trazer o recado. Seu telefone não está funcionando.

– A linha fixa foi desligada, e aqui não tem sinal de celular. As montanhas interrompem o sinal. Mas não posso, tenho outras coisas para fazer.

– O quê? Limpar e arrumar? Quer ajuda?

– Bem, vou precisar ajudar meu pai mais tarde, mas na verdade não, hoje à tarde vou encontrar Seth.

– Ah. – O rosto de Abe foi marcado por linhas de desaprovação quase cômicas. – Ele.

– Sim, *ele*. Meu namorado.

– Você merece coisa melhor.

– O que quer dizer?

– Só isso. – Abe deu de ombros. – Você é incrível. Ele não é. Você é interessante. Ele não é. Você é eminentemente beijável. Ele não é. – Notando minha expressão diante desse comentário, ele deu de ombros mais uma vez. – O que é? Só estou dizendo.

– Bem, não diga.

Ficamos ali parados por um momento, nos encarando, e depois Abe levantou uma sobrancelha e riu.

– Você é a única garota que conheço que fica brava quando é elogiada. Enfim, o que vai fazer com o apartado? Além de ficar mais entediada a cada minuto?

– Abe, não seja imbecil – eu me irritei. – Se vai continuar com isso, não podemos mais ser amigos, e isso seria uma pena. Em alguns momentos.

– Tudo bem, tudo bem. Desculpe. – Abe levantou as mãos. – Eu vou me comportar.

– Tudo bem. Se quer mesmo saber, o avô dele vai sair do hospital amanhã, e temos que ir arrumar o chalé dele.

– O quê? Ele vai voltar para lá? – O rosto de Abe demonstrava surpresa.

Castelo Espeto era uma ilha de maré, isolada do continente por vinte e duas de cada vinte e quatro horas. Era um lugar deserto e sem recursos, totalmente impróprio para um inválido. Balancei a cabeça.

– Não, ele vai ficar com Seth e a mãe dele. Por tempo indeterminado, o que significa que alguém precisa ir pegar todas as coisas de valor, fechar a casa, essas coisas.

– Ah, entendo. E você vai ajudar Seth?

– É mais ou menos isso.

– Humm. – Abe parecia insatisfeito. – Bem, tanto faz. Mas não gosto da ideia de você ir até lá.

– O que você tem com isso? – Eu estava surpresa.

– Escute, Seth quase afogou você na última vez em que esteve lá. E Espeto não é um lugar para gente como nós, não nos misturamos com Bran Fisher.

– Seth não me afogou, ou quase me afogou, nada disso. Eu quase *o* afoguei – respondi irritada. – E concordo, Espeto não é lugar para gente como nós, não é lugar para nenhum tipo de ser humano, na verdade. Mas eu disse que ajudaria Seth, então pare de ser dramático.

– Hum. Mas tome cuidado.

Lancei para ele um olhar venenoso, e Abe levantou uma sobrancelha.

– O que é? Não posso dizer para ser cuidadosa?

– Vai ficar tudo bem. Seth vai estar comigo.

– Exatamente – Abe respondeu sério.

E foi isso.

★

Quando cheguei ao píer depois do almoço, Seth já estava lá, ocupado com o trabalho no *Charley's Angel*. Ele segurava um maçarico e fazia alguma coisa complicada com fibra de vidro, mas desligou o gás e tirou a máscara quando me viu, pulando para o píer para me dar um abraço grudento.

– Tudo bem? Como ficou a casa?

– Melhor do que pensávamos. Os quartos estão inteiros. A sala precisa de pintura e um sofá novo, mas sobreviveu. E meu pai vai chamar alguém para religar a energia elétrica hoje à tarde, então tudo indica que vamos poder voltar para lá esta noite.

– Vovô não podia ter tido alta do hospital em momento pior, não é?

– Não, não seja bobo. Não podemos acampar na sua casa para sempre. E de qualquer maneira, acho que meu pai quer voltar para lá. Ele está preocupado com a casa vazia, sem fechaduras adequadas.

Seth ficou sério e balançou a cabeça.

– Sei que já falamos sobre isso, mas não gosto nada da ideia de você ficar lá à noite, sem segurança.

Droga. Eu *sabia* que não devia ter tocado nesse assunto. Suspirei.

– Meu pai está consertando todas as janelas, e ele vai instalar uma porta com fechadura na sala de estar, só até a da cozinha ser consertada. Não vamos ficar com a casa aberta. Ele só não quer que o lugar fique vazio por muito tempo.

– Falou com ele sobre instalar um alarme? – Seth perguntou.

Eu assenti.

– E? – ele insistiu.

– Acho que ele vai providenciar.

– Que bom – Seth falou.

Decidi que era hora de mudar de assunto.

– Então, vamos ficar aqui o dia todo ou você tem planos de chegar a Espeto antes do anoitecer?

– Tem razão. – Ele olhou para o relógio. – Temos que ir. Venha.

Caminhamos até o pequeno veleiro de Seth, não o *Angel*, e tive aquela sensação de medo, quase pânico, quando Seth estabilizou o barquinho e me chamou para embarcar. Queria fechar os olhos – não olhar para a água do mar –, mas isso seria completamente estúpido, então pulei com os olhos abertos e me abaixei por um segundo no fundo do barco, esperando o pânico passar. Pouco depois velejamos cortando as ondas e, por algum motivo, ali era mais fácil esquecer os fantasmas da água negra sob nós e todos os horrores lá embaixo.

A chegada a Castelo Espeto foi ainda mais difícil que da última vez. Seth tentou a aproximação meia dúzia de vezes, enquanto eu me debruçava para fora do barco tentando ajudar com um remo. Finalmente batemos no píer com um barulho ligeiramente preocupante, e Seth pulou para fora e passou a corda pela argola de metal enferrujado, antes que o vento empurrasse o veleiro novamente.

No chalé de Bran, Seth arrombou a porta com um chute violento e fomos recebidos por um cheiro repugnante.

– Meu Deus, que cheiro é esse? – Ele cobriu o rosto com um braço e entrou, abrindo todas as janelas estreitas do bangalô de um quarto.

– É esse balde, acho – falei, espiando o interior de um balde de plástico cheio do que um dia podiam ter sido entranhas e ossos de peixe. Felizmente fazia frio, frio demais para transformar aquela mistura nojenta em vermes e moscas varejeiras. Mas o cheiro ainda era inacreditável. Carregando o balde com o braço estendido, Seth o levou para fora do chalé e jogou a massa em decomposição no mar, sem nem tirá-la do balde. Ele se afastou boiando, um pedaço de plástico vermelho enfrentando as ondas cinzentas, e pouco depois afundou. O cheiro no interior do chalé estava um pouco mais fraco quando voltamos.

– Meu Deus... – Seth murmurou quando olhou em volta, o rosto expressando uma mistura de tristeza e desgosto. – Como alguém pode viver desse jeito em pleno século vinte e um?

Eu sabia a que ele se referia. Com exceção de alguns detalhes, como uma chaleira elétrica e uma lâmpada simples, o ambiente podia ter sido extraído de uma história de Robert Louis Stevenson. A cama fedida, coberta por uma pilha de lençóis amassados e cheios de manchas, o fogão escurecido pela fumaça, a pia de pedra com uma bomba manual para água, tudo lembrava um romance sobre pobreza e privação na época vitoriana.

– Pelo menos ele tinha água encanada – comentei, tentando fazer uma piada.

Estava falando sobre a água que corria minguada da bomba e saía pela porta formando um pequeno fio escuro. Mas Seth não sorriu. Apenas olhou em volta, o rosto tomado por pena e raiva.

– Não parecia tão ruim quando vovô estava aqui – ele falou como se nem me ouvisse. – De algum jeito, não dava para notar a imundície e o frio. Mas agora... agora isso aqui parece um lugar onde nem um cachorro merece ser deixado para morrer.

– Seth...

Toquei seu ombro, e ele segurou minha mão e a virou para cima, beijando a pele delicada da parte interna do pulso. Depois suspirou.

– Vamos começar logo – disse. – Não quero passar mais tempo que o necessário aqui.

Começamos a separar os poucos bens de Bran. Seth cuidava das roupas, escolhendo alguns pijamas, calças e macacões que ainda podiam ser usados, descartando mais do que pretendia levar.

As roupas íntimas manchadas e rasgadas pareciam pessoais demais, e de repente tive certeza de que Bran odiaria saber que mexi nas coisas dele, mais ainda do que odiaria saber que estive na ilha; por isso me dediquei à papelada, tentando ser útil e prática sem invadir sua privacidade.

A maioria dos documentos estava em uma pequena caixa de metal embaixo da cama, e comecei a examinar tudo. Queria ter certeza de que levávamos sua caderneta de pensionista, a certidão de nascimento, tudo o que era essencial para se estabelecer em sua nova vida no Crown.

Eu já tinha uma maleta cheia de documentos úteis quando encontrei alguma coisa no fundo da caixa de metal. Era um pedaço de tecido preto, e de início nem imaginei o que poderia ser. Peguei o embrulho, as pontas do tecido se abriram, e eu vi.

Era um capuz preto, uma máscara com buracos cortados na altura dos olhos. Seth me viu olhando para aquilo e riu.

– O que é isso? Vovô tem uma fantasia de Halloween?

Ele pegou o capuz da minha mão e, ainda rindo, o colocou na cabeça. A peça escondia completamente a cabeça e o rosto, deixando no lugar uma máscara sem traços. Só os olhos dele brilhavam, negros contra negro, e cheios de ódio.

Eu gritei.

★

Gritei, gritei e gritei, totalmente incapaz de parar. De falar, de respirar.

– Anna! – A voz soou grotesca por trás da máscara sem boca. – Anna! Está tudo bem! O que houve? Pare, por favor, pare!

Mas eu não conseguia parar, e o estranho encapuzado me agarrou, e eu bati nele com braços trêmulos tentando me libertar. Finalmente ele removeu o capuz com um ruído de tecido rasgando e segurou meus braços, apertando-me com tanta força que eu não conseguia me mover, não conseguia atacá-lo, só conseguia tremer de medo. Mas alguma coisa naquelas mãos fortes me ancorou na realidade, o tremor começou a ceder e eu dissolvi em soluços. As mãos fortes de Seth afagavam meu cabelo num ritmo reconfortante, e eu chorei muito enquanto ele me abraçava sem dizer nada, como se tivesse medo de me perder.

Finalmente levantei a cabeça do seu peito e enxuguei os olhos, limpei o nariz e consegui murmurar:

– Desculpe... sinto muito...

– Sou eu quem tem que se desculpar. Anna, não seja boba. – A voz dele transformava as palavras em carinho. Enterrei o rosto em seu peito outra vez e senti a vibração de suas palavras. – Mas por que ficou tão assustada? É só um pedaço de tecido.

Eu não conseguia explicar. Apenas balancei a cabeça e estremeci novamente, sentindo o horror que teria sentido ao ver olhos estranhos brilhando naqueles buracos da máscara.

Ficamos ali por muito tempo, abraçados, minha cabeça repousando contra o peito de Seth, ele me amparando até eu voltar a respirar com normalidade. Mas alguma outra coisa havia chamado minha atenção quando peguei a máscara da caixa, e eu me livrei gentilmente do abraço de Seth pra ir ver o que era.

Um pequeno distintivo feito de metal cunhado, um desenho feito à mão em esmalte preto. MM em letras irregulares. Embaixo delas, um martelo rústico. Era como um velho broche de escoteiro, parecido com o que meu pai usava.

Fiquei parada por um momento olhando para o objeto na minha mão, cega e surda para tudo o que me cercava. O que significava aquilo? Era de Bran? Se não era dele, de quem era?

– Anna. *Anna.* – Finalmente ouvi meu nome e compreendi que Seth estava falando comigo. – O que é isso? Por que está tão impressionada?

– Como assim? – estranhei, e minha voz soou estranha, atordoada.

– Parece que virou uma estátua de gelo.

– Desculpe. – Estendi a mão com o distintivo no centro da palma.

Seth se inclinou sobre ele e, quando olhou para mim, parecia intrigado.

– O que é isso? Já vi o desenho antes, mas não lembro onde.

– Na parede da minha casa – respondi em tom seco. – Pintado com tinta vermelha.

Seth empalideceu e começou a balançar a cabeça violentamente, tentando se livrar da acusação como se fosse água nos ouvidos.

– Não. Não, não, não. Meu avô estava no hospital. Como aquilo pode ter tido alguma coisa a ver com ele?

– Eu não disse que tinha.

– Mas pensou.

– É um grupo – expliquei cansada. – O nome é Malleus Maleficorum. O Martelo das Bruxas. Foi criado para perseguir e exterminar bruxas.

– Não estamos no século dezesseis – Seth protestou zangado.

– Não – concordei. Não conseguia banir a amargura da minha voz. – Quem incendiou minha casa está bem vivo aqui no presente.

Ficamos nos encarando em silêncio. Depois de um instante, Seth resmungou um palavrão e se virou, batendo com a testa contra a parede de pedra do chalé.

– Merda. Merda, merda, *merda*. – Ele apoiava as duas mãos abertas na parede e mantinha a cabeça baixa, recusando-se a olhar para mim. – Aquele velho filho da mãe. Nunca é fácil, não é? Nunca é simples. Por que não podemos simplesmente ficar juntos?

Havia em sua voz uma amargura furiosa que eu não entendia. Mordendo o lábio, eu o vi chutar violentamente a parede de pedra, como se Bran pudesse de alguma forma sentir a violência. Depois Seth amassou a insígnia na mão fechada, jogou-a no chão e destruiu com o pé. Ouvi o esmalte rachar.

– O que vamos fazer? – ele perguntou finalmente com voz ríspida.

Dei de ombros.

– Não sei. O que podemos fazer? Não acho que Bran tenha força suficiente para discutir o assunto, você acha?

– Ah! – Seth esfregou a testa inchada. – Quero entregar aquele cretino para a polícia... mas o patife imbecil teria um infarto, provavelmente, só para nos aborrecer.

– De qualquer maneira, o mais provável é que ele não possa nos ajudar – opinei. – Ele deve ter se juntado a esse grupo na década de 1940, e não voltou a participar de mais nada depois disso.

Seth não falou nada, mas a pergunta silenciosa pairava no ar entre nós. Então, por que guardar o distintivo?

– Está escurecendo – ele disse depois de um tempo. – É melhor acabarmos com isso aqui.

Eu assenti e começamos a guardar roupas e papéis na mochila de Seth. Quando me encarregava de amarrar o cordão da mochila, vi, pelo canto do olho, Seth pegar o capuz e o distintivo destruído e jogá-los na pilha de lixo. Ele os tratava como se fossem venenosos, segurando-os com a ponta dos dedos.

CAPÍTULO DEZESSEIS

– Tudo bem. Bom, o que vamos fazer? – Emmaline mordeu um pedaço da pizza mole da escola e me olhou com ar de acusação.

Era como se agora todas as conversas fossem marcadas por alguém perguntando o que eu ia fazer. O que fazer com minha avó. O que fazer com o Malleus. O que fazer com Bran. O que fazer com meu poder imperfeito, descontrolado. Como eu podia saber? Tinha só dezessete anos. Dezoito. Tanto faz... queria que alguém dissesse *para mim* o que fazer, para variar.

– Não sei, Emma. Satisfeita? Não faço ideia. Minha avó faz parte de uma organização secreta que tentou nos matar no ano passado. O avô do meu namorado faz parte de uma organização secreta que parece me perseguir neste momento. Minha mãe ficou tão preocupada com o simples fato de eu existir que tentou anular minha magia antes de ela se manifestar, por motivos que ainda tenho que identificar. Perdi meu casaco e minhas botas e não consigo controlar meus poderes. Além de defender a eutanásia compulsória para maiores de sessenta anos, eu realmente não imagino como resolver nada disso.

– Escute... você precisa dar um tempo para tudo isso. Venha passar o fim de semana em casa... durma lá, converse com minha mãe sobre todas essas coisas.

Neste fim de semana... Uma sensação gelada se alojou em meu estômago e eu respondi:

– Não posso, infelizmente. É meu aniversário.

– *Falso* – Emma corrigiu sarcástica.

– Sim, falso – concordei. – De qualquer maneira, Elaine me convidou para jantar e disse para levar o meu pai. Ela quer comemorar. E Bran vai estar lá. Ela não disse com todas as letras, mas acho que acredita que ele não vai criar problemas se a ocasião for planejada como uma grande comemoração de aniversário, ou alguma coisa assim.

– Tem certeza de que é uma boa ideia? – Emma perguntou cética.

Eu dei de ombros. Na verdade, não estava inteiramente convencida, mas Elaine queria oferecer o jantar, Seth queria que eu fosse e meu pai queria ir. Aparentemente, Bran e eu tínhamos algo em comum, afinal. Éramos as únicas pessoas que achavam esta uma má ideia.

Eu me preparava para dizer tudo isso quando uma sombra pairou sobre nossa mesa, e Emma e eu olhamos para cima. A sra. Redbird, secretária da escola, estava parada na nossa frente com uma grande caixa de papelão nas mãos, e ela parecia muito aborrecida.

– Anna Winterson, *não* faça disso um hábito. Desta vez relevei, mas meu escritório não é um depósito onde pode guardar suas coisas.

– De-desculpe... como assim? – gaguejei.

– Aqui. – Ela deixou a caixa em cima da mesa com um baque. – Eu disse ao mensageiro que toda e qualquer encomenda endereçada a alunos será mandada de volta ao remetente de hoje em diante. Considere-se uma garota de sorte.

Ela se retirou com passos furiosos, voltou ao seu escritório, e Emma e eu ficamos olhando perplexas para a caixa. O papel do embrulho era marrom, preso com um barbante, e havia nele uma etiqueta branca com meu nome e o endereço, Colégio Winter, Harbour Road, Winter.

Virei a caixa para ver se havia um remetente. Sim, havia. E. Rokewood. O código postal para devolução era Londres W8 – Kensington.

– É da minha avó – falei.

– Ah... por acaso, a mesma avó que tentou matar a gente no ano passado? – Emma puxou o barbante cautelosamente com um dedo, como se a caixa pudesse explodir.

– Sim. – Segurei a caixa. Era pesada, mas não muito. Não fazia barulho de relógio, não vazava líquidos suspeitos. – O que acha?

– Só tem um jeito de saber.

Com uma mistura de medo e curiosidade, desamarrei o barbante e desembrulhei o pacote. Dentro dele havia uma caixa de papelão e uma carta.

– Primeiro a caixa – Emma decidiu autoritária. – Se tiver um *timer*, vamos precisar de tempo para decidir qual fio cortar primeiro.

– Cale a boca. – Abri uma aba e espiei lá dentro, e então tive que rir quando percebi que estava prendendo o fôlego como se realmente pudesse haver uma bomba na caixa. Não era uma bomba. Eram roupas. Minhas roupas, para ser mais precisa. Meu casaco, que havia sido lavado a seco e passado, e parecia mais elegante do que nunca. Minhas botas – limpas e impermeabilizadas outra vez. Os *jeans*, a camisa, as meias, tudo lavado, passado e dobrado, as peças separadas por camadas de papel de seda. Não me senti lisonjeada por achar que minha avó havia feito tudo aquilo – ela não parecia ser capaz de distinguir um lado do outro em um ferro de passar. Mas havia sido muita gentileza pedir à secretária que se encarregasse das providências, ou alguma coisa assim. Minhas roupas, contudo, não justificavam o tamanho da caixa, e olhando embaixo delas vi que havia mais camadas de papel e mais roupas. Peguei a primeira peça e suspirei. Era o lindo vestido de *cashmere*, tão macio quanto um gatinho preto contra meu rosto. Emmaline não conteve um gemido de inveja e começou a examinar as roupas na caixa.

– Ai, meu Deus... Issey Miyake, Miu Miu, Alexander McQueen... o que é *isso*? Contribuição para os parentes pobres?

– Mais ou menos.

– Oh, oh, oh! – Ela apertou contra o peito um tecido pregueado azul-safira. – Anna, vou morrer e conhecer o paraíso se me emprestar isto aqui algum dia.

– Pensei que não se interessasse por roupas – respondi azeda.

– Outras roupas... não. Essas roupas... sim. Se não consegue perceber a diferença, não merece usá-las.

Eu reconhecia a diferença. Sabia, pelo menos, que leiloar o lote todo no eBay renderia o suficiente para pagar a reforma da cozinha. No fundo da caixa, embaixo de tudo, havia um pequeno estojo de joalheria. Eu o abri e empalideci. Era um par de brincos, lindos brincos de pingente com uma pedra azul-escura, como o céu ao entardecer. Tive o horrível pressentimento de que, o que quer que fossem aquelas pedras, eram verdadeiras. Fechei a caixa e os olhos, e quando os abri novamente, comecei a guardar rapidamente todas as roupas dentro da caixa antes que alguém pudesse vê-las.

– O que está fazendo? – Emma praticamente tremia de aflição. – Vai amassar tudo! Pare agora, está cometendo um crime contra a alta-costura!

– Cale a boca! – falei, e amarrei o barbante em volta da caixa.

Como eu ia levar aquilo para casa? O sinal tocou, e Emma foi obrigada a ir para a aula de Filosofia. Eu tinha mais sorte, uma aula vaga. Fui para o banheiro feminino levando a caixa e me tranquei lá para ler a carta.

★

Querida Anna, como não sei seu endereço, estou enviando a encomenda para o Colégio Winter, onde creio que você disse estudar.

Desde que saiu correndo do nosso jantar na semana passada, estive investigando e fiz algumas descobertas sobre sua experiência com nossa organização. Agora entendo perfeitamente o choque e o horror quando descobriu onde estava – e só posso dizer que lamento muito por ter sido submetida a uma situação tão difícil.

Mas, minha querida, por favor, por favor, acredite em mim, está errada por pensar que tive alguma coisa a ver com aqueles horríveis eventos. Maud Revere trabalha para um de meus colegas Presidentes, ou talvez seja mais justo dizer, um de meus rivais Presidentes. Foi Thaddeus Corax quem ordenou o ataque contra Winter, aconselhado por sua agente Vivian Brereton, que, pelo que entendi, trabalha no seu colégio.

Eu não tinha nenhum conhecimento desses eventos e, para ser justa com ele, não acredito que Corax soubesse de nosso parentesco. Se soubesse quem você é, tenho certeza de que ele teria cuidado do assunto de maneira muito, muito diferente. Deve lembrar que nem eu mesma sabia, até a semana passada, que seu sobrenome é Winterson, ou mesmo que você estava na Inglaterra. Tudo o que Corax sabia era que alguém havia começado a dar demonstrações muito indiscretas de poder em Winter, e que essa pessoa não se mostrava receptiva à nossa aproximação.

Não tento de maneira nenhuma desculpar as atitudes dele, que foram, deixe-me colocar com toda clareza, indefensáveis, apesar do nosso relacionamento. Infelizmente ele pertence a outra geração – como vai descobrir, se um dia se conhecerem pessoalmente –, e há momentos em que esquece que a justiça sumária não faz mais parte dos nossos direitos, embora ainda seja nossa vontade. Além disso, ele não estava presente no ataque, e alguns de seus agentes no local se excederam no exercício do poder. Mas tudo isso dá a impressão de que estou criando desculpas para ele, e não é essa minha intenção com esta carta.

Anna, por favor, acredite em mim quando digo que me desespera pensar que a ação arbitrária de Thaddeus Corax pode ter sabotado a oportunidade de conhecer minha neta. Quando recebi o telefonema de Caradoc, foi como se eu tivesse uma segunda chance, não só com você, mas, por extensão, com sua mãe. Ver essa chance arruinada é cruel demais – e saiba, minha querida, que crueldade não faz parte da sua natureza. Eu vi claramente no momento em que nos conhecemos.

Por favor, não me puna pelos erros de Corax. E não se puna. Posso fazer muito por você – imagino como deve ter sido difícil descobrir sua verdadeira natureza sem contar com ninguém para ajudá-la. Você pode fazer coisas grandiosas, Anna – um bem muito grande. Talvez eu seja ingênua por pensar que posso ajudá-la a realizar seu destino nesse estágio tardio, mas gostaria de fazer o que posso.

E não é só egoísmo que me faz escrever para você – existe outra razão mais prática, mais política para minha súplica. É possível que, se vier a Londres e denunciar o que aconteceu no ano passado, Corax tenha que pagar pelo que fez em Winter. Não vou dizer que a punição é uma certeza, ou que a palavra de uma menina contra a de um Presidente da nossa organização pode derrubá-lo imediatamente, mas pode representar um arranhão na armadura, e às vezes essa primeira fresta é a mais difícil de abrir.

Então, querida Anna, por mim e por todos os outros que podem acabar sob o jugo de Corax, por favor, reconsidere.

Sua amorosa avó,

Elizabeth N. Rokewood.

★

Quando terminei de ler a carta, foi como se ela se transformasse em um ser vivo em minha mão, quase como se um vento forte a fizesse tremer, embora não houvesse nenhuma janela aberta ali. Um canto do papel começou a brilhar de repente e a folha explodiu em chamas azuis, frias. Em poucos segundos a carta era um punhado de cinzas. Abri a mão e as deixei cair no chão.

★

Naquela noite eu me sentei em meu quarto e tentei redigir um e-mail de resposta.

Querida... Ótimo, empaquei na segunda palavra. Querida o quê? Vovó? Avó? Parecia falso e ridículo agir como se houvesse um relacionamento próximo entre mim e essa mulher formidável que só vi duas vezes. Mas *Querida sra. Rokewood* soava deliberadamente esnobe, e *Querida Elizabeth* era impossível. No fim, deletei o *querida* e comecei novamente, eliminando o dilema.

Obrigada pela carta, que eu recebi hoje, e pelas roupas. Agradeço pela devolução, mas não precisava ter se incomodado com as peças emprestadas.

Vou pensar sobre o que me contou na carta. As coisas estão um pouco difíceis por aqui neste momento. Eufemismo do ano. *Porém, agradeço por pensar em fazer o Presidente Corax pagar pelo que fez.* "Agradeço" duas vezes. Ah, bem, isso não era uma prova de redação. O que dizer agora? Sim, eu quero um relacionamento? Não, você expulsou meu pai da sua vida, é tarde demais para brincar de família feliz?

Era impossível. Como eu podia superar dezoito anos de silêncio? Mas, ao mesmo tempo, achava que era errado demais deixar um momento de raiva havia quase duas décadas, um momento de que, provavelmente, ela se arrependia amargamente desde então, decidir o resto de nossas vidas.

Suspirei e concluí: *Sua neta, Anna.*

Depois, antes que pudesse pensar nisso, digitei um *Bj* e enviei a mensagem.

Pensei melhor e escrevi uma continuação rápida:

P.S.: Se quiser escrever de novo, por favor, você poderia mandar a correspondência para o endereço de casa? A escola não gostou de receber e ter que me entregar a encomenda. Meu endereço é:

Casa Wicker

Castleton Road

Winter.

A.

Estava quase desligando o computador antes de ir para a cama, quando o sinal de e-mail soou e *1 mensagem nova* apareceu no canto da tela. Não podia ser uma resposta. Tão depressa?

Meu coração batia acelerado quando abri a caixa de mensagens, mas o endereço de e-mail não era da minha avó, era só um *hotmail* com várias letras e números sem significado no lugar de um nome. *Spam*, provavelmente, mas abri a mensagem para verificar.

SAM E ROG, 21 DE DEZEMBRO. NÓS SABEMOS.

Fiquei olhando confusa para as palavras sem sentido. Depois deletei o e-mail e fui para a cama.

Só no meio da noite eu fiz a conexão e acordei banhada em suor frio.

21 de dezembro.

A noite em que Seth havia me levado para jantar.

A noite em que eu havia deixado os dois garotos caídos no beco.

★

– O que devo vestir? – meu pai perguntou ansioso. – Acha que assim está bom?

Estávamos nos arrumando para o jantar que celebraria meu aniversário e a volta de Bran para casa. E meu pai estava nervoso. Era estranho, qualquer um teria a impressão de que era *ele* quem se preparava para um encontro. Eu também estava nervosa, mas não por causa da roupa. Não, eu estava ansiosa com relação ao que Bran ia fazer quando eu passasse por "sua" porta, apesar de todos os avisos.

– Você está ótimo – eu disse, olhando meu pai da cabeça aos pés. – Mas acho que é formal demais. É só um jantar. Por que não afrouxa a gravata?

– Tem certeza? – E soltou um pouco o nó da gravata. – O que acha? Não quero que Elaine tenha a impressão de que não estamos nos esforçando. E sinto que preciso estar à sua altura.

Eu usava o vestido cinza, apesar de tudo. Ainda não sabia como me sentia com relação à generosidade da minha avó, mas seria um desperdício deixar roupas tão lindas penduradas no meu guarda-roupa. E, sim, havia a lembrança do brilho nos olhos de Seth quando ele me viu naquele vestido... Mas as safiras ficariam na caixa. Eram exageradas demais para o meu gosto, e o vestido combinava muito melhor com os pequenos pingentes de prata que foram da minha mãe e o anel de cristal do mar.

– Você está ótimo. Muito melhor sem a gravata. Deixe-me só...

Eu me aproximei e soltei o botão do colarinho, deixando a camisa aberta no pescoço.

– Pronto, assim é melhor.

Beijei seu rosto, e meu pai corou inesperadamente.

– Então, o que acha? Adequado para conhecer os sogros?

– Pai... – Foi minha vez de ficar vermelha. – Por favor, não fale esse tipo de coisa na frente de Seth e Elaine! Eu morreria de vergonha.

– Por quê? – Ele sorriu para mim, meio debochado, meio sério. – Tem medo de que Seth tente fazer de você uma mulher honesta? Sabe, eu não era muito mais velho quando conheci sua mãe.

– Sim, mas não estamos mais na Idade Média, graças a Deus. Agora vamos, estamos atrasados.

Angélica acenou quando meu pai e eu atravessamos o salão lotado do bar e fomos bater na porta que levava ao apartamento de Seth e Elaine no primeiro andar.

– Subam – ela gritou em meio ao barulho. – Eles não vão ouvir as batidas com toda essa confusão aqui embaixo.

Quando abrimos a porta, um cheiro fabuloso e tentador desceu pela escada – alho, cebolas, manteiga –, e minha boca ficou cheia de água. O estômago do meu pai roncou.

– Anna! – Seth nos recebeu no alto da escada. – Oi, Tom, quer me dar seu paletó?

– Obrigado. – Meu pai tirou o paletó e olhou para o apartamento. – Belo lugar vocês têm aqui. Nunca havia subido. Onde está sua mãe?

– Na cozinha. Pode ir lá dar um oi.

Meu pai se afastou em direção à origem dos aromas deliciosos, e Seth aproveitou para me abraçar.

– Feliz aniversário. Tem certeza de que foi uma boa ideia usar esse vestido?

– Como assim? Tem alguma coisa errada com ele? – Olhei por cima do ombro para ver se a barra estava presa na calcinha.

– Não, pelo contrário. Só tenho medo de não conseguir controlar minhas mãos durante o jantar.

– Ah, cale a boca. – Bati nele afetuosamente e o examinei da cabeça aos pés. – Você também está bem bonitinho.

Era um eufemismo, é claro. Ele estava arrasador, como sempre, com o *jeans* de cintura baixa e uma camisa branca que fazia o bronzeado dele parecer mais intenso do que nunca. Mas, também como sempre, Seth parecia nem ter consciência disso, e deu de ombros.

– Pode agradecer a minha mãe, ela me obrigou a vestir uma camisa.

– Onde está Bran? – perguntei.

Seth suspirou.

– Dormindo no quarto dele. Minha mãe vai acordá-lo para jantar. Pessoalmente, eu ficaria mais feliz se ele continuasse dormindo, mas...

– A comemoração também é dele – lembrei.

Seth balançou a cabeça.

– Anna! – Um sopro de ar morno anunciou que a porta da cozinha havia sido aberta, e Elaine veio me abraçar. – Feliz aniversário, meu bem. Abra seu presente. – Ela me deu uma sacola.

Eu corei.

– Elaine, não devia ter se preocupado.

– É claro que devia!

Abri o pacote, e dentro dele havia um par de botas de cano alto.

– Espero que sirva. – Elaine me olhou preocupada. – É sempre meio arriscado comprar sapatos, mas Seth disse que você calça trinta e sete, e não resisti. Nunca tive uma filha para comprar essas coisas.

Tirei o sapato de salto e calcei as botas. Couberam perfeitamente, e olhei para Elaine com um sorriso radiante.

– São incríveis.

– Não estão apertadas?

– Não, pelo contrário, mas vai ficar perfeito quando eu usar com meias. Obrigada. – Eu a beijei no rosto.

Elaine sorriu para mim, e vi em seu rosto a imagem de Seth. Nesse momento escutamos um barulho metálico, um guincho, e todo mundo olhou para a porta.

Era Bran. Ele estava encurvado na cadeira de rodas, e minha primeira reação foi de choque diante do quanto ele havia mudado. Desde que o conheci, sempre o vi andando com muletas, mas ele ainda era alto, forte, circulando pela ilha que era seu reino, apesar das trilhas irregulares e dos caminhos de pedregulhos. Agora estava atrofiado, encolhido em uma cadeira de rodas. Os cabelos brancos eram mais rebeldes que nunca, mas o rosto marcado pelo tempo havia empalidecido e os olhos perderam o brilho de fogo.

– Oi, Bran – meu pai o cumprimentou com gentileza. – Está melhor?

– Quê? – Bran levantou a cabeça e olhou para meu pai como se não o reconhecesse de imediato. – Melhor? Que pergunta idiota.

– Pai – Elaine falou irritada –, a pergunta é muito apropriada. Tom foi educado, só isso.

– Melhor – Bran resmungou com o queixo colado ao peito. – Melhor, ele diz. Vou melhorar quando for para casa, para o meu próprio canto.

– Pai... – A voz de Elaine soou cansada, como se essa fosse uma discussão recorrente. – Pai, por favor. De novo não. Você ouviu o que o médico falou.

– Médicos. O que eles sabem? Estou morrendo, menina. Que importância tem onde eu morro? – Ele conduziu a cadeira de rodas barulhenta pelo tapete até a mesa e começou a manobrá-la, tentando se posicionar. Seth segurou a parte detrás da cadeira para ajudar, mas Bran bateu na mão dele de um jeito grosseiro. – Deixe-me em paz. Posso ser um aleijado, mas meus braços ainda não deixaram de ser úteis.

Por trás da cadeira, olhei para o meu pai e vi nele o reflexo do meu desconforto. Não havia a menor possibilidade de esse jantar acabar bem. Eu tinha uma enorme vontade de sair dali, ir para casa, mas não fiz nada. E quando Elaine foi à cozinha para começar a servir, fui atrás dela, aflita para sair de perto de Bran.

– Sinto muito, Anna – Elaine falou, cansada, enquanto tirava do forno as batatas *sautées* e o frango ao alho. – Ele sempre foi um velho teimoso e difícil, mas ficou insuportável desde que adoeceu. Não sei se é a medicação, ou a frustração, ou se é só teimosia, mas vou me desculpar antecipadamente pelo comportamento do meu pai, porque sei que vai piorar, provavelmente.

– Elaine, não se desculpe. – Peguei os pratos que ela me entregou. – Está tudo bem. Ele sente saudades de casa. Eu entendo.

– Sim. – Ela parou por um momento no meio da cozinha, o rosto cansado. – Sim, é verdade. É mais que isso, na verdade. Ele definha longe de casa. Nunca quis viver tão longe do mar. Meu pai diz que isso está acabando com ele, e não sei, talvez esteja certo. Mas que tipo de filha eu seria se o deixasse voltar para aquele casebre no Espeto? – Havia desespero nos olhos dela, mas eu não sabia o que dizer. Não sabia como responder. Então balancei a cabeça numa demonstração silenciosa de solidariedade, e ela fechou os olhos, ajeitando os cabelos dispersos para trás, com a ajuda de um pano de pratos. Em seguida ela forçou um sorriso. – Lá vou eu de novo. Estamos aqui para comemorar seu aniversário, e eu fico aqui reclamando e sobrecarregando você com meus problemas. Seth devia estar me ajudando a servir, não você! Você devia estar lá na sala com os pés para cima.

Prefiro ficar aqui, pensei. Mas não falei nada. Em silêncio, eu a segui até a sala de jantar e comecei a arrumar os pratos sobre a mesa, ajudando Elaine a servir as batatas e os aromáticos pedaços de frango com manteiga de alho e limão.

– Bran? – chamei acanhada quando o primeiro prato ficou pronto.

Ele levantou a cabeça, e seus olhos estavam úmidos.

– Hum? O que é?

– Assim está bom? Esta porção? Quer mais batatas?

– Quem é você? – ele perguntou de repente agarrando a beirada da mesa.

Olhei para Seth sem saber o que dizer. Ele tomou a iniciativa.

– Vovô, esta é Anna. Você conhece Anna. Minha namorada. É aniversário dela, lembra?

– Você! – A voz dele tremeu e o punho fechado socou a mesa. – Você!

– Pai – Elaine interrompeu com firmeza –, acalme-se. Já discutimos esse assunto, lembra? É o aniversário de Anna. Eu expliquei... o jantar para comemorar o aniversário de Anna e sua volta para casa. Lembra?

– Não admito a presença dela embaixo do meu teto! – Bran gritou de repente. Havia espuma nos cantos de sua boca, e os olhos eram selvagens. A mão tremia quando ele bateu na mesa outra vez, acertando o canto do prato e espalhando frango e molho sobre a toalha de Elaine. – Não vou!

– Não é seu teto! – Seth gritou de volta, e de repente pude ver a semelhança entre os dois, como eram parecidos em sua fúria aterrorizante. A ira de Seth tinha a mesma qualidade perigosa da de Bran, o mesmo ar de quem podia perder o controle a qualquer momento.

– Tire-a daqui! – Bran olhou para Elaine e gritou com voz retumbante, um tom inacreditável para um velho frágil em uma cadeira de rodas.

– Não – Elaine respondeu, tentando manter a calma, apesar da voz meio trêmula. – Não, pai. Acalme-se.

– Devagar, Bran. – Meu pai tocou o ombro dele, mas Bran empurrou sua mão como se espantasse uma mosca.

– Não vou dividir meu pão, minha mesa e meu teto com uma maldita bruxa! – ele trovejou.

Espantada, vi que ele estava meio fora da cadeira, sustentando o peso do corpo com os braços trêmulos, fracos. O rosto estava vermelho e as veias eram salientes em sua testa. Ele parecia estar à beira de um ataque cardíaco.

– Bran! – meu pai reagiu chocado. – Eu disse para ir devagar...

– Tudo bem, pai – eu o interrompi. – Elaine, acho melhor eu ir embora.

– Anna, não, é seu aniversário! – Elaine protestou, mas a ansiedade estava estampada em seu rosto.

Eu balancei a cabeça.

– Por favor, acho que vai ser melhor.

– Bem... – Elaine olhou para o pai, que havia caído de volta na cadeira e tremia, e para mim, e pude ver que ela estava dividida. – Bem... Oh, eu não sei. Talvez seja melhor.

Seu rosto tinha uma expressão arrasada, e me inclinei para beijá-la.

– Por favor, não se sinta mal. A ideia foi adorável.

– Saia – Bran gritou trêmulo enquanto eu pegava meu casaco. – Saia e desapareça.

– Espere aí. – Seth segurou meu braço com firmeza. – Anna não vai a lugar nenhum.

– Seth – Elaine falou com voz terna –, eu entendo, querido, mas seu avô...

– Não. – O rosto dele expressava determinação. – Esta é minha casa, eu moro aqui. Anna tem o direito de estar aqui... tanto direito quanto esse filho da mãe encrenqueiro naquela cadeira.

– Não fale assim do seu avô – Elaine o preveniu.

– Mãe, ele quase estragou sua vida... não vai arruinar a minha. Ele tem um problema com Anna? Tudo bem, o problema é dele, e ele pode ficar no quarto, se quiser.

– Não vou admitir a laia dela embaixo do meu teto! – Bran gritou novamente. Ele bateu a cadeira de rodas na mesa com tanta força e frustração que a porcelana tremeu. Os pratos caíram no chão com um estrondo.

– Bran – meu pai falou sério –, acho que devia se acalmar.

– Tire-a daqui! – berrou Bran, ignorando meu pai como se ele não houvesse falado.

– Se Anna for, eu também vou – Seth anunciou com tom frio.

– Se quiser ir, tudo bem – Elaine respondeu aliviada. – É claro que pode ir. Pegue dinheiro na minha bolsa e leve Anna para jantar em Brighthaven, ou algum lugar assim.

– Não foi isso que eu quis dizer. Se o deixar expulsar Anna daqui, eu também vou. E vou para sempre. Não posso conviver com isso.

– Como assim... para sempre? Para onde você vai?

Elaine estava aturdida.

– Isso importa?

– É claro que importa!

– Deixe-o ir! – Bran falou com desprezo. – Ele que vá com essa vadia.

– Cale a boca! – Elaine gritou, virando-se para ele repentinamente. – Cale a boca, pai! – E olhou para Seth. – Seth, por favor, não faça isso. Você sabe como ele é... Releve, só desta vez.

– Não é só desta vez, não é? Tem sido assim desde que ele veio para cá. Você pode aturar, eu não.

– Por favor, Seth. – Elaine segurou os ombros do filho e baixou o tom de voz. – Por favor, ele não vai estar aqui para sempre...

– Que bom – Seth respondeu com brutalidade. – Quando ele não estiver mais, eu volto.

– Saia – Bran falou outra vez, depois riu, uma gargalhada rouca e doentia. – Ela enfeitiçou você, garoto, não percebe? Está amarrado a ela como um cachorro ao dono; ela faz o que quer com você.

– Cala a boca, seu velho miserável – Seth falou com crueldade.

Depois, segurando meu braço com tanta força que me causava dor, ele me levou pela escada, para fora do *pub* e para a noite fria e clara.

CAPÍTULO DEZESSETE

Seth dirigia como se estivesse possuído, em velocidade tão alta que eu estava aterrorizada, não por mim, mas por ele e por qualquer outra pessoa que pudéssemos encontrar na escura estrada litorânea. Pensei em falar com ele, em implorar para ir mais devagar, mas olhei para o seu rosto tomado pela fúria e compreendi que seria inútil. Na verdade, eu poderia tornar a situação ainda pior.

Finalmente ele reduziu a velocidade, saiu da estrada para o acostamento, seguiu por um trecho curto de grama baixa e parou. Seth desligou o motor e ficou ali sentado com o peito arfando.

– Seth – chamei, e ele me abraçou e afundou o rosto nos meus cabelos. Senti seu corpo tremer, sacudido por soluços de um choro agoniado. – Está tudo bem – murmurei, mas sabia que estava mentindo. Não estava nada bem. O que Seth havia feito? Elaine o aceitaria de volta, eu tinha certeza disso. Mas eu também conhecia o orgulho e a teimosia de Seth, e sabia que ele não pediria para voltar, por pior que as coisas ficassem. – Tudo bem. Amor, está tudo bem.

Finalmente ele se sentou ereto e passou a mão nos cabelos, depois limpou o rosto molhado.

– Desculpe – Seth pediu com voz rouca. – Lamento que tenha tido que ouvir tudo aquilo.

– Tudo bem.

– Não, não está tudo bem. Deus! Odeio aquele homem. Odeio tanto!

– Pare – eu o interrompi com urgência. – De que isso vai adiantar?

– De nada, mas pode me fazer sentir melhor. – Ele forçou um sorriso inclinado, e eu consegui sorrir de volta.

– O que vai fazer?

– Bem, na verdade não é nada tão terrível quanto minha mãe deve estar imaginando. Posso ficar no barco. No *Angel*.

– É mesmo? Tem certeza de que o proprietário... como é mesmo o nome dele? Tem certeza de que ele não vai se incomodar?

– Charles? Não, ele não vai se incomodar. Ele já disse que posso sair com o barco sempre que eu quiser. Na verdade, neste momento Charles está no Marrocos, em férias de inverno.

– Algumas pessoas têm tudo.

– Podemos ir para lá – Seth falou brincando, mas não completamente. – Levantar âncora, velejar para longe daqui, só você e eu... – E colocou uma mecha de cabelo para trás da minha orelha, e eu me arrepiei.

– Peixe no jantar?

– Humm... E mexilhões. Lagosta. Ostras.

– Odeio ostras. E não consigo abrir aquelas coisas.

– Eu te ensino. Vai ter muito tempo para aprender.

– Pena não termos dinheiro e sermos forçados a pensar em algumas coisas chatas como, ah, provas, o futuro, a universidade.

– Ai, é tudo tão inútil. – Seth olhou para a escuridão e notei que as mãos dele apertavam o volante.

– O que quer dizer? – perguntei surpresa.

– Todas essas barreiras. Eu me sinto como um animal de circo. E para quê? Para eu poder ir trabalhar em um escritório qualquer, passar o resto da vida mexendo em papel? E pense na alternativa: trabalhar no mar como meu avô. Acabou incapacitado, falido e amargurado. Eu só queria ir para lá... – Ele olhou para as ondas negras que quebravam numa sucessão infinita contra o penhasco, e eu estremeci. Não conseguia pensar em nada pior. – Acho melhor levar você para casa. Seu pai deve estar preocupado.

Era verdade. Meu pai devia ter visto como Seth arrancou com o carro e, provavelmente, agora nos imaginava mortos em uma vala. Mas, nesse momento, Seth era mais importante.

– Ainda temos algum tempo – respondi com tom suave. – Antes de ir para casa, quero ter certeza de que você pode entrar no barco. Além do mais...

Parei de falar. Meu celular estava tocando. Peguei o aparelho no bolso. *Pai celular*, estava escrito na tela.

– Oi, pai.

– Anna! – A voz dele era um suspiro de alívio. Havia muito barulho ao fundo, e era difícil ouvi-lo. – Graças a Deus! Você está bem? E Seth?

– Estamos bem. Ele vai passar esta noite no barco que está consertando para um amigo. Vou esperar até ele se acomodar. Onde você está?

– No Coroa e Âncora.

– Ótimo, escute, vou descer com Seth até o barco, pode me pegar no caminho de volta?

– Sim, é claro. Que horas?

– Que horas vai sair daí?

– Não sei. Elaine está aqui, estamos tomando um drinque no bar. Ela precisava se acalmar. O quê? – Ele falou com alguém ao fundo, depois voltou. – Ela quer falar com você. Digamos... Que horas são agora? Oito e meia. Vamos combinar entre nove e meia e dez horas, está bem?

– Ótimo. Até mais tarde, pai.

Escutei alguns ruídos quando ele passou o telefone para Elaine, e depois a voz dela.

– Anna, eu sinto muito, muito mesmo. – Era possível perceber na sua voz que ela estava arrasada. – Não devia ter sido obrigada a escutar tudo aquilo. E no seu aniversário... Estou me sentindo muito mal.

– Está tudo bem – respondi. Não era verdade, mas a culpa não era de Elaine, e era isso que eu queria dizer. – Estou bem. Não se preocupe.

– Seth está aí?

– Sim. – Olhei para ele, mas Seth olhava pela janela com um ar duro. – Ele está aqui.

– E está bem?

– Sim. Aborrecido, mas bem.

– Posso falar com ele?

– Só um minuto – respondi. Cobri o fone com a mão e olhei para Seth. – É sua mãe. Ela quer falar com você.

– Diga a ela para ir se fo... – Ele parou, fechou os olhos e mordeu a boca. – Não, obrigado.

– Seth, por favor. Ela está preocupada.

– Anna, agora não. Hoje não.

Olhei para ele por um momento, examinei seu rosto fechado, as sombras escuras em torno dos olhos e as marcas de lágrimas nos cílios. Ele parecia estar no fim das forças.

– Tudo bem – falei. E voltei ao telefone. – Elaine, sinto muito, mas ele não quer falar agora.

– Eu entendo. – A voz dela tremeu, mas Elaine ainda conseguiu falar: – Diga a ele... diga boa-noite. E que eu o amo. E uma boa noite para você também, Anna. Feliz aniversário, meu bem.

– Boa noite, Elaine. Obrigada pela bota, por tudo.

Desliguei o celular, e Seth e eu nos olhamos. A lua iluminava as ondas em movimento, projetando sua luz para o carro e dando uma beleza fria, esculpida aos seus traços. A expressão dele quase partiu meu coração.

– Feliz aniversário – ele disse amargurado.

– Seth, não. – Afundei o rosto em seu ombro. – Por favor, por favor, não faça isso. Não tem importância, não me interessa esse aniversário estúpido.

– Mas interessa para mim.

Ele enfiou a mão no bolso da calça, pegou um pacote e o entregou para mim.

– Desculpe. Queria que fosse mais, melhor.

Desembrulhei o pacote com cuidado e um livro muito antigo, encadernado com seda vermelha desbotada, caiu no meu colo. Não havia nada na frente, mas as letras douradas no dorso identificavam *Os poemas de amor de John Donne*.

– Abra na primeira página – Seth falou.

Abri com cuidado o livro antigo, e havia ali uma inscrição em caligrafia fina:

Eu me pergunto, em verdade, o que tu e eu
Fazíamos, antes de nos amarmos?...
Se alguma beleza vi,
Desejei e tive, não foi mais que sonhar contigo.

Para minha querida Emma, que enfeitiçou meu coração, minha alma e todas as outras partes.

– Oh, Seth... – Folheei o livro devagar. – É lindo. Onde...?

– Em um sebo em Brighthaven. Vi a dedicatória e pensei... – Ele olhou para mim tomado por uma repentina insegurança. – Você não... a dedicatória... não se incomoda, não é?

– Não. – Balancei a cabeça e engoli o nó na garganta. – Não, eu não me importo. Oh, Seth, eu amo você.

– E tem mais uma coisa. – Ele se virou para o banco detrás do carro e pegou uma sacola.

– Dois presentes!

– Não se anime muito. Não é nada da Tiffany. Nem foi embrulhado.

Abri a sacola... e um alarme pessoal antiestupro caiu de dentro dela.

– Por favor, Anna. – Seth olhava para mim no escuro amenizado pelo luar, e vi medo nos olhos dele. – Por favor, quero você segura. Eu não suportaria se alguma coisa acontecesse com você. Essas pessoas...

– Eu estarei segura – declarei. Havia jogado dois garotos contra uma parede de tijolos e os deixei caídos no chão, sangrando e inconscientes. Tinha armas mais potentes que um alarme contra estupro. – Eu sei cuidar de mim.

– Eu sei que sabe... Sei que pensa que sabe. Mas, por favor, mantenha isso à mão. Por mim?

– Sim, tudo bem.

Seth assentiu uma vez. Depois ligou o motor e nós partimos no meio da noite.

CAPÍTULO DEZOITO

Nessa interpretação, Macbeth é um mero fantoche nas mãos das mulheres que o cercavam, de Lady Macbeth às três feiticeiras que precipitam sua queda. Por mais que tente, Macbeth não consegue escapar...

Parei e esfreguei os olhos. Meu trabalho de inglês teria que ser entregue em menos de uma semana, e era o que menos ocupava meus pensamentos. Meu cérebro parecia estar lento, pesado com preocupações maiores, e cada sentença era como tirar leite de pedra. Quem se importava com Macbeth e as malditas feiticeiras?

Levantei, alonguei as costas e percorri o corredor para ir ao banheiro, sentindo a rigidez muscular diminuir enquanto andava.

Quando voltei ao quarto enxugando as mãos na calça *jeans*, notei alguma coisa em cima da cama, um pedaço de papel. Uma folha perdida com notas de leitura? Peguei o papel.

Era uma foto em preto e branco rasgada do jornal da escola. Era um retrato de Seth, suado e sorridente comemorando uma vitória qualquer do time de futebol, com as duas mãos erguidas acima da cabeça num gesto triunfante. Alguém havia feito um desenho grosseiro a caneta de algemas em volta dos seus pulsos e uma corrente em seu pescoço. Embaixo da imagem estava escrito: NÓS SABEMOS.

Fiquei gelada.

Eles sabiam sobre Seth. Haviam estado na minha casa. No meu *quarto*.

Quando?

Corri até a janela e a abri, mas não havia nenhum sinal do invasor, nenhum barulho, só os ruídos tranquilos da noite na floresta.

O papel havia ficado enroscado em uma dobra do edredom, difícil de ver de onde eu estava, sentada diante da escrivaninha. Devia ter sido posto ali... quando? A qualquer momento. Quando eu estava na escola. Quando voltava para casa. Enquanto comíamos...?

Uma fúria gelada percorreu minha espinha quando pensei nas figuras encapuzadas se esgueirando silenciosas pelo corredor, enquanto lá embaixo meu pai cozinhava sem saber de nada. Um ruído, e meu pai teria subido para verificar o que era, os encontraria lá... De repente eu senti um frio na barriga.

Ser perseguida, ser colocada em perigo, tudo isso era uma coisa. Mas envolveu meu pai e Seth. Aí era demais. Eles ultrapassaram os limites. Ignoraram os princípios. Apartados ou não, eu tinha que fazer alguma coisa.

Minhas mãos tremiam tanto que eu mal conseguia digitar.

★

Querida Avó,

Em sua última carta você disse que queria me ajudar. Bem, preciso de sua ajuda. É urgente. Podemos conversar?

Anna

Enviei a mensagem. Até agora eu dizia que o inferno ia congelar no dia em que eu fosse pedir a ajuda dos Ealdwitan. Bem, eu sentia muito, muito frio.

★

No dia seguinte, Seth conversava com os amigos no portão da escola quando eu cheguei, mas se afastou do grupo ao me ver. Notei que ele se despedia apressado antes de correr pelo estacionamento para me cumprimentar com um beijo demorado. Depois, quando nos afastamos, ele me olhou interessado.

– Você está bem?

– Sim, estou bem.

– Recebi sua mensagem. Sobre o que quer falar comigo e por que não podia falar pelo telefone?

– Isto. – Mostrei a ele a foto rabiscada.

Seth resmungou um palavrão.

– Ei, não tão alto. – Cobri sua boca com a mão e olhei em volta procurando professores. – Vai acabar encrencado por causa desse seu linguajar.

– Isso é a última coisa que me preocupa agora. Escute, não se preocupe comigo. Eu me cuido. Quanto a isto – ele pegou a foto com a ponta dos dedos como se estivesse imunda –, jogue no fogo. Você é a única com quem temos que nos preocupar.

Deixei o comentário passar sem resposta e disse apenas:

– Quando vai voltar para casa?

– Não vou. – Seth balançou a cabeça com ar sombrio. – Falei com a minha mãe, ela deixou minhas roupas e as coisas da escola no barco. Não volto enquanto meu avô não se desculpar.

– Seth, por favor, *por favor* não faça isso. Não por mim. Não vale a pena.

– Não é só por você. – Ele tocou meu rosto. – Sinceramente. Você é tudo para mim, Anna, mas não tomei essa decisão só por sua causa. Meu avô precisa entender que ele não é um reizinho de coroa de lata ao qual todos nós temos que nos curvar. E minha mãe precisa enfrentá-lo pelo menos uma vez na vida. Quando era forte, ele costumava obrigar todo mundo a fazer as coisas do seu jeito; agora é fraco e está usando a doença como arma. Para mim chega. Ei, ei...

Ele segurou meu rosto entre as mãos, e eu percebi que estava chorando.

– Amor, não é tão ruim. Gosto do barco. É bem confortável, na verdade... Ah, tudo bem, é frio, o chuveiro não funciona e quase não posso ficar em pé, mas o resto... Sabe, posso ligar a chaleira de manhã sem sair da cama. Não é muito luxo? Café na cama todo dia!

Ele conseguiu me fazer rir, apesar das lágrimas, depois enxugou meu rosto e me beijou com delicadeza.

– Está tudo bem. Sério. Agora quero saber o que vamos fazer com esses patifes.

O comentário trouxe de volta toda a minha raiva.

– Vou cobrar uma oferta, um favor – respondi. – E prometo que, quando eu acabar, o Malleus vai se arrepender de ter mexido com a gente.

★

Mais ou menos duas semanas depois, meu pai entrou na cozinha com um pedaço de papel na mão e uma expressão muito estranha no rosto.

– O que é isso? – perguntei. – O que está acontecendo?

– Aparentemente, sou eu que devo fazer essa pergunta a você – ele respondeu, sentando-se à mesa da cozinha ainda com aquela expressão estranha, indecifrável. – Isto é da sua avó – anunciou brandindo o pedaço de papel.

Ah.

Trocamos e-mails durante alguns dias, e nesse período eu expliquei a situação numa linguagem ligeiramente codificada, sem saber que grau de privacidade minha avó tinha em seu endereço eletrônico. Acabamos marcando um horário para conversar por telefone. Ela estava incandescente (cito a palavra exata usada por minha avó) e insistiu com veemência para que eu fosse a Londres aprender o que chamava de algumas técnicas básicas de defesa pessoal e adivinhação. "Vamos encontrar essas pessoas", ela me prometeu séria, "e eles vão se arrepender do dia em que se meteram com uma Rokewood."

A sensação foi... agradável. A raiva protetora, a rapidez com que ela se apoderou da situação, tudo isso foi muito bom.

E agora isso... do nada. O que ela dizia? Tentei ler o rosto de meu pai. Estava zangado? Não parecia. Era mais como se estivesse... triste.

– Gostaria que você tivesse me contado – ele falou finalmente. – Devia saber que eu não ia me incomodar por conhecer Elizabeth. Tivemos nossas diferenças, mas eu nunca a envolveria nisso. Se quer se relacionar com ela, você tem esse direito.

– Mesmo? – Não consegui impedir a nota de ceticismo. – Então, por que a manteve em segredo durante dezoito anos?

Meu pai esfregou a região onde os óculos pressionavam a pele do nariz dele, e parecia estar desconfortável.

– Só posso dizer que não sei, Anna. De verdade, não sei. Passei sua infância inteira querendo falar com você sobre Isla, mas alguma coisa me impedia. Talvez eu devesse ter procurado um terapeuta ou alguma coisa assim – ele riu incomodado –, mas naquela época os homens não faziam esse tipo de coisa. Acho que tinha que resolver algumas dificuldades pessoais, antes de poder discutir esse assunto com você.

Meu pai segurou minha mão, e a tristeza em seus olhos cortou meu coração.

– E eu pensei... Disse a mim mesmo que a verdade podia ser difícil demais para você. Mas agora acho que isso foi desonesto. O que realmente sentia era que a verdade era difícil demais para *mim*. Sinto muito, querida.

Pobre pai. Deus sabe que não foi culpa dele. Eu não sabia por que minha mãe o havia obrigado ao silêncio. Mas era isso. E agora meu pai se culpava.

– Tudo bem, pai, eu entendo. Mas gostaria de ver Elizabeth; nós nos encontramos em Londres... Ela contou?

– Sim, disse que vocês foram tomar chá. E explicou que o encontro foi completamente acidental e inesperado... Não sei bem o que ela quis dizer com isso. Acho que estava tentando explicar que não agiu pelas minhas costas. Enfim, ela fez uma sugestão que, quero que saiba, você tem *todo* o direito de recusar.

– Que sugestão?

– Ela disse que gostaria de receber você em Londres nas próximas férias. Na casa dela. Quer que você passe um tempo lá e conheça a família de sua mãe. E pediu minha permissão para discutir esse assunto com você. O que acha?

– Bem... – Eu estava surpresa, e tinha que reconhecer que a estratégia de Elizabeth era brilhante. – Na verdade, acho que gostaria. De ir, quero dizer. Você se incomodaria?

– Eu? Não. – Ele dobrou a carta. – Vou sentir sua falta, é claro. Mas você tem o direito de se relacionar com a família de sua mãe. Nunca tive a intenção de tirá-los da sua vida, sabe? Mas eles deserdaram sua mãe quando decidimos ficar juntos. Não aprovavam o relacionamento. Acho que eles teriam se conformado, mas, bem, depois da morte de Isla, teria sido doloroso demais procurá-los. E no início eu fiquei muito zangado, o que não ajudou. Mas me sentiria mal se minha covardia arruinasse sua chance de conhecer e se relacionar com a família dela, em especial diante da evidente disposição de Elizabeth de se esforçar para isso.

– Pai... – Olhei para a mesa sem saber como colocar a questão, sem querer causar mais sofrimento. Mas queria muito saber. Eu respirei fundo. – Você disse que ela morreu... mas nunca pensa que minha mãe pode estar viva?

– Não. – Meu pai balançou a cabeça, e seus olhos brilharam ainda mais. – Sinto muito, Anna, não acredito nisso. A polícia procurou por todos os cantos, cobriu a região de cartazes, emitiu alertas para os portos, até mostraram uma foto dela na televisão. Mas ninguém a viu. Ela não usou o passaporte nem os cartões do banco. Não fez nenhum saque das contas. Não procurou nenhum amigo. – Ele suspirou e massageou o nariz sob os óculos mais uma vez. – Estava muito, muito deprimida. Psicótica, na verdade. E não levou a medicação quando foi embora. Um dia, ela simplesmente saiu de casa vestindo uma camisola e nunca mais foi vista. Bem... uma vez. Talvez.

– Uma vez? – repeti.

– Sim. – Meu pai soava relutante. – Houve uma ocasião. Não foi confirmada. Ela foi vista em pé no parapeito da doca de St. Saviours em East End. Uma pessoa que passava por ali correu para interceptar uma viatura de polícia, e quando eles voltaram, ela havia desaparecido.

Senti um arrepio.

– E você acha...?

– Bem, a polícia deduziu o óbvio: suicídio. Corpo levado pela correnteza. Mas nenhum corpo jamais foi encontrado. Então, talvez ela tenha pulado, talvez não. Talvez nunca tenha estado lá, pode ter sido um trote, ou um engano. Acho que nunca saberemos com certeza. Mas uma coisa eu sei. Isla nunca teria nos deixado por tanto tempo sem uma palavra, a menos que algo terrível tivesse acontecido com ela. – Meu pai suspirou e endireitou as costas com um esforço óbvio.

– Bem, chega de tristeza por hoje. O que quer que eu faça? Escrevo para Elizabeth e digo que você vai para lá?

– Sim. Sim, seria ótimo.

– Vou sentir sua falta, sabe? – Ele afagou meu cabelo. – A casa vai ficar muito silenciosa sem você. Na verdade, estou pensando... talvez eu também viaje. Assim os pedreiros terão mais liberdade para reformar a cozinha enquanto nós dois estivermos fora.

– Para onde vai? – perguntei.

– Ahá... pesquisa. – Ele tamborilou com o dedo sobre o nariz. – Lembra-se do meu livro? A história sobre pescar na costa sul? Sei que pensou que eu ia desistir de tudo, mas estava só ganhando tempo, fazendo algumas leituras, farejando o território. Enfim, tem um cara em Polperro, um historiador local desconhecido, que tem sido muito útil, e acho que gostaria de ir até lá ver algumas coisas pessoalmente. É muito longe para um fim de semana, então essa pode ser a chance de passar alguns dias por lá.

– Parece ótimo. – Sorri para ele, contente por imaginá-lo remando em torno de ensolarados portos de pesca enquanto eu passava uma temporada em Londres. Era um pensamento agradável, uma imagem radiante à qual me agarrar enquanto estivesse circulando pelas sombras.

★

– Está tudo acertado – contei a Seth no dia seguinte, na escola. – Vou passar as férias com minha avó. Ela vai me ajudar a decidir o que fazer com o Malleus.

– Que bom. – Ele me olhou sério, depois assentiu. – Bom. Acho que é uma boa ideia. Precisa pensar em um plano, tenho enlouquecido de preocupação imaginando que alguém vai atear fogo à Casa Wicker outra vez. Quando vai para lá?

– Não sei. Sábado, talvez. Por quê?

– Ah.

Ele olhou para as mãos, esfregando as manchas permanentes de graxa e tinta. Alguma coisa na voz dele chamou minha atenção. Sua expressão era distante, indecifrável.

– Qual é o problema?

– Nada.

– Por favor. – Toquei seu braço, deixando os dedos acariciarem a queimadura de corda em seu pulso. – Não faça isso. Fale para mim.

– Sinceramente, não é nada. É só que... você sabe... Eu tinha imaginado que passaríamos o sábado juntos.

Sábado juntos... Por um minuto fiquei confusa, depois entendi. Sábado. Catorze de fevereiro. *Valentine's day*. Cobri a boca com a mão.

– Oh, Seth, desculpe... Esqueci.

– Tudo bem. Salvar sua vida é mais importante que um jantar qualquer.

– Não, espere. Eu posso adiar a viagem. Um dia não faz diferença.

– Tem certeza?

– Sim, absoluta. Vou telefonar para minha avó hoje à noite.

★

Minha avó ficou perfeitamente satisfeita por me receber no domingo, não no sábado. Ela se ofereceu para ir me buscar na estação, mas eu disse que iria sozinha até a casa dela em Kensington. Afinal, eu não era nenhuma turista do interior. Tinha passado minha vida inteira ali, ainda sabia andar em Londres.

Mas quando falei sobre o assunto com o meu pai, a história foi bem diferente.

– Pai, se importa se formos viajar no domingo, em vez de irmos no sábado? – perguntei durante o jantar.

Ele balançou a cabeça.

– Desculpe, meu bem, já comprei a passagem e não vou conseguir o reembolso. Por quê? Queria fazer alguma coisa?

– Não, tudo bem. Não se preocupe – respondi resignada.

Pensei em sugerir a possibilidade de ficar sozinha uma noite, mas sabia qual seria a resposta de meu pai. De jeito nenhum. Não enquanto os incendiários ainda estavam por aí. E, para ser franca, eu também não gostava da ideia.

Naquela noite liguei para Seth do meu quarto e dei a má notícia.

– Então, acho que vou ter que avisar minha avó sobre a mudança de planos. De novo. A menos que... – Parei de falar.

– O que é? – Seth perguntou.

Eu ouvia o barulho das ondas e o ranger das cordas no porto. Imaginei o barquinho de Seth balançando sobre a água escura.

– Bem... você podia... passar a noite aqui. Comigo.

★

Acompanhei meu pai até a estação, já com a mochila pronta com todas as coisas que achava que poderiam ser necessárias em Londres – principalmente minha pequena coleção de roupas elegantes. O trem dele era o primeiro a partir, e ficamos na plataforma conversando enquanto esperávamos. Havia pouca gente viajando em um dia tão frio – uma senhora idosa, três adolescentes de Brighthaven, provavelmente, que era a próxima parada na linha, e uma menina com cabelos longos e muito claros dançando ao vento. Assustei-me ao perceber que a menina era Caroline, a ex-namorada de Seth, e virei o rosto para não ser reconhecida. Felizmente, o trem chegou nesse momento.

– Até logo, meu bem. – Meu pai me deu um beijo no rosto e um abraço apertado. – Divirta-se. E lembre, se mudar de ideia ou cansar de ficar lá, é só me ligar. Estou a um telefonema de distância. – Ele bateu no bolso onde levava o celular.

– Sério – falei com tom meio brincalhão –, o que vai fazer em Cornwall? Montar no seu cavalo branco?

– Não, vou terceirizar o serviço de cavaleiro para Ben e Rick, que vão adorar tirar seus pés do chão e, provavelmente, vão agir com muito mais estilo e elegância do que seu velho pai. Mas, sério, filha, os Rokewood são meio esquisitos. Tenho certeza de que vai se divertir muito, mas se por acaso...

– Pai, não se preocupe. Eu tenho seu número; tenho o número de Rick e o de Ben; e o de Lorna e James, e tem muita gente para quem posso telefonar em Notting Hill, velhos amigos. Agora vá. – O motor do trem ganhava potência. – Vá de uma vez, ou vai ficar para trás.

– Tudo bem. – Meu pai me abraçou de novo e embarcou. Ele caminhou pelo vagão até achar um assento, e eu pude ler seus lábios do outro lado da janela: *Adeus, amo você.*

– Adeus! – respondi quando o trem começou a se mover.

– Divirta-se!

E ele se foi.

Ajeitei a mochila no ombro e voltei pela plataforma em direção ao trem que ia para Londres, mas não parei. Em vez disso, subi a escada e saí da estação.

★

Eu não menti para o meu pai, não exatamente. Tudo o que disse foi que meu trem sairia às 11h35, sem mencionar que era do domingo, não do sábado. E era bem provável que meu pai deixasse Seth ficar, de qualquer maneira. Eu tinha dezoito anos. Estávamos namorando havia quase um ano. Mas isso não me impedia de sentir um pouco de culpa.

De algum jeito, saber que ele estava pensando que eu ia passar a noite com minha avó e reagia tão bem a tudo isso só piorava as coisas. Em vez disso eu ia... o quê? Meu coração deu um pulo estranho, doloroso... uma mistura de nervosismo e antecipação. Eu sabia o que Seth pensava – ou esperava – desde que sugeri que ele fosse passar a noite na Casa Wicker. E parte de mim também queria – desesperadamente.

A ironia era que eu tinha certeza de que todos, inclusive meu pai, presumiam que já havíamos ultrapassado esse estágio muito tempo atrás. Mais importante, eu *amava* Seth. Amava-o intensa e completamente.

Então, por que hesitava? Por que a ideia desse próximo passo era tão aterrorizante, como um salto para o desconhecido?

Deixei a pergunta de lado. Não estava preparada. Ainda havia uma coisa que eu precisava resolver antes desta noite. Uma última coisa a fazer. Mas não podia fazer sozinha.

★

Eu nunca tinha ido à casa de Abe. Não sabia o que esperar – um apartamento compartilhado, talvez, lotado de embalagens de *fast-food*. Ou um quarto esquálido com uma geladeira para a cerveja e pouca coisa a mais.

Mas nada disso correspondia à realidade. O ônibus me deixou na estrada principal, mas ainda levei quase vinte minutos depois disso até chegar ao chalé onde ele morava, que ficava escondido no fundo da floresta e no alto de uma trilha sinuosa.

Quando finalmente cheguei à varanda da casa, parei e olhei para trás enquanto recuperava o fôlego. Não conseguia ver nada além de uma floresta interminável, um mar verde que se estendia até o horizonte. Se havia alguma civilização ali, os sinais eram escondidos pelo oceano de árvores. A impressão que eu tinha era de que Abe podia ser o último homem vivo.

Eu estava me preparando para bater na porta, quando um barulho atrás da casa me fez parar. Contornei a varanda e lá estava Abe.

Ele estava cavando. Enterrava o ancinho na terra e revolvia o solo, vendo a terra passar por entre os dentes. Ao ouvir o barulho do metal contra uma pedra, ele se abaixou e a pegou, jogando-a longe com a mão escura de terra.

– Abe – chamei.

Ele se levantou, protegeu os olhos com uma das mãos, depois limpou as mãos nos *jeans* e subiu a escada.

– Oi.

– O que está fazendo?

– Cavando o canteiro de batatas.

– Não sabia que gostava de jardinagem.

– Acho que tem muita coisa que não sabe sobre mim. – Ele tirou as botas e abriu a porta com uma reverência irônica. – Mas ainda não a recebi em minha humilde residência. Por favor. Sinta-se à vontade.

– Obrigada... – respondi constrangida, e segui Abe para o interior de uma sala com poucos móveis. – Obrigada por aceitar meu pedido de ajuda.

– Eu não disse que aceitei. Disse para você vir conversar comigo. Ainda não sei para que quer minha ajuda.

Enquanto Abe lavava as mãos, eu me sentei em um divã de madeira e roí a unha, tentando pensar em um jeito de falar o que eu queria.

– Café? – Abe perguntou por cima do ombro.

– Obrigada.

– Ponha mais lenha no fogo, por favor. As chamas estão apagando.

Eu nunca havia lidado com um fogão à lenha antes, mas enquanto Abe moía grãos de café e preparava o bule, consegui encontrar a trava da portinhola e jogar mais madeira nas chamas brilhantes da lareira. Abe se aproximou quando eu estava terminando e, experiente, empurrou a portinhola com o ferro de revolver brasa e fechou o trinco. Depois se sentou na cadeira de balanço do outro lado e cravou em mim seus olhos negros.

– Então. Pode falar.

– É Seth.

– Ótimo. Legal.

– Eu... preciso da sua ajuda. Preciso fazer um... amuleto... para protegê-lo.

Esperei, mas Abe não disse nada, e eu tive que continuar.

– Vou passar uma semana fora, viajo amanhã. E o Malleus ameaçou Seth. Não posso deixá-lo sem proteção, Abe. E se acontecer alguma coisa enquanto eu estiver fora? E se usarem Seth para me punir?

Eu sabia o que Emmaline teria dito, se tivesse ido pedir a ajuda dela. Ela teria rido, teria dito que sou boba, que o Malleus não tem argumento nenhum contra Seth. Mas Abe não fez nada disso. E de algum jeito... eu sabia que ele não faria.

Abe ficou sentado em silêncio, roendo a unha num eco inconsciente da minha tensão.

– Isso é magia séria – ele falou finalmente. – Quer alguma coisa que vai funcionar enquanto você não estiver aqui, é isso?

– Sim... como um amuleto, ou um talismã. – Pensei no encantamento deixado na porta da minha casa em Londres e contive um tremor. – Isso é possível? Quero dizer, sabe como fazer esse tipo de coisa?

– Sim. – Ele roeu a unha novamente enquanto pensava. – Sim, é possível. Mas é magia indireta; é muito mais difícil, porque você não está presente para... – Ele parou, e percebi que estava procurando uma analogia. – Não está lá para carregar o feitiço... entende? Precisa injetar toda a energia no objeto desde o início. Uma coisa é cercar Seth com um feitiço de proteção. Outra é preparar um objeto para fazer esse serviço na sua ausência. Quero dizer, você precisa do objeto, para começar.

– Eu tenho um. Este. – Ela mostrou um grosso anel de prata muito simples, como um pedaço cortado de um cano. Era meu presente de *Valentine's day* para Seth. Ou seria.

– Entendo. Tudo bem.

Abe se levantou e foi até a janela, por onde olhou para a paisagem verde e para as nuvens que cobriam tudo, depois caminhou até onde estava o bule de café, que era, na verdade, uma cafeteira. Ele serviu duas xícaras, me entregou uma delas e voltou para perto da janela. Eu o sentia andando de um lado para o outro nos próprios pensamentos, girando e girando as ideias dentro da sua cabeça.

– Precisa ser magia forte – Abe disse finalmente.

– O que quer dizer?

– O que você ouviu. Isso não é legal, Anna.

– Não interessa. Quero Seth seguro. Vou fazer o que for necessário.

– Cristo... – Ele me olhou com o rosto encoberto à luz pálida do inverno. – Você não faz nada pela metade, não é? Quase se matou tentando sufocar seus poderes durante a maior parte de um ano, e agora está me dizendo que quer fazer magia avançada em uma tarde de sábado... tudo por causa de um apartado tonto.

– Não fale assim dele.

– Tudo bem, retiro o que disse. Ele não é tão tonto, embora eu odeie admitir. Mas é um apartado, Anna. E sempre será.

– Eu amo Seth. – Minha garganta estava apertada. – Não espero que você entenda.

– Mas é muito atrevimento! – De repente o rosto dele endureceu, a mandíbula ficou tensa. – Você nem imagina o que eu entendo.

Por um minuto ficamos ali parados nos encarando. Tive a impressão de que, se Abe fosse um cachorro, estaria rosnando.

– Vai me ajudar ou não?

– Sim. – A raiva perdeu força tão repentinamente quanto havia aparecido, e ele se sentou outra vez na cadeira de balanço, massageando a testa com gestos cansados. – Sim, eu vou ajudar. Apague o fogo. Esse tipo de magia funciona melhor no escuro.

Enquanto eu cobria a madeira com o utensílio apropriado para apagar as chamas, deixando apenas brasas incandescentes no fogão, Abe pegava um pequeno recipiente de madeira, uma faca e uma vela.

Ele deixou tudo sobre a mesa, baixou as persianas para impedir a entrada do sol fraco e acendeu a vela.

Quando aproximou o fósforo do pavio, a chama brilhou alta e trêmula, dando ao seu rosto uma aparência de mágico de palco, e eu não teria me surpreendido se o visse exibir uma cartola de cetim ou uma capa vermelha. Mas a chama da vela logo perdeu força, queimando como qualquer outra vela, e ele voltou a ser o Abe de sempre com a luz refletida no *piercing* da sobrancelha e nos olhos negros como carvão.

Eu o vi passar a faca três vezes pela chama da vela, e cada vez a lâmina brilhante ficava mais escura com a fuligem.

Na terceira vez ele virou o cabo da faca para mim e apontou o recipiente.

– Ponha o anel lá dentro.

Eu pus.

– Agora diga a ele o que deve fazer.

– Ele tem que proteger Seth.

– Não fale para mim, fale para o anel – Abe explicou impaciente.

Peguei a tigelinha com as duas mãos e falei, sentindo-me uma idiota, mas querendo tanto aquela proteção que nem me importava.

– Anel, por favor, proteja Seth. Proteja-o do mal, proteja-o das pessoas que querem prejudicá-lo. Por favor, mantenha-o seguro. Mantenha-o vivo. – Meus dedos estavam brancos.

– Agora – Abe anunciou em voz baixa. E olhou para a faca.

Por alguma razão... por alguma razão eu não precisava perguntar mais nada. Com um sentimento de relutância visceral, peguei o cabo da faca com a mão direita e estendi o braço esquerdo sobre a mesa. Ele parecia ser feito de cera à luz da vela; branco, macio e vulnerável, o braço de um manequim, não um braço de carne e osso.

– Quer mesmo continuar com isso? – Abe perguntou.

Não respondi. Em silêncio, enfiei a faca em meu braço.

O sangue brotou escuro na penumbra. Correu pelo braço, contornou a mão, deixou um caminho sinuoso que passava pelo pulso e pelos dedos, e pingou lentamente dentro da tigelinha.

– Fale – Abe me orientou. – Declare o que vai dar pela segurança de Seth.

– Qualquer coisa – eu disse. Minha voz soava estranha até para mim. Até o único som na sala era o gotejar do sangue na tigela. – Eu daria qualquer coisa. Minha vida.

A respiração de Abe soou mais difícil por um instante, presa na garganta, e ele se levantou tão de repente que a cadeira guinchou no chão de madeira. Achei que ele ia sair. Mas Abe só caminhou até a cômoda do outro lado da sala e pegou um pano limpo de uma gaveta.

O sangue já pingava mais devagar. Quando finalmente parou de pingar, ele me entregou o pano sem dizer nada. Eu envolvi o braço com ele. Estava me sentindo fraca, trêmula.

– Você está bem? – perguntou Abe.

Eu assenti.

– Sim, estou bem. Funcionou?

– Sim. Só dá para ter certeza quando o feitiço for necessário. Mas ele aceitou seu sangue. Isso significa que parte de você, uma porção do seu poder, está no anel agora.

– Aceitou meu sangue? O que quer dizer?

Abe pegou a tigela e me mostrou. Olhei dentro dela, pronta para pegar o anel no meio do sangue, limpá-lo com o pano que ainda envolvia meu braço.

Mas só havia uma pequena poça no fundo. Algumas gotas, não mais do que isso. E diante dos meus olhos, até esse último vestígio foi absorvido pela prata sólida do anel, sumiu sem deixar rastros. Nenhum sinal do que eu havia feito, do que havia dado.

Abe pegou o anel na tigela e o ofereceu a mim no centro de sua mão aberta. Parecia... inalterado. Completamente intocado. Quando o peguei e senti seu peso na mão, não senti nenhuma diferença. Mas alguma coisa nele, alguma coisa completamente indefinível, era diferente. Eu podia sentir o poder que ele emanava, um poder que era meu e, ao mesmo tempo, não era meu.

Fechei a mão que segurava o anel e, nesse momento, Abe segurou meu braço cortado. Ele o segurou por um momento, puxando-me para mais perto, os dedos pressionando o pano sujo de sangue. Depois me soltou de repente.

Removi o curativo improvisado. O corte havia desaparecido – restava só a cicatriz.

– Obrigada – eu disse. – Obrigada, eu não poderia...

Mas ele já tinha se afastado e procurava as chaves do carro.

★

Coloquei a última vela sobre a mesa e olhei para o relógio. Seth chegaria em pouco mais de meia hora, e eu tinha acabado de arrumar a mesa. Tinha que tomar banho e me vestir. Queria que tudo fosse *perfeito*. Sabia que isso era idiota – Seth havia jantado em casa muitas vezes, o suficiente para saber que não costumávamos usar toalha adamascada branca e porcelana fina. Mas hoje... hoje era diferente.

Tirei o avental, subi correndo para tomar banho e fiquei parada embaixo do chuveiro, pensando em tudo que tinha para fazer antes de Seth chegar. Lavar o cabelo – feito. Depilar as pernas – feito. Trocar a roupa de cama – feito. Pensar nisso me causou um arrepio rápido: metade antecipação, metade terror.

Quando saí do chuveiro e enxugava o cabelo com a toalha, olhei pela janela. A escuridão era completa e uma sinistra brisa do mar havia se espalhado pela floresta, transformando o raio de luz do farol em um estranho halo fantasmagórico além das árvores. Não me dei ao trabalho de fechar as cortinas, não tínhamos vizinhos; não havia ninguém entre nós e o litoral, mas de repente pensei em minha nudez desprotegida e estremeci.

No quarto, censurei-me mentalmente enquanto escolhia um dos vestidos que ganhei da minha avó. Era bobagem ficar tão sobressaltada. A ausência do meu pai não aumentava o perigo. Além do mais, eu não era nenhuma donzela indefesa. Pensando bem, podia cuidar de mim mesma muito melhor do que meu pai seria capaz de fazer.

Mesmo assim, alisei o tecido macio e sedoso sobre o quadril e as coxas e me senti feliz por saber que Seth chegaria em breve.

Olhei para o espelho enquanto prendia o cabelo. O vestido era lindo, uma confecção em seda pura que começava com um tom escuro de azul nos ombros e descia em degradê passando por cobalto e ciano, até terminar logo abaixo do joelho num brilhante cinza-perolado. Ele me fazia lembrar a lua se levantando sobre o porto de Winter, e quando o tirei do papel de seda que o protegia, pensei no primeiro encontro com Seth, quando ele me levou ao barco para um piquenique ao luar. O único problema era que não podia usar sutiã porque, apesar da parte da frente discreta, o decote nas costas era profundo, aberto quase até a cintura. Mas eu sobreviveria sem ele.

A campainha tocou e desci a escada correndo e descalça para ir abrir a porta.

– Ai, meu Deus... – Seth soltou um gemido ao me ver. – Não faça isso comigo, Anna...

– O quê? – Olhei em volta ansiosa tentando descobrir o que o perturbava tanto.

– Espera que eu me sente e jante enquanto você usa... *isso*? – As mãos geladas tocaram minha cintura. – E... ai, Cristo, sem sutiã... – Os dedos traçaram uma trilha fria por minhas costas.

– Ahhhh! – gritei. – Suas mãos estão geladas!

– Desculpe – ele riu. – Está muito frio lá fora, e ainda não tem chuveiro no barco. Precisei me lavar com uma canequinha.

– Urgh... – Eu me arrepiei e o levei para a sala de estar. – Melhor você do que eu. Mas aqui tem o calor da lareira.

– Se eu me aquecer, vou poder tocar em você?

– Talvez. – Sorri para transformar a resposta em uma piada, apesar do tremor provocado pelas palavras dele.

Apoiei-me à lareira, tentando disfarçar o súbito rubor que tingia meu rosto, e Seth parou ao meu lado, estendendo as mãos para o fogo. Ficamos em silêncio, lado a lado, sem nos tocar, mas muito próximos. Virei para olhar para ele, vi sua pele dourada e corada refletindo as chamas do fogo, o cabelo escuro caindo sobre a testa, os olhos negros. Então, muito devagar, Seth passou a mão em meu rosto.

– Então... melhorou?

– Sim – respondi com voz rouca.

– E aqui? – A mão desceu por meu queixo e pela lateral do pescoço.

– Sim.

– Aqui?

Os dedos tocaram a pele abaixo do pescoço, perto do decote do vestido. Fechei os olhos. O mundo se resumia ao calor do fogo, ao toque lento das mãos de Seth, aos dedos dele... a cama lá em cima com os lençóis limpos...

Alguma coisa caiu no chão com um baque surdo. Nós dois pulamos, e eu abri os olhos.

– O que é isso? – Seth se abaixou para pegar do chão o pequeno pacote embrulhado em papel prateado.

– Ah... – Era quase um esforço lembrar. – Eu... é o meu presente. Para você. Feliz *Valentine's day*.

– Anna! – ele parecia chocado. – Não sabia que íamos trocar presentes. Não trouxe nada... só um cartão.

– Tudo bem. Por isso eu não disse nada, achei que não seria justo. Você acabou de me dar dois presentes de aniversário. Não queria que se sentisse obrigado a comprar outro presente.

– Mas... mas agora me sinto... – Ele estava dividido entre o afeto e a irritação, mas suspirou resignado.

– Abra – eu falei.

Seth começou a remover o papel com as unhas manchadas de graxa. Notei que a fita exigia um esforço extra.

– Quer uma tesoura?

– Não, espere, consegui... ops! – O papel rasgou de repente e o anel pulou de dentro da embalagem, rolando pelo chão. Seth o perseguiu e o deteve com o pé, depois se abaixou para pegá-lo.

– O que é isso? Parece um pedaço de cano... como uns pedaços serrados que eu costumava achar nos bolsos do meu pai.

– É um anel. Gostou?

– Um anel? – Ele examinou curioso o objeto na palma da mão, depois assentiu. – Sim. Gostei. Não sei, não acho anel uma coisa muito masculina, mas este é... muito legal. Adorei.

Ele o colocou no terceiro dedo da mão direita, mesmo dedo em que eu usava o meu anel de cristal do mar, e depois segurou minha mão, entrelaçando os dedos nos meus. E levou minha mão à boca dele. Seus lábios eram quentes e macios, e senti que eles se distendiam num sorriso.

– Seus dedos estão com cheiro de peixe. O que fez para o jantar?

– Ah! – soltei um gemido. – Esfreguei tanto... É a droga do salmão defumado.

– Salmão defumado? Você caprichou!

– Bem, na verdade estamos cozinhando na sala de jantar com um fogareiro, fiquei um pouco limitada. O salmão defumado faz parte do prato principal com o *tagliatelle*. A sobremesa é *mousse* de chocolate. E a entrada... – Levei Seth até o lavabo, onde a entrada esperava dentro de um balde de água do mar. – Aí está!

– Oh! – Seu sorriso tornou-se ainda mais largo. – Anna, você é incrível! Ostras. Minhas preferidas.

Não eram as minhas. Na verdade, estava começando a aprender a tolerar aquelas coisas. Mas Seth adorava, era capaz de comer um balde cheio delas.

– Vai ter que abri-las – avisei.

– Tudo bem. – Ele pegou o balde e o levou para a sala de estar, onde eu havia arrumado os pratos, guardanapos e limão sobre a mesinha de café. – Então... está tentando me deixar no clima? – ele brincou.

– Clima? – Fingi que não entendia. – Para pescar?

– Eu sempre estou no clima para isso.

★

Duas ou três horas mais tarde, o fogo ardia mais baixo na lareira. Eu estava deitada com a cabeça no peito de Seth, sentindo seus dedos brincando preguiçosos com meu cabelo, há muito tempo livre dos grampos. O anel de prata brilhava à luz das chamas.

– Onde aprendeu a cozinhar desse jeito?

Ouvi a voz dele vibrando entre as costelas, um murmúrio profundo, baixo.

– Humm... escola... meu pai... curiosidade natural...

– Estava delicioso.

– Até as ostras?

– Especialmente as ostras. – Seu peito tremeu com uma risada baixa, e a mão afagou meu rosto, descendo pela garganta e pelo ombro. – Gosto de coisas difíceis de abrir. Talvez seja por isso que amo você.

– O que quer dizer? – Levantei a cabeça para olhar para ele, e vi seu rosto sereno e bronzeado iluminado pelo fogo fraco.

– Bem... você é uma pessoa reservada, não é?

Pensei nisso por um instante, surpresa. Nunca me considerei particularmente reservada, mas talvez Seth tivesse razão. Podia contar nos dedos de uma das mãos meus amigos próximos.

– No entanto, você é tão suave, tão terna e adorável...

Ele me puxou para mais perto e eu fechei os olhos. Senti os lábios em minha testa e nas pálpebras fechadas.

– É uma pena que tantas pessoas sofram intoxicação alimentar por causa de ostras – comentei com uma risada trêmula.

– Não se forem cuidadosas – ele falou baixinho, os lábios roçando minhas faces, o queixo, a curva do ombro...

– Nunca se sabe o que tem lá dentro...

– Pode ser uma pérola.

Ficamos assim, completamente quietos por... não sei quanto tempo. Meus olhos estavam fechados, mas eu sentia sua respiração morna e doce no pescoço, o calor dos lábios roçando de leve minha pele. A sala estava em silêncio, exceto pelos sons de nossa respiração ofegante e do crepitar do fogo manso. Meu coração batia tão forte que doía no meu peito. Era essa a sensação de morrer com um coração partido – não por abandono, mas por amar tanto que a força desse sentimento destroça o coração?

– Amo você – eu disse, e senti minha voz tremer com a impossibilidade de expressar o quanto eu o amava, com um amor puro, completo e íntegro. Como duas palavras curtas podiam resumir toda a gloriosa agonia de estar com ele?

– Também amo você – ele respondeu, e segurou a barra do meu vestido. – Tudo bem?

Eu não conseguia falar, não conseguia encontrar as palavras. Só assenti. Ele levantou o vestido lentamente e pouco depois o deixou no chão diante da lareira. Seth me abraçou e afundou o rosto nos meus cabelos com um gemido estranho, sufocado, um som que podia expressar qualquer coisa – amor, desejo, até dor. Colei o corpo ao dele e tudo o que consegui pensar foi, por favor, Deus, estou vazia. Que o que eu fiz seja suficiente. Se eu conseguir passar por isso sem machucá-lo e sem pôr fogo na casa...

Meus dedos começaram a abrir lentamente os botões da camisa dele, desajeitados, um a um, até finalmente jogá-la perto do vestido. Agora estávamos abraçados, pele contra pele, a minha branca como leite, a dele bronzeada mesmo no auge do inverno. A luz do fogo brilhava em seu tronco e eu o encarei cheia de amor, triunfante, finalmente sem medo.

– Espere. – Seth segurou minha mão quando toquei a fivela de seu cinto.

– O que é?

– Tem uma coisa... preciso perguntar...

Recuei um pouco quando ele sentou e passou a mão na cabeça.

– Preciso ouvir você dizer.

– O quê? Qualquer coisa, você sabe...

– Aquela noite... – Seus olhos escuros examinavam os meus. – Quando perguntei se você tinha certeza do meu amor. Você... hesitou.

Ai, Deus. Isso não.

– E eu preciso saber. Você acredita, acredita *mesmo* no meu amor? Superou toda aquela bobagem de feitiço, certo?

Meu coração começou a bater depressa outra vez e pus a mão sobre o peito, tentando amenizar a dor.

– Seth...

– Isso é tudo o que eu quero saber. Só me prometa... que acredita em mim. Você acredita?

– Seth... – repeti, e parei para escolher as palavras.

– Anna?

Mas eu não conseguia falar.

Era terrível ver o rosto dele, antes terno e vulnerável, se tornar duro e frio, como ver um lago congelar no verão. E ele percebeu minha dificuldade para prometer, viu que eu queria, mas que as palavras não vinham, que eu não conseguia dar forma à mentira que pretendia pronunciar. Todo o afeto desapareceu dos seus olhos, deixando apenas uma raiva vazia.

Ele se levantou e começou a vestir a camisa, abotoando-a sem nenhum cuidado, balançando a cabeça com amarga incredulidade. A imagem rompeu minha paralisia e eu me levantei, agarrando-me a ele com mãos trêmulas.

– Seth, por favor, não faça isso.

– Não acredito; não consigo acreditar – ele disse, ainda balançando a cabeça.

– Por favor, não seja assim, não estrague...

– *Eu* vou estragar?

– Eu sei. – Peguei o vestido e o apertei contra o peito como um escudo. – Eu sei que sou eu; a culpa é minha, mas, por favor...

– Estava disposta a fazer tudo *isso*... – ele mostrou o lugar onde antes estavam as roupas que despimos – e o tempo todo...

– Sinto muito – choraminguei.

– Eu também sinto. – Ele pegou os sapatos com uma das mãos e me empurrou com a outra, não com agressividade, mas também sem gentileza. Tropecei, caí de joelhos e apertei o vestido entre as mãos para sufocar meu choro.

Seth se virou quando chegou à porta, e seu rosto era horrível. Lágrimas escorriam pela face, mas ele nem parecia notar.

– Adeus – ele falou.

Alguma coisa no tom conclusivo me congelou por dentro.

– Como assim?

– Sinto muito, Anna. É isso. Não dá mais. Não posso enfrentar essa situação de novo, e de novo. Não consigo.

– Não... por favor, não, Seth... Não vá...

– Sinto muito – ele repetiu. – Estou indo embora, e é para sempre. Não me procure.

– Seth! – gritei. Mas ele só balançou a cabeça e foi embora.

Antes de sair, ainda parou um instante de cabeça baixa, sem se virar, como se não suportasse ver meu rosto.

– Foi tudo uma mentira? – Seth perguntou, e sua voz tremeu na última palavra.

Balancei a cabeça, completamente incapaz de falar, e ele se foi.

Seth foi embora, e eu fiquei com a sensação de que havia um anzol enganchado em minhas entranhas. Ele segurava a linha, e a cada passo que dava me rasgava um pouco mais por dentro, passo a passo. Eu não conseguia dizer nada, só ficar ali parada, tomada por uma dor que me impedia de falar, sentindo parte da minha alma ser arrancada de mim.

Finalmente, quando a sombra dele se fundiu à escuridão da floresta, eu recuperei a voz.

– Não! – gritei para o escuro. – Não!

Mas era tarde demais.

CAPÍTULO DEZENOVE

Fiquei ali por muito tempo, deitada, encolhida na frente do fogo fraco. O frio aumentava, intensificou até eu começar a tremer, e percebi que, se continuasse ali, provavelmente teria uma hipotermia antes do amanhecer.

A jaqueta de Seth ainda estava sobre o tapete, onde ele havia deixado. Pus o vestido de volta, depois me agasalhei com a jaqueta dele. Tentei ficar em pé, mas estava com tanto frio que tinha cãibras, e minhas pernas cederam sob o peso do corpo. Finalmente, com grande dificuldade, subi a escada e me encolhi na cama, ainda enrolada na jaqueta de Seth. Puxei as cobertas sobre mim e chorei no travesseiro, soluços profundos e doloridos que teriam acordado meu pai, se ele estivesse em casa. Mas ele não estava. Eu estava sozinha. Puxei os joelhos contra o peito, tentando em vão fechar o enorme buraco que Seth abriu quando foi embora, mas nada funcionava. Cada pensamento, cada lembrança era uma agonia.

O que eu poderia ter dito para impedi-lo de ir? *Podia ter mentido,* meu coração respondeu amargurado. *Devia ter menti-*

do. Passei tanto tempo tentando afastá-lo de mim, e agora ele estava longe. Consegui o que queria... mas a que preço!

Queria me sentir entorpecida. Queria nunca mais sentir nada. Qualquer coisa seria melhor que esse sentimento de ter o coração, as entranhas e a alma arrancados pelo buraco aberto em meu peito.

A escuridão me cercava, me cutucava, me tocava, sussurrava acusações amargas em meu ouvido até eu gritar para silenciá-las.

Óleo e água... óleo e água... óleo e água...

★

Em algum momento, não sei quanto tempo depois, caí num sono leve, cheio de sonhos estranhos nos quais revi a briga muitas vezes, dizendo todas as coisas que devia ter dito, podia ter dito. Nesses sonhos eu corria e corria pela Casa Wicker com Seth sempre alguns passos na minha frente, sempre fora do alcance dos meus braços. Ouvia seus passos logo adiante, os estalos dos gravetos e galhos, o ruído da minha respiração enquanto eu corria, sentindo os galhos enroscando em meu cabelo e rasgando minha roupa, mas sempre incapaz de alcançá-lo. O último sonho foi o pior. Aquele em que Seth não me deixava e estava comigo na cama, me abraçando, sua respiração quente e úmida em meu rosto. O abraço era apertado, tanto que chegava a ser doloroso, e eu acordei assustada.

Não era sonho. Era real. Havia braços em torno do meu corpo, mas não os de Seth. A pessoa que se debruçava sobre a cama e prendia meus braços ao lado do corpo cheirava a suor, tabaco e cerveja. Enquanto me debatia tentando escapar, um raio de luar entrou no quarto e vi que o invasor estava vestido de preto, com um capuz da mesma cor escondendo a cabeça. Seus olhos eram brilhantes nas frestas da máscara.

Abri a boca para gritar, mas um capuz envolveu minha cabeça. Mãos violentas empurravam o tecido para dentro da minha boca aberta, e eu engasguei e senti o gosto de bile subindo pela garganta. Mal conseguia respirar, o tecido me sufocava, e eu inspirava com desespero pelo nariz.

Alguém estava fazendo alguma coisa com meus pulsos, e com esforço eu libertei as mãos, agarrando com as unhas os fios que envolviam meu pescoço, tentando desesperadamente respirar, enxergar o que acontecia. Eles seguraram minhas mãos e as amarraram, e fui posta com o rosto para baixo sobre minha própria cama, ainda resistindo, mas me afogando em medo e suor. Não conseguia me mexer, não conseguia respirar, não conseguia... *Você pode fazer feitiços, sua bruxa estúpida!* A voz dentro da minha cabeça era um grito de pânico.

Reuni todo o meu poder para causar uma grande explosão, e uma voz gritou:

– Ei! Ela está fazendo um feitiço! Impeçam-na! Depressa!

Senti uma dor intensa, uma espécie de queimadura na coxa, e tudo começou a ficar mais lento. Era uma sensação de pesadelo – todos no quarto se moviam em velocidade normal, mas eu estava atolada em piche, com as pernas pesadas e moles, a mente completamente incapaz de processar... processar... pensar...

Senti a cabeça cair para o lado. Ouvi um ruído rápido, deslizante, e um estalo ensurdecedor. Meu crânio se chocou com as tábuas do chão. Mergulhei no breu.

★

Acordei na escuridão com a cabeça latejando. Estava dura, com frio, mas o pior era aquela sede insuportável. Qualquer movimento era doloroso. Quando tentei me mexer, a dor desenhou pontinhos brilhantes no meu campo de visão. Mas não conseguia ficar ali parada, esperando que eles fossem me procurar.

Ignorando as pontadas de dor, tentei mover as mãos. Ainda estavam amarradas, mas só com corda, e havia espaço para movimentá-las. Meus pés estavam livres... Não, espere, havia alguma coisa em um tornozelo. Uma corrente, mas era comprida. Já era alguma coisa. Eu podia chutar, apesar dos *flashes* vermelhos de agonia que cortavam a escuridão cada vez que tentava.

Com cuidado, tentei levar as mãos ao rosto. Pelo contato frio da pedra na minha bochecha, descobri que o capuz havia sido removido, mas tinha alguma coisa errada. Alguma coisa na boca, no rosto. Alguma coisa dura e fria perfurando minha pele. Meus dedos tocaram metal.

Por um segundo fiquei intrigada, depois, deslizando as mãos, compreendi o que era. Uma onda de medo e repulsa ameaçou me dominar, mas a raiva venceu. Agarrei e puxei aquela coisa, tentando tirá-la de mim. Qualquer movimento era uma tortura, a dor vinha em fragmentos vermelhos e pretos dilacerando minha cabeça, mas rangi os dentes e continuei.

Só depois de uma longa e agoniante eternidade eu deixei as mãos caírem. Fiquei tremendo no chão, esperando a dor e as luzes ofuscantes perderem força.

Aquela coisa era uma rédea – um freio de bruxa. Eu vi um no Museu Winter, um objeto horrível e enferrujado de indescritível misoginia e ódio. *Usado para silenciar uma esposa impertinente ou castigar mulheres suspeitas de bruxaria*, explicava a plaquinha empoeirada. A relíquia do passado me causou um arrepio naquela visita ao museu, e tentei imaginar a dor e a fúria das mulheres obrigadas a usar aquele aparato.

Agora eu usava um deles. Tiras de metal envolviam minha cabeça, forçando uma placa de aço entre os dentes, empurrando a língua para baixo de um jeito que eu quase nem conseguia engolir, muito menos falar ou pedir ajuda. Emiti o único som possível, um urro de fúria que ecoou pela pequena prisão.

Ninguém apareceu. Ninguém respondeu. Eu estava sozinha na escuridão, sentindo dor, frio e sede. Envolvi meu corpo com os braços, tentando apertar as roupas contra o corpo e diminuir o frio e descobri que ainda vestia a jaqueta de Seth. Afundei o rosto na gola, sentindo seu cheiro familiar até pensar que meu coração ia se partir, e minhas lágrimas correram por cima do metal do freio, molhando meu cabelo.

★

Devo ter dormido porque, quando acordei, havia uma fresta de luz brotando de uma grade na parede, e consegui ver uma taça no chão. Água. Água, pelo menos.

Fiquei de joelhos e me arrastei pelo chão de pedra até a taça, puxando a corrente atrás de mim. Estava quase alcançando, a corrente esticada começando a apertar meu tornozelo, e eu peguei a taça com cuidado entre as duas mãos e bebi tudo o que havia nela, tentando engolir dolorosamente, apesar do ferro dentro da boca. Metade do líquido escorreu pelo metal e molhou meu peito, mas foi a melhor coisa que já bebi, e por um momento a gratidão foi maior do que a preocupação. Eles não pretendiam me matar de sede, pelo menos.

Foi o gosto estranho na boca que me alertou; um estranho sabor amargo. Não era desagradável, mas o que havia na taça não era água pura. Quando minha cabeça começou a rodar, apoiei as duas mãos no chão para me equilibrar. Mas era tarde demais. A substância estava fazendo efeito. Só tive tempo de olhar para cima e ver um rosto espiando pela grade, um rosto mascarado e grotesco rindo triunfante, depois a bebida fez efeito e caí no chão novamente.

★

No dia seguinte e no outro, no outro, tudo continuou igual. Eles esperavam até eu sentir sede demais para resistir e então me ofereciam a água drogada. Às vezes era uma dose para derrubar, uma proporção para me fazer apagar. Outras vezes era só o suficiente para me deixar desorientada e confusa, e então eles empurravam comida pela grade e desapareciam. Eu tentava resistir, ficava mais fraca à medida que a sede crescia, sentia os lábios racharem e a garganta arder... E logo, pateticamente depressa, cedia e bebia a água.

Não imaginava o que havia na bebida nem na comida, mas sabia qual era o efeito. A substância agia diretamente sobre minha magia, me mantinha em um estado semiconsciente de pesadelo em que eu não conseguia me concentrar o bastante para fazer um feitiço. O freio de bruxa devia ter o mesmo propósito, porque me impedia de dizer as palavras de poder ou invocar espíritos e demônios que pudessem me ajudar.

No terceiro dia – ou quarto, quinto, sexto – aguentei um tempo particularmente longo, rangendo os dentes e me negando a beber, até finalmente cair num torpor exausto. Quando acordei, havia alguém na sala. Mãos abriram minha boca e despejaram o líquido em minha garganta. Engasguei e tentei vomitar o líquido, mas era tarde demais. Senti a letargia me dominando... Mas, antes de apagar, tive força suficiente para levantar cambaleando e atacar com todo o meu poder.

A eletricidade estalou dentro da sala e o homem encapuzado gritou de dor, recuando enquanto segurava o braço e resmungava palavrões.

– Vadia! – ele berrou. – Socorro! A bruxa me deu um choque!

Silhuetas se aproximaram correndo, enchendo a sala, e eu caí de joelhos. O homem encapuzado chutou minhas costelas e eu caí, ouvindo o barulho do freio se chocando contra o chão.

– Trouxe a seringa – avisou arfante um dos recém-chegados.

– Um pouco tarde demais – respondeu irritado o homem encapuzado. – Ela já está apagando.

Minha cabeça pendia e a sala rodava, a nitidez da minha visão ia e voltava, mas consegui identificar o sotaque local em meio ao rugir nos meus ouvidos. Esses homens eram de Winter, Brighthaven, talvez Easthead. Não muito mais longe. Falavam como os vendedores do mercado, como os pescadores que conversavam aos gritos no píer. Pela porta aberta entrava o ar com cheiro de mar.

– Por que estão fazendo isso? – tentei perguntar, tossindo as palavras com esforço doloroso, apesar do freio. A silhueta vestida de preto balançou a cabeça.

– Cale a boca, bruxa. Logo vai poder falar no julgamento.

O julgamento... Fechei os olhos, e ele deu um último chute em minhas costas antes de sair.

★

Naquela noite oscilei entre a vigília e os pesadelos, e tentei desesperadamente reunir magia suficiente para me soltar. Havia sido burrice desperdiçar poder com aquele choque no guarda. Estava fraca demais para provocar algum dano real. Mas como escapar?

O quarto onde eu estava era pequeno, construído com pedras grossas e fedia como um chiqueiro. Talvez tivesse sido um chiqueiro no passado. A porta era de madeira grossa e eu não conseguia alcançá-la; meu pé estava acorrentado à parede mais afastada e a corrente era curta demais para me deixar chegar à porta. Mas o teto... O teto era o ponto fraco. Era feito de telhas colocadas aleatoriamente, umas sobre as outras, com frestas e rachaduras que deixavam passar a luz do dia e a chuva. Eu não acreditava que conseguiria provocar uma explosão que me tirasse dali, mas talvez, se conseguisse lutar contra o torpor por tempo suficiente, pudesse criar um feitiço de transformação. Bruxas podiam se transformar em animais e aves – vi os Ealdwitan se transformando. Não sabia se podia fazer a mesma coisa, ou se, caso conseguisse me transformar, seria capaz de voltar à minha forma natural. Mas era minha melhor chance – transformar-me em alguma coisa pequena o bastante para me libertar da corrente e passar por entre as telhas para ganhar a liberdade. Não tinha escolha. Era isso ou ficar ali deitada esperando o "julgamento" – e não tinha ilusões sobre qual seria o resultado.

Deitada, percebi que ouvia um gotejar como de água sobre pedra e me arrastei pelo chão em direção ao ruído. Ele vinha do canto da cela e, quando cheguei lá, descobri que as pedras eram escorregadias e úmidas ao toque. Um fino fio de água escorria pela parede. Tentei aproximar a boca da água corrente, mas o freio impedia. Era tão frustrante! Sentia a água a poucos centímetros dos lábios e não podia tocá-la.

Fiquei parada por um momento, tentando pensar, e então me sentei, tateando as paredes procurando alguma coisa afiada, um gancho, uma saliência qualquer de pedra ou metal. Meus dedos tocaram alguma coisa serrilhada – metal enferrujado, parecia – e eu enrosquei a barra do vestido nessa saliência, depois puxei e deslizei o vestido até rasgar um pedaço de tecido.

Rastejei de volta para perto da água e enfiei o pano entre as fendas na pedra, e esperei até ficar molhado. Então chupei o tecido. A água era horrível, com um gosto amargo e cheia de lodo e lama. Mas era água. E não continha nenhuma droga.

Quando sugava o vestido até extrair dele todo o líquido, eu o enfiava de novo na fresta até ensopá-lo novamente, e chupava a água outra vez, e repetia todo o procedimento, e de novo, até minha sede ser um pouco menor.

Então tentei novamente criar um feitiço. Não havia quase nada ali, eu sentia. Quando meus músculos ficavam fracos e flácidos, sem força para chutar e lutar, sentia que não havia magia dentro de mim, nada que eu pudesse usar para resistir. Finalmente, recorrendo até a última fibra de mim, consegui conjurar uma luz de bruxa, uma coisinha patética, na verdade. Uma luz muito fraca que queimava baixa no piso de pedra, e eu olhei para cima e em volta, vendo as paredes cobertas de musgo e o chão manchado.

A imagem era tão deprimente que deixei a luz apagar e fiquei deitada no escuro, perguntando-me quanto tempo estava ali e se algum dia veria minha casa outra vez.

Emmaline estava certa. O Malleus finalmente me pegou, como havia prometido que faria. E eu fui muito estúpida, muito orgulhosa, muito arrogante para tentar me proteger. Lembrei o que havia dito a Emmaline: *São só apartados, certo?* A lembrança me fez querer cortar minha própria língua. Anna burra. Anna estúpida, vaidosa, ignorante. Eu os subestimei, exatamente como Emmaline havia tentado me prevenir. E agora?

Ninguém sentiria minha falta por uma semana, pelo menos, talvez mais. Meu pai achava que eu estava com minha avó. Emmaline e Abe também pensavam a mesma coisa. Minha avó esperaria minha chegada... e depois? Telefonaria para casa, supus. Mas meu pai não estava lá. Ela não tinha o número do celular dele. Não sabia onde ele estava. E de qualquer maneira, ela provavelmente deduziria que mudei de ideia.

E o pior de tudo, Seth... meu coração parou por um segundo quando pensei em Seth. O que ele ia pensar? Talvez já tivesse deixado Winter e nem saberia. Ele se importava?

Deixei a cabeça cair no chão de pedra e chorei.

★

Quando acordei, algum tempo mais tarde, o carcereiro havia estado ali, como sempre, e deixado mais água, pão e um queijo duro. Havia uma fresta de luz passando pela grade e eu tateei procurando o cálice, fingindo beber tudo o que havia nele com a mesma voracidade de antes, mas deixei mais que o habitual escorrer para fora da boca. O quarto ficou turvo e começou a desaparecer, e eu caí no chão, ouvindo, como se viesse de muito longe, o barulho do freio batendo nas pedras do chão. Mas não fiquei completamente inconsciente, não com a rapidez habitual. Deitada no chão, entre acordada e adormecida, ouvi vozes estranhamente distorcidas do lado de fora, e as reconheci como humanas.

– Em quanto tempo acha que vai acontecer o julgamento?

– Não vai ser agora. Ela ainda tem muita força para resistir, a vadia. Não queremos que ela tente de novo aquela coisa com eletricidade. – A voz era amarga, e pensei que devia ser o guarda que eu havia atingido. – Mas logo. Dois dias, talvez?

– E já arrumaram todas as testemunhas?

– Sim. Os garotos a identificaram, disseram que era ela no beco.

– E a outra menina, a que a delatou? Está preparada?

– Ah, sim, está. Mais que preparada. Ela espera por justiça há *muito* tempo.

Havia uma risada sombria na voz dele, e eu me arrepiei. A primeira voz falou firme:

– Viu aquilo? Ela se moveu?

Houve um silêncio intenso, e mesmo com os olhos fechados senti que eles olhavam para mim. Fiquei quieta e tentei conter até a respiração.

– Você está imaginando coisas – disse, por fim, o segundo homem. Havia algo de familiar na voz dele, e me esforcei para tentar lembrar onde a ouvi antes, mas meu cérebro entorpecido se negava a cooperar. Ele trazia à mente rostos impossíveis. Garotos da escola. Bran. Seth. Lágrimas escaparam dos meus olhos fechados.

Os homens ainda me observavam, e depois de um tempo a mesma voz soou novamente.

– Não, ela pode ser uma bruxa, mas teria que ser um rinoceronte para resistir a essa dose. Teria derrubado alguém com o dobro do tamanho dela.

– Ela é bem pequena, não é? Não parece ser capaz de machucar alguém.

– Não seja mole. Ela mandou dois caras para o hospital, e eles podiam estar mortos. O outro garoto corre atrás dela como um cachorro na coleira, e ela causou mais estrago em

Winter do que o equivalente a um ano de desastres. Tempestades, acidentes, inundações... tudo ela.

– E é tão jovem...

– Tão diabólica, você quer dizer.

– Argh, que nojo. – A voz endureceu. – Deitada lá como manteiga que não derrete.

– Diabólica, como ela, em trajes de inocência. Esse é o tipo mais perigoso.

– Não entendo por que não pudemos ir atrás da outra... a outra garota.

Prendi a respiração. Não... Emmaline? Por favor, Deus, que eu não tenha arrastado Emmaline comigo...

– Conhece as regras – respondeu a segunda voz. – Eles nos deixam em paz, nós os deixamos em paz. Mas se atravessarem a linha...

– Sim. Jogo limpo – concordou o primeiro homem. E a voz dele soou mais baixa. – Eu a ouvi... Você sabe, ela chorou. E o livro diz que elas não choram.

– Estava fingindo – a segunda voz praticamente rosnou. – Elas fazem tudo para despertar compaixão. Provavelmente, essa garota nunca se deparou com uma situação da qual não pudesse escapar. Como diz o livro? *Se é uma bruxa, não pode chorar; mas ela vai assumir uma aparência chorosa e molhar face e olhos com saliva para parecer que está chorando, e por isso deve ser observada com atenção pelos vigilantes.*

– Bem, estamos observando. – Ele bateu na grade e quase me fez pular de susto, mas fiquei imóvel e mordi com força o freio na boca. Ouviu isso, bruxa? Ouviu? Estamos de olho!

Escutei as risadas, depois um barulho de alguma coisa sendo arrastada, e eles cobriram a grade e me deixaram na escuridão.

★

Acordei com sede e confusa algumas horas mais tarde, e por um momento fiquei ali quieta. Estava fedendo. Literalmente fedendo. Fazia dias que estava deitada no chão úmido, com as mesmas roupas, e elas estavam impregnadas com o odor do medo, de suor e sangue, e de coisa pior. Eles haviam deixado no canto da cela um balde que às vezes era esvaziado, mas eu odiava pensar no que acontecia durante os longos períodos de inconsciência.

Minha cabeça coçava; a pele embaixo do freio, também. Sentia dor nos lugares onde o metal esfolava a pele. Mas o pior de tudo eram meus lábios: secos, rachados e sangrando. No fim, aquela sensação me forçou a ficar de joelhos e rastejar pela cela até o fio de água corrente.

A água fria me ajudou a superar parte do contínuo torpor das drogas e, depois de beber o suficiente, fiquei sentada e reuni minha magia em torno de mim como um cobertor quente, tentando pensar. Precisava me transformar, assumir uma forma que passasse pelo teto. Os espaços eram pequenos e não havia nada que eu pudesse usar como escada. Portanto, tinha que ser alguma coisa que pudesse voar. Mas não um corvo, um corvo nunca passaria pelas brechas. Pensei nas andorinhas entrando e saindo de seus ninhos apertados embaixo do beiral do telhado da Casa Wicker e senti um nó na garganta. Pai... ah, pai... Mas afastei o pensamento. Lágrimas não me ajudariam em nada. Eu precisava ser forte, prática.

Fechei os olhos e imaginei as andorinhas, pequenas e ágeis, voando pelo entardecer com sua alegre exuberância. De repente, alguma coisa formigou nos meus pulsos, no rosto... Ergui os dedos e senti penas começando a brotar na pele. Mas, com a mesma rapidez, elas desapareceram. Meu coração batia triunfante. Era um começo.

Estava reunindo forças para mais uma tentativa, quando ouvi vozes se aproximando pelo corredor e deitei depressa, fingindo dormir.

– Amanhã. É esse o plano?

– Exatamente. As testemunhas chegam quando escurecer.

– E é seguro levá-la daqui?

– O quê, a bruxa? O Inquisidor afirma que sim. Ela não tem mais muita força, mas vamos manter uma seringa à mão, caso ela tente algum truque. *Toda malícia é pouca comparada à malícia de uma mulher*, como diz o livro.

– Qual será a sentença, você tem alguma ideia?

– Bem, acho que vamos queimá-la. Incêndio doméstico, provavelmente, para não deixar provas. A casa dela fica no meio do nada, não vai ser difícil arranjar tudo.

Continuei deitada, formigando de medo. Amanhã. Eles poriam o plano em prática amanhã. Isso significava que teria que me transformar hoje à noite. Eu seria capaz? Meu poder retornava, mas *hoje à noite*? E seria uma grande transformação. E se eu tivesse poder suficiente para me transformar, mas não para voltar à minha forma verdadeira? Mas eu precisava tentar. Era minha única chance.

Meus pensamentos foram interrompidos pelo som de passos do lado de fora e uma voz forte, alarmada.

– Quem é?

– Sou eu – respondeu uma terceira voz, essa mais segura, entrecortada, com um traço muito sutil de sotaque local; uma voz que eu nunca tinha ouvido antes.

– Inquisidor! – Houve uma breve comoção, como se eles se perfilassem e endireitassem as costas. – Alguma notícia?

– Ocorrência inesperada. Temos outra testemunha. Um rapaz. Ele quer depor.

– Ah, é? – Havia surpresa na voz do primeiro homem. – Ele? Isso não consta nos livros.

– É verdade. Com a evidência de Waters... bem! Digo apenas que devem manter suas tochas acesas, rapaz. Vão precisar delas amanhã.

Eles se afastaram pelo corredor, ainda conversando, mas eu fiquei quieta, pressionando a boca com as mãos para sufocar meu choro. Se estivesse sozinha, teria gritado.

Seth se voltou contra mim. Nada mais importava.

CAPÍTULO VINTE

Acordei sobressaltada, suando e tremendo. O guarda estava dentro da cela, em pé ao meu lado com as pernas afastadas. Seu rosto estava coberto por um capuz preto e ele segurava alguma coisa – uma espécie de vareta de mais ou menos trinta centímetros de comprimento. Era amarela, e se eu não estivesse com tanto medo, teria rido, pois parecia um garfo de tostar. Mas não havia graça nenhuma em sua atitude ou em como ele apontava a vareta para mim.

– Você – disse o guarda. – Em pé.

Sua voz era familiar, irritantemente familiar. Por que eu não conseguia identificá-la?

– Conheço você – falei, e as palavras soaram estranhas passando pelo freio de metal. – Conheço... mas quem é você? Por que está fazendo isso comigo? Por favor...

– Quieta – o guarda rosnou. E empurrou a extremidade da vareta contra minha perna nua.

A dor que me invadiu pulsava da perna para o resto do corpo como se eu tivesse sido perfurada com uma faca em brasa. Inclinei as costas e gritei, ouvindo o barulho reverberar pela cela pequena, ecoando de um lado e do outro dos longos túneis lá fora. Então, também de repente, a dor parou e eu caí, arfando e ofegando, soluçando com a respiração presa na garganta.

– Agora sabe o que é isto? – Ele me mostrou o instrumento outra vez, eu me encolhi e consegui assentir, apesar da dor.

– Exatamente. Um ferro de marcar gado. Alta voltagem, baixa corrente. Máxima dor com mínimo dano. Agora, vou dizer como pretendo usar isto aqui. Se tentar algum encantamento, vai ser marcada. Tente correr e leva um choque. Se falar, exceto para responder às perguntas, vai levar um choque. Se eu não gostar de alguma coisa em sua atitude, choque. Entendeu?

Abri a boca para dizer que sim, mas mudei de ideia e assenti. Quando o homem falou novamente, tive a impressão de que ele sorria embaixo do capuz.

– Muito bem. – Ele me chutou com a bota, e eu me encolhi de novo. – Agora, levante-se. Vamos ao seu julgamento.

De repente eu soube. Soube onde havia escutado aquela voz antes. Era o homem do píer. Greg. O que havia censurado Seth por causa da corda solta. O que havia começado uma briga com um garoto que tinha metade da sua idade e guardava ressentimentos desde então.

Mas antes que eu pudesse pensar no que fazer, no que dizer, a porta da cela se abriu e dois homens entraram, ambos encapuzados. Nas mãos eles traziam correntes e algemas.

– Desamarre as cordas – instruiu o Marcador de Gado. Enquanto ele segurava aquele instrumento como se fosse uma arma, era difícil pensar em outra identidade. O menor dos dois recém-chegados se adiantou empunhando uma faca. Ele cortou as amarras e, por um momento glorioso, minhas mãos ficaram livres da corda pesada e irritante, e consegui coçar e mover meus dedos. Mas depois, muito depressa, o outro homem agarrou meus braços e os puxou para trás. Senti as argolas de metal envolvendo meus pulsos e ouvi o ruído de uma corrente. Greg – o Marcador de Gado – puxou a corrente, fazendo-me cambalear e quase cair, e o homenzinho sufocou uma risada com a mão.

Eles abriram a argola de metal em meu tornozelo. O outro homem se aproximou segurando um capuz sem frestas para os olhos.

– Não – falei involuntariamente, mas Greg se aproximou com um gesto ameaçador. O saco cobriu minha cabeça, e tudo ficou escuro.

– Vamos – ele disse com tom brusco. – A Inquisição está esperando.

Ele puxou a corrente, e eu comecei a andar com passos trôpegos, saí da cela para o ar frio da noite.

★

Não sei que distância percorremos. Tinha a impressão de que andamos muito. Eu estava descalça, tropeçando nas pedras do calçamento e pisava em poças de água. Sentia o cheiro do mar, um cheiro dolorosamente familiar que fazia meu estômago se contorcer, e sentia areia embaixo dos pés. Uma porta se abriu, alguém puxou a corrente com violência, machucando meus pulsos, e quase caí dentro de uma sala.

Depois da monotonia escura do chiqueiro, os cheiros, sons e sensações eram como um ataque. A sala era morna, quente, na verdade. Além do mau cheiro do meu corpo, eu sentia o odor de suor de homens que trabalhavam duro, fumaça de madeira queimada, poeira... e petróleo. O crepitar do fogo soou à minha direita, as chamas me aqueciam desse lado e espalhavam centelhas alaranjadas que eu conseguia ver através do tecido grosseiro do capuz.

Houve uma breve agitação quando entrei, respirações interrompidas, grunhidos baixos. Depois, mãos ásperas me conduziram pelo chão de pedra e por um degrau de madeira, uma porta bateu, escutei o barulho das correntes sendo passadas em volta de alguma coisa e o ruído de um cadeado sendo fechado.

– A garota está presa, Inquisidor – disse um guarda em tom formal, respeitoso.

– Muito bom. – A voz era fria, seca, a mesma que reconheci quando foram me buscar na cela. – Vamos começar o julgamento. – Houve um farfalhar de papéis e ele falou novamente, agora formal, como se lesse um roteiro. – Homens do júri, estamos aqui hoje para julgar a culpa ou inocência da garota que veem aqui, Anna Winterson. Juram solenemente julgá-la com base nas evidências que aqui verão hoje e dar um veredito real e fiel perante Deus?

A resposta soou à minha direita.

– A ré deve dizer seu nome à corte.

Por um momento eu não disse nada, e o juiz repetiu impaciente.

– Você é Anna Winterson da Casa Wicker, em Winter? Sim ou não?

Por um breve momento de loucura tentei imaginar o que aconteceria se eu dissesse não, se afirmasse ser outra pessoa, uma espectadora inocente. Mas a sanidade retornou. A pior coisa que podia fazer ali era mentir de maneira tão óbvia. Minha única chance era convencê-los de que eu dizia a verdade quando afirmava ser inocente – talvez não inocente da acusação de bruxaria, mas da intenção de causar qualquer dano.

– Sim – respondi com voz grossa, tentando falar com o freio na boca.

– Está aqui para responder pelas seguintes acusações: uso de magia negra para invocar tempestades, causando prejuízo ao vilarejo de Winter e seus vizinhos; uso de magia negra contra dois rapazes, Samuel Evans e Roger Flint, com a intenção de matá-los; enfeitiçar Seth Waters, com a intenção de fazê-lo se afastar dos amigos e amá-la contra sua vontade; atear fogo a uma rival, alguém chamada Zoe Eldwick, por ciúme; usar magia negra para invocar demônios do mal para ajudá-la a atender aos seus comandos. Como se declara, inocente ou culpada?

Engoli em seco. Crimes acumulados dessa maneira faziam tudo soar horrível. Minha cabeça girava e o freio machucava minha boca. Mas rangi os dentes e me apoiei ao corrimão de madeira na minha frente.

– Inocente.

– Inocente de todas as acusações?

– Sim.

– Que a declaração da menina não seja considerada – o Inquisidor decretou irônico. Depois olhou para mim. – Lembre, se confessar a culpa agora, sua sentença pode ser mais branda. Não vai escapar da morte, mas podemos torná-la menos dolorosa, entorpecê-la até a inconsciência antes de incendiar a casa. Se persistir em suas mentiras e for condenada, sua morte será lenta e dolorosa. Vamos acorrentar você e deixar queimar. Esta é sua última chance de mudar a declaração.

– Não – respondi. Mas minha voz tremia.

Houve um murmúrio e o Inquisidor bateu alguma coisa – um martelo, pelo som.

– Silêncio! – ele berrou, e todos se calaram. – Que entre a primeira testemunha.

Escutei o som de passos quando alguém entrou na sala e dirigiu-se ao outro lado. Meu coração batia tão forte no peito que eu mal conseguia engolir, e a bile se acumulou em minha garganta. Eu ia vomitar.

Mas meu corpo percebeu antes por que eu estava tão aterrorizada e reagiu aliviado quando ouvi a voz que fazia o juramento. Meus joelhos enfraqueceram e eu me agarrei ao corrimão de madeira para não cair. Não era Seth. Não era Seth. Não precisava enfrentar o pior, ainda não.

– ... toda a verdade e nada mais que a verdade, que Deus me ajude.

– Muito bem. Diga seu nome.

– Samuel James Evans, Inquisidor.

– Relate o que aconteceu no dia vinte e um de dezembro do ano passado.

– Bem, senhor, meu primo Rog e eu voltávamos do *pub* para casa...

– Que horas eram?

– Mais ou menos onze horas, senhor. E erramos o caminho, entramos em um beco sem saída. Eles estavam nos esperando.

– Quem?

– A bruxa e um homem. Jovem, cabelos escuros.

– Você os reconheceu?

– Não, senhor, não no começo. Mas depois perguntamos pelas ruas, Rog e eu, e descobrimos quem eram eles.

– Como os descreveria?

– Bem, ele tem mais ou menos 1,80 m e não é do tipo grandalhão, mas é forte. Tem a minha idade, talvez um pouco mais. Dezenove, vinte anos. Cabelo escuro, pele bronzeada. Como se passasse muito tempo ao ar livre. Mas foi a cicatriz que chamou minha atenção.

– Que cicatriz era essa?

– No pulso, como uma queimadura. Quando Rog perguntou pela cidade, alguém disse conhecer um cara em Winter que tinha uma cicatriz como essa. Seth Waters.

– E a menina?

– A bruxa, senhor? Bem, ela é menor. Bem pequena, na verdade. Tive a impressão de que era possível quebrar aquele pulso com uma das mãos. Cabelo escuro, enrolado. E olhos azul-escuros.

– Nenhum traço distintivo?

– Não, senhor, mas eu a reconheceria, se a visse. – Sua voz era ameaçadora. – Ela quase me matou, eu não esqueço aquele rosto.

– Explique o que aconteceu.

– Bem... – Ele se moveu demonstrando desconforto pela primeira vez. – Foi como uma briga.

– Você e a menina brigaram?

– Não, eu, Rog e o tal Waters. No começo ele se saiu melhor, mas depois Rog pegou uma faca para se defender, e foi então que a garota atacou.

– Isso é mentira! – gritei, incapaz de continuar quieta. – Eles atacaram a gente, atacaram Seth e... – Minhas palavras foram interrompidas por uma pancada na perna, e a corrente elétrica do ferro de marcar gado sacudiu meu corpo. Caí para a frente, e só não desabei no chão porque o corrimão de madeira me amparou. Quando a dor diminuiu, ouvi minha respiração ofegante dentro do capuz e, além dele, a voz ríspida do Inquisidor.

– Só fale quando for solicitada, não antes. Entendeu?

Tentei me controlar e rangi os dentes.

– Você entendeu? – o Inquisidor repetiu devagar e com um tom muito ameaçador.

– Sim – sussurrei por entre os dentes.

– Ótimo. Vamos continuar com isso. O que aconteceu, Evans?

– Não sei ao certo, mas foi como uma bomba. Ela meio que *vibrou* com uma descarga de energia, todos os músculos ficaram salientes, e o rosto se contorceu numa expressão pavorosa. Nunca senti tanto medo em minha vida. E depois ela soltou aquela coisa... como uma *explosão*. O impacto me jogou para trás, e quando recuperei a consciência eu estava no Hospital Brighthaven com uma concussão.

– E tem certeza de que a garota provocou a explosão?

– Sim, absoluta. Não consigo explicar como eu sei. Eu simplesmente... sei. – Ele parou pensando em como se colocar, depois disse: – É como quando alguém fala... A gente sabe quem falou, entende? A gente... vê a pessoa falando. Pode ouvir a voz saindo dela. Então, ela criou aquela explosão, e eu a vi fazendo tudo aquilo, vi tão claro quanto se ela me esbofeteasse. Não consigo explicar melhor que isso.

– E essa pessoa que o atacou está aqui nesta sala?

– Sim, senhor. – Houve um farfalhar rápido, e senti cabeças se voltando em minha direção. – Ela. Ela é uma bruxa. A que tentou matar Rog e eu.

– Tem certeza? Olhe direito para ela. Guarda, tire o capuz.

Senti a mão segurar meus ombros enquanto outra agarrava o tecido rústico do capuz. A luz forte ofuscou meus olhos e vi num lampejo confuso a sala cheia de gente, dúzias de pessoas; um homem em um trono de madeira vestindo túnica escarlate e usando uma máscara com um bico; um garoto com um moletom cinza e um olhar que misturava medo, ódio e vergonha. Ele assentiu, e o capuz foi puxado para baixo. Foi na escuridão que ouvi sua resposta.

– Sim, é ela. Ela é a bruxa. A bruxa que tentou matar Rog e eu. Eu a reconheceria em qualquer lugar.

★

A corrente era curta demais para eu poder sentar, mas com o passar das horas minhas pernas enfraqueceram, e eu me apoiei ao corrimão de madeira, abaixando a cabeça e levantando novamente quando alguém me interrogava, insistia para eu me declarar culpada. Eu balancei a cabeça, o movimento restrito pelo freio.

– Fale alto! – gritou meu Inquisidor.

– Inocente! – cuspi a palavra além do freio.

Ele bufou e voltou à argumentação legal. Estavam nos vigiando havia algum tempo, isso era evidente. Viram Emmaline comigo, ouviram nossas conversas sobre magia, viram a neve cair em lugares estranhos quando eu estava presente. Um dos guardas estava no *pub* na noite em que o cabelo de Zoe pegou fogo e falou sobre como ela deu em cima de Seth, sobre o meu olhar de ódio.

Pensei de novo nas pegadas na neve em torno da nossa casa, nos olhos que me vigiavam havia tanto tempo. Pensei em mim na Casa Wicker, e o tempo todo...

– A ré vai mudar sua declaração?

– Não – respondi, tentando não soluçar.

– Que entre a próxima testemunha.

Mais passos, o som agora familiar dos pés no piso. Depois uma voz feminina, uma voz baixa e insegura murmurando o juramento. Ela falava tão baixo que eu mal conseguia ouvi-la com a cabeça coberta pelo capuz.

– Diga seu nome para a corte.

Outro murmúrio.

– Foi você quem fez a acusação de bruxaria contra a ré? Isso é correto? Você disse que uma garota da sua escola havia praticado magia negra contra um rapaz chamado Seth Waters, o enfeitiçado e obrigado a amá-la contra seu livre-arbítrio?

– Sim. – Muito baixo.

– E pode nos dizer se a bruxa está nesta sala?

– E-eu... – ela parou. – Não vejo... Quero dizer, não posso afirmar...

– Guarda, tire o capuz – o Inquisidor ordenou.

Minha cabeça foi empurrada para trás quando o capuz foi arrancado, e então, quando meus olhos se ajustaram à luz, vi o rosto pálido e sério de Caroline Flint.

Ela arfou e cobriu a boca com a mão ao me ver, e pela primeira vez me dei conta de qual devia ser minha aparência. Descalça, imunda, com o vestido rasgado, a jaqueta de Seth ainda me envolvendo de forma patética. Toquei o obsceno freio de metal, e Caroline tocou o próprio rosto numa imitação inconsciente do gesto. Ela fechou os olhos como se não suportasse mais me ver, depois os abriu como se não conseguisse não olhar.

– Essa é a bruxa? – perguntou o Inquisidor.

Mas Caroline não disse nada, apenas continuou me olhando num silêncio horrorizado.

– Essa é ou não é Anna Winterson, a jovem que acusou de enfeitiçar Seth Waters? – O Inquisidor insistiu impaciente.

– E-e-eu não... Não queria... Não. Não. – Ela balançou a cabeça.

Vi que suas mãos tremiam.

– Não o quê? – Agora havia irritação na voz do Inquisidor, e ele a encarou com os olhos brilhando nas frestas da estranha máscara negra e bicuda. – Não, essa não é Anna Winterson? Ou não, Anna Winterson não enfeitiçou Seth Waters?

– Não sei... – Havia lágrimas nos olhos de Caroline. Ela balançou a cabeça. – Por favor, eu não queria... Não pretendia...

– A pergunta é simples – rosnou o Inquisidor. – Essa é a bruxa? Sim ou não?

– Não! – gritou Caroline. Depois olhou para mim, e seus olhos azuis estavam cheios de lágrimas. – Quero... quero retirar a acusação. Retiro a acusação.

– Não cabe a você decidir – o Inquisidor anunciou. – Você fez uma acusação. Agora a corte decide o que fazer com ela, não você. Não tem mais nenhuma influência sobre o desfecho do caso.

– Então me recuso a fornecer evidências – declarou Caroline. As lágrimas escorriam por seu rosto, mas ela mantinha a cabeça erguida e falava com coragem. – Não vou testemunhar.

– Não importa. – O Inquisidor desviou o olhar. – Você não faz diferença. A outra testemunha forneceu evidências suficientes para a condenação. Pode levá-la, guarda.

– Oh! – Caroline gritou. – Por favor, não! Se eu soubesse... Pensei que... Pensei... – Sua voz se dissolveu em soluços e ela cobriu o rosto. Houve uma discussão rápida entre os homens encapuzados sentados em uma galeria, e depois Caroline foi levada por um guarda, ainda chorando. Quando passou pelo palanque onde eu estava acorrentada, ela parou e se soltou da mão do guarda por um momento.

– Anna, sinto muito, sinto muito mesmo, nunca tive a intenção...

– Quieta! – gritou o Inquisidor.

Os guardas começaram a levar Caroline para a porta.

– Eu estava com raiva – ela gritava, tentando se soltar das mãos que a arrastavam. – Pensei que eles iam só assustar você, eu... – A porta se fechou com um estrondo e caiu sobre a sala um silêncio impactante.

– Por favor, certifiquem-se de que não haja mais cenas como essa.

– Sim, Inquisidor. – O murmúrio percorreu a bancada de encapuzados, e todos assentiram.

O Inquisidor encerrou o momento inusitado e olhou para a sala com sua máscara bicuda.

– Muito bem. Que entre a próxima testemunha.

– Próxima testemunha – repetiu o guarda.

A porta se abriu.

E Seth entrou na sala.

CAPÍTULO VINTE E UM

Eu suspirei, mas consegui sufocar o grito quando vi o guarda dar um passo na minha direção com o ferro de marcar erguido de forma ameaçadora.

Controlei-me com esforço sobre-humano, mas meus dedos agarravam o corrimão de madeira enquanto Seth atravessava a sala a caminho do banco das testemunhas.

Esperava que ele evitasse me encarar, que abaixasse a cabeça, olhasse em outra direção. Mas ele entrou andando tranquilamente, com o rosto sereno, o olhar firme, e quando seus olhos cinzentos encontraram os meus, era como se fossem poços de água gelada. Seth sustentou meu olhar por um momento, e senti um soluço se formando em meu peito. Acusações me sufocavam: *Traidor, filho da mãe, assassino.*

Mas eu não disse nada. Não só porque havia um guarda atrás de mim com o ferro de marcar a centímetros da minha nuca descoberta. Mas porque a única coisa que podia me condenar, se saísse dos lábios de Seth, era a verdade. E como eu poderia censurá-lo por dizer a verdade? Se fosse queimada, seria por um crime que *eu* cometi. Seria por meu crime contra Seth. Todo o resto, todas as outras vezes que usei a magia, foi em defesa própria, involuntariamente ou por alguma boa razão, por necessidade. Podia jurar com a mão no coração que nunca fiz nada além do que foi necessário, nada mais do que fui forçada a fazer. Em todas as ocasiões, menos com Seth. Todas as vezes, menos nesse único e estúpido ato criminoso.

Eu não podia pedir a Seth que mentisse por mim, não agora. Mas a verdade dita pelos lábios dele ia me matar.

Eles colocaram o livro embaixo da mão dele, e Seth pronunciou as palavras do juramento. Meu coração se contorcia no peito.

– A verdade, somente a verdade, nada além da verdade, que Deus me ajude – ele concluiu.

Sua voz era firme e os olhos cinzentos fitavam os meus sem medo. Frios. Claros. Insuportavelmente lindos. Desviei o olhar.

– Diga seu nome para a corte.

Ele olhou para o Inquisidor e falou em voz baixa, mas não tive dificuldade para ouvi-lo na sala silenciosa.

– Seth Waters.

– Neto de Bran Fisher?

– Sim.

Houve uma pequena comoção abafada na sala, e o Inquisidor bateu com o martelo exigindo silêncio. O som morreu imediatamente, e ele falou:

– Por favor, relate à corte como conheceu a ré.

– Ela se mudou para Winter há cerca de um ano, e estudamos na mesma escola. Sentávamos juntos nas aulas de Matemática.

– E não sentiu nenhuma atração inicial por ela?

– Curiosidade, talvez. Quero dizer, ela era aluna nova, e pensei que talvez fosse interessante como amiga, mas era só isso. Não estava procurando ninguém. Eu tinha uma namorada.

– Ah, sim, Caroline Flint.

– Sim.

– E depois? Mudou de ideia?

– Um dia acordei e senti... senti... – Ele parou e, pela primeira vez, parecia estar abalado. Vi o movimento da garganta quando ele engoliu em seco.

– Sim? – o Inquisidor o incentivou. – Sentiu... o quê? Uma atração? Chamaria esse sentimento de atração *violenta*?

– Violenta, sim. Chamaria de obsessão, na verdade. Fiquei completamente obcecado por ela. Não conseguia pensar em mais nada, não comia, não conseguia dormir. Minhas notas caíram. Rompi com minha namorada e comecei a perseguir Anna. Meu comportamento era totalmente diferente do padrão habitual.

– E, em sua opinião, não é esse o comportamento normal de um homem apaixonado?

– Não, definitivamente, não. Tive outras namoradas, outras paixões. Sei como é. Isso era diferente. Uma espécie de... loucura.

– E como a ré reagiu a tudo isso? Ao seu comportamento? Parecia surpresa? Contente?

– Bem, ela não reagiu como se gostasse daquilo. No início se recusou a sair comigo.

– Sinceramente, em sua opinião?

– Acho que sim.

– Mas ela acabou aceitando o convite?

– Sim.

– É claro. – Houve um murmúrio entre os homens do júri, que tiravam as próprias conclusões. O Inquisidor continuou: – E acredita que ela o amava?

– Sim. – Seus olhos encontraram os meus por um breve instante, depois se desviaram. – Pelo menos dizia amar.

– Humm. Bem, e o que o fez acreditar que foi enfeitiçado?

– Ah, ela me contou.

A plateia reagiu com um murmúrio pesado, chocado, e o Inquisidor bateu com o martelo na mesa, olhando mais diretamente para Seth, depois para mim.

– Ela *contou* para você?

– Sim.

– Declara, sob juramento, que a ré admitiu sua bruxaria, confessou tê-lo enfeitiçado com um encantamento de amor?

– Sim. – Seth assentiu. Seu rosto era totalmente inexpressivo, uma máscara fria que podia ter sido esculpida em mármore.

Fechei os olhos. Meus joelhos enfraqueceram, e eu me segurei ao corrimão para tentar me manter em pé. Era o fim. Estava tudo acabado.

– Bem... Bem, bem, bem. – A voz sugeria um sorriso por trás da máscara de bico. – Creio que não precisamos perder mais tempo aqui. Cavalheiros. – Ele olhou para as máscaras à sua direita. – Podemos chegar a um veredito com base nas evidências?

Houve um murmúrio entre os homens do júri, que trocavam opiniões e tentavam chegar a um acordo. Em seguida um deles se levantou e assentiu com a cabeça coberta pelo capuz.

– Sim, Inquisidor. Somos unânimes em declarar a ré culpada.

A sala se movimentou novamente, um som sem corpo que lembrava vento soprando folhas secas.

– Culpada – repetiu o Inquisidor, como se estudasse cada sílaba da palavra. Depois ele olhou para a sala, para mim, e tive a impressão de que, se isso fosse possível, a máscara teria se distendido num sorriso.

– Anna Winterson, você foi julgada e condenada pelo crime de bruxaria. Sua sentença é a morte no fogo. Será levada ao lugar de onde veio para enfrentar sua execução. Que Deus se apiede de sua alma.

Eu mal ouvia o que ele dizia. Havia um barulho estranho dentro da minha cabeça, um rugido, e meu coração forte, alto. Não vi os homens encapuzados se movimentando, não vi o Inquisidor bater o martelo exigindo silêncio; meus olhos estavam cravados em Seth. Eu o amei. Não, não era verdade. Ainda o amava.

– Seth... – tentei falar, mas o freio cortou minha língua.

O guarda começou a abrir o cadeado que prendia a corrente ao corrimão, pronto para me levar de volta ao chiqueiro e de lá... para onde? Para a morte?

– Seth... tentei novamente, mas minha voz foi encoberta pela comoção na corte. Então percebi que Seth dizia alguma coisa, fazia uma declaração em meio ao barulho.

– Senhor. Inquisidor, senhor.

– Sim, sr. Waters? – O Inquisidor fez um gesto pedindo silêncio. – Tem mais alguma coisa a dizer?

– Ela está usando um anel que eu lhe dei. Posso pegar de volta? Não quero que seja destruído.

Seth deu alguns passos em minha direção enquanto esperava a resposta. O Inquisidor assentiu impaciente, e Seth atravessou a sala e parou na minha frente.

Não consegui olhar para ele. Tinha impressão de que, se o encarasse, meu coração se partiria. Em vez disso, olhei para minha mão segurando o corrimão. O anel com o cristal do mar era largo em meu dedo magro, e havia sangue no entalhe do metal. A amargura fechava minha garganta. Seth não podia nem me deixar com aquela única lembrança dele. Bem, se queria o anel de volta, teria que pegá-lo ele mesmo.

Fechei os olhos. Pensei em agredi-lo, em bater com as mãos acorrentadas em seu rosto. Mas não fiz nada. Fiquei parada, quieta, esperando e tremendo enquanto as mãos dele tocavam a minha. A sensação era como sempre havia sido. Eram as mãos de Seth, *meu* Seth. O contato era firme, forte. A mão grande envolveu a minha, pequena, e senti um objeto duro e frio pressionar meus dedos. Meu anel. Ele ainda usava o anel que eu lhe dei.

O polegar calejado dele afagou com gentileza a parte interna do meu pulso.

E de repente senti uma dor pungente, um ardor no antebraço. Ele havia cravado alguma coisa pontiaguda e afiada em meu braço.

Abri os olhos e, chocada, vi uma seringa cheia com um líquido escuro espetada em mim. Seth me olhou, e havia em seus olhos uma súplica silenciosa, como se ele me implorasse para entender alguma coisa. Em seguida ele apertou o êmbolo.

★

Por um minuto nada aconteceu. Depois foi como se um fogo se espalhasse por minhas veias, encharcando músculos, ossos e artérias. Era agonia. Ardia, latejava, queimava. Finalmente senti a substância atingir meu coração e alguma coisa explodiu dentro de mim. Acho que gritei. Um uivo ecoou na sala e tudo explodiu em cores.

Eu estava de volta. Meu poder estava de volta.

Tudo aconteceu muito mais depressa do que é possível contar. No mesmo instante, Seth arrancou o ferro de marcar gado da mão do guarda descuidado e bateu com a extremidade de madeira na lateral da sua cabeça. Outro guarda se aproximou correndo, e Seth girou o ferro de marcar e o atingiu no pescoço duas vezes. O guarda caiu como uma árvore cortada, e o impacto da cabeça com o chão provocou um baque e um estalo definitivos. Mais guardas se aproximavam, mas Seth se posicionou com o ferro em punho, pronto para impedir qualquer um de chegar mais perto.

– Não se aproximem! – ele gritou. – Escutem... Anna não quer fazer mal a vocês, mas fará, se isso for necessário para sairmos daqui. Ou nos deixam ir, ou muita gente vai se machucar.

– Ela não tem nenhum poder – disse o Inquisidor. – Não escutem o que esse idiota diz. Peguem a garota, guardas!

Um homem encapuzado correu em nossa direção com a intenção de pular o corrimão e, quase sem pensar, levantei a mão e projetei contra ele um feitiço. O homem foi jogado para trás e caiu sobre um banco, de onde escorregou para o chão e ficou completamente imóvel. Houve outro estrondo quando minhas algemas se soltaram e levantei as mãos para o freio de bruxa, rasgando as tiras. Ouvimos gritos na sala, pessoas berrando coisas como "ela está fazendo feitiços" e "a bruxa está solta".

Atrás de mim, vi Seth atacando com o ferro de marcar os guardas que tentavam se aproximar pelo outro lado, e ouvi quando ele disse:

– Anna, eu consigo segurar os caras, mas o resto é com você. Solte as correntes e tire a gente daqui!

Arranquei o freio com um gesto brusco, soltando o cabelo, e olhei para fora por cima do mar de silhuetas encapuzadas que se enfrentavam em desespero. Fechei os olhos e respirei fundo.

Depois abri os olhos e soprei.

Primeiro foi só uma brisa que balançou as túnicas longas e fez dançar as chamas do fogo, que se ergueram como espectros flamejantes. Mas soprei de novo e o vento ganhou força, girando pelo espaço restrito, arrancando capuzes e carregando papéis e bancos, tudo o que não estava preso ao chão. Vi o Inquisidor com sua túnica escarlate tremulando, vi uma de suas mãos agarrando o trono rústico, enquanto a outra segurava a máscara com bico de ave.

E o vento continuava ganhando força, e agora os guardas que não corriam para a porta seguravam-se uns aos outros, ou aos móveis, às portas, a qualquer coisa que os ancorasse. Mas o vento formava uma espiral irresistível. Logo nada mais ficaria no lugar.

Agarrei a mão de Seth e, juntos, pulamos o corrimão e mergulhamos no centro do tufão, encontrando a pequena região de calmaria no olho do furacão. Objetos passavam voando a centímetros de nós – caixas, bancos, pedaços de roupa. Vi um objeto de metal passar por mim, alguma coisa longa e sinuosa, e reconheci a corrente que havia me mantido presa ao banco dos réus. Um capuz preto passou por mim tremulando como um corvo deformado, e pela primeira vez eu vi rostos descobertos e contorcidos pelo pânico. Meus perseguidores não pareciam mais pesadelos encapuzados, mas homens comuns. Trabalhadores, pescadores, pais, tios. Pessoas que eu podia ver no porto de Winter em um dia qualquer. Mas agora a expressão desses homens era distorcida pelo medo.

Não consegui ver Greg em lugar nenhum, mas reconheci alguns outros. Um homem, um marinheiro? E embaixo de uma máscara rasgada, a barba ruiva que eu tinha certeza de já ter visto. Mas isso não podia continuar. A sala não ia aguentar. Eu já ouvia os sons do início da demolição, como se o prédio inteiro fosse levado pelo tufão. Nem tentei detê-lo, não queria parar. Um forte prazer destrutivo ganhava força dentro de mim, escapava ao controle. Sentia que podia fazer qualquer coisa, dar a esse turbilhão a forma que eu quisesse.

– Anna! – Seth gritou. – Anna, foco!

Então um grito explodiu, como eu nunca tinha ouvido antes, um estrondo, um barulho forte de madeira, pedra e metal. Telhas surgiram no turbilhão juntando-se à massa giratória, e senti o braço de Seth me apertar com mais força.

– Ah, não! – Seu grito era quase inaudível com o vento uivando e os objetos se chocando violentamente. – O teto está desmoronando. Desça.

Ele me puxou para o chão e se abaixou me envolvendo com os braços, e soube que ele tentava me proteger, mesmo que fosse uma tentativa inútil. Mas eu não precisava de proteção. Essa era *minha* tempestade. Tudo, cada partícula de ar era comandada por mim. Estava completamente focada quando recuperei o comando e mantive o turbilhão girando.

Uma estranha euforia me invadia quando o teto desapareceu e a tempestade transbordou da sala. Uma gaivota devia sentir a mesma coisa quando era levada pelo vento do mar e escapava das ondas assassinas lá embaixo. O telhado foi levado pelo vento, as telhas arrancadas como folhas, as vigas espalhadas em todas as direções como palitos de fósforo.

Vi de passagem o Inquisidor com sua túnica escarlate, sem a máscara, o rosto deformado pelo terror.

– Vá se danar, sua vagabunda! – ele gritou.

Mas eu não me deixei intimidar. Podia ter rido. O rosto antes coberto pela máscara tinha as costelas largas e brancas de um gerente mediano. Nunca o vi antes, mas sabia que jamais esqueceria aquele rosto, nunca esqueceria o ódio em seus olhos quando ele pulou uma mesa e correu atrás de nós com o martelo erguido sobre a cabeça como uma arma de guerra. A outra mão girava um pedaço de corrente enferrujada, como se fosse um malho medieval.

Seth levantou um braço para se defender do golpe poderoso, mas ele nem aconteceu. Em vez disso, a chaminé tremeu, balançou... e começou a desabar lentamente, pedra por pedra, provocando brasas e cinzas que se espalhavam pela sala numa nuvem em forma de cogumelo.

A primeira pedra acertou o inquisidor na parte detrás da cabeça, e ele caiu. O martelo escapou da mão dele e foi levado pelo vento. As pedras continuaram caindo sobre seu corpo e se espalhando pela sala como granizo assassino.

– Segure-se – eu disse a Seth, e seu braço envolveu minha cintura num abraço forte.

Senti meus pés saírem do chão.

E então nós voamos.

★

Fomos projetados do centro da tempestade para um céu azul pintado com nuvens rosadas e reflexos brilhantes do amanhecer, e pairamos uns dez metros acima do cenário de destruição. Levei um minuto para entender o que eu conseguia ver dali – que era nada. Nada além de reflexos azuis e alaranjados anunciando o nascer do sol. Só quando olhei para baixo eu compreendi que estávamos em uma ilha. Lá embaixo havia uma pequena elevação rochosa, e no centro uma construção de pedras sendo destruída diante dos nossos olhos. De repente, houve uma explosão ensurdecedora. Telhas voavam em todas as direções como confete, pedaços de alvenaria eram projetados para o mar com um barulho estridente, e bandos de aves marinhas alçavam voo gritando furiosas.

Quando os gritos das aves morreram, o silêncio dominou a paisagem, rompido apenas pelas ondas quebrando na praia rochosa da ilha. O que antes era um prédio agora era só uma pilha de pedras e cinzas, com uma densa fumaça negra se dissipando, levada pela brisa do mar. O cheiro de petróleo inundava meu olfato. Era impossível que alguém pudesse ter escapado de lá com vida... e eu não conseguia me importar com o destino dos guardas. Mas Caroline havia sobrevivido?

Olhei para o mar procurando um barco, mas a imensidão azul se estendia lá embaixo, em todas as direções até o horizonte.

– Seth – gemi. – Onde estamos?

– Merda. – Os braços dele me seguravam com tanta força que o abraço era doloroso. Ele pesava uma tonelada. – Anna, você está *voando*. Estamos voando. – Ele arriscou olhar para baixo e fechou os olhos, aparentemente nauseado.

– Eu sei – respondi, tentando não demonstrar meu desespero. – Sei que estamos voando, mas não sei onde. Onde estamos? Para onde vamos?

– Tudo bem, conheço aquela ilha. É um santuário de pássaros. Teoricamente, ninguém pode aterrissar nela, mas a pescaria das pedras é muito boa, então muita gente visita a região. Fica a poucos quilômetros da costa. – Seth abriu os olhos por um segundo e voltou a fechá-los rapidamente. – Anna, eu já contei que não lido bem com altura?

Senti o suor dele escorrendo por meu rosto.

– Precisamos ir para o norte – Seth avisou.

– Sim, mas para onde é o norte? – Eu me sentia tão enjoada quanto ele parecia estar. A imensa descarga de adrenalina provocada pela tempestade e pela batalha se esgotava, e eu me sentia exausta. Podíamos ficar voando em círculos para sempre, com Seth pendurado em meu pescoço como um peso morto, até minhas forças se esgotarem e nós dois cairmos no mar.

– Tudo bem. – Seth respirava fundo e tentava se acalmar, encontrar coragem para olhar para baixo novamente. – Está amanhecendo, logo o sol vai se levantar ao leste. Continue sempre para a sua direita, essa é a direção certa. – Ele abriu os olhos e senti seus dedos me apertarem com mais força. – Ai... tudo bem, ali, está vendo aquela forma escura no horizonte? Aquilo é Castelo Espeto e o farol.

– Estamos a quilômetros de lá. – Um soluço subiu por minha garganta.

Seth deve ter sentido meu pânico, porque levantou a cabeça dolorosamente para olhar para mim, e a confiança em seus olhos calmos e cinzentos me fortificou.

– Anna, você consegue. Você precisa conseguir. Vai ficar tudo bem. Voe.

E eu voei.

★

Demorou uma eternidade. O mar ondulava lá embaixo, um azul sereno que desmentia a profundidade abaixo das ondas e o frio implacável da água. Eu voava e voava, o sol se erguia no céu, e a mancha distante de Castelo Espeto ainda continuava inalcançável. Sentia minha força diminuir pouco a pouco. O peso de Seth parecia crescer mais e mais, e fomos perdendo altitude, até os respingos gelados das ondas molharem minhas pernas nuas, até eu ouvir o barulho do mar bem perto de nós. Logo os barcos de pesca estariam saindo do porto, mas eu não tinha escolha; não podia fazer nada além de seguir em frente.

Estava com frio. Não sentia meus pés; só o calor do corpo de Seth junto ao meu me impedia de tremer convulsivamente. E ainda assim nós voávamos, agora poucos centímetros acima das ondas.

Seth não falava, mas eu sabia que ele ouvia minha respiração passando com esforço pela garganta, sentia meu coração batendo mais e mais forte. Ele não dizia nada e eu o amava por isso. Não tinha certeza de que poderia ficar em silêncio no lugar dele, vendo as ondas cada vez mais perto. E sabia que ele devia estar sofrendo, que os músculos de seus braços deviam estar protestando depois de tanto tempo agarrados ao meu pescoço.

Ele virou a cabeça e eu soube que Seth olhava para Espeto, calculando se eu conseguiria chegar lá. Eu conseguiria? Minha respiração era em solavancos, minha visão se dividia em fragmentos de preto e vermelho. Tudo doía. Meus braços doíam, meus pulmões ardiam, meu coração dava a impressão de que ia bater cada vez mais forte até parar.

– Anna, você consegue – Seth falou com urgência.

– Não consigo – gemi. Mas sabia que não tinha escolha.

– Pode, se eu fizer uma coisa.

Seth respirou fundo.

E me soltou.

CAPÍTULO VINTE E DOIS

– Seth! – eu gritei quando ele despencou em direção às ondas escuras.

Mas era tarde demais, ele mergulhou no mar com um barulho pavoroso e desapareceu.

Por um momento fiquei flutuando no ar, paralisada pelo choque. Havia um zunido em meus ouvidos e minhas pernas pareciam ser feitas de gelatina. Vi horrorizada as ondas escuras cobrirem a cabeça de Seth, e foi como reviver em pesadelo os acontecimentos do ano passado.

Só havia uma coisa que eu podia fazer. Respirei fundo... e mergulhei atrás dele.

Por um minuto houve uma confusão de sons, água corrente e ondas quebrando, e senti meus pulmões queimando. Meu corpo rolava para lá e para cá, levado pela força da maré, e eu abri os olhos na água salgada e vi o corpo de Seth flutuando nas profundezas, os olhos muito abertos pelo choque. O ruído em meus ouvidos ganhava força, os fragmentos vermelhos e pretos no meu campo de visão desapareciam, deixando-me na escuridão. Eu pensei: "então, isso é morrer".

★

Não morri. Mas durante um tempo, enquanto estava deitada na praia, vomitando água salgada, desejei ter morrido. Se estivesse morta, não sentiria tanto frio, não estaria tão exausta e não teria tantas dores.

Mas alguma coisa me trazia de volta, a mão que me sacudia, a voz que me chamava.

– Anna, Anna! Sua tonta! Sua idiota! Por favor, amor. Sente-se, *levante*!

Tive ânsia outra vez, vomitei mais água salgada, e a mão afagava minhas costas enquanto eu punha para fora o pedaço de pão e o queijo que haviam sido minha última refeição.

– Seth – gemi e abri os olhos. Ele estava lá. Estava vivo. Roxo, tremendo, mas vivo.

– Anna, sua idiota – ele falou com a voz embargada. – Por que mergulhou atrás de mim?

– Não podia... não podia deixar você morrer.

– Eu não ia morrer, sua tonta. Ia nadar e deixar você voar o último trecho sozinha. Sabia que podia me salvar; só não esperava que caísse do céu como uma gaivota morta atrás de mim, e eu ainda tivesse que salvar você.

Ótimo. Deixei a cabeça cair para trás, e as lágrimas se juntaram ao vômito salgado.

– S-sinto muito... eu n-não...

– Ei, ei. – Ele me abraçou e me puxou contra seu peito. Eu me sentia como um saco de batatas em seus braços. – Tudo bem. Não seja boba, você foi incrível. Tirou a gente de lá.

– Você foi me buscar – respondi. Apoiei a cabeça em seu ombro, sentindo minhas lágrimas estúpidas de fraqueza retornando, mas sem força para contê-las. – Você voltou.

– Sim – ele falou em voz baixa. Tão baixa que eu devia ter percebido imediatamente. Devia ter notado que alguma coisa estava errada. Mas estava cansada demais, e aliviada demais para pensar com clareza. Deixei a cabeça descansar sobre seu ombro e fechei os olhos quando Seth me pegou nos braços e me levou para o interior da ilha. Acabei dormindo antes de sairmos da praia.

★

Quando acordei, estava na cama. Na minha cama. Alguém havia me livrado do vestido imundo e rasgado, que estava jogado em cima da cadeira da escrivaninha como um trapo velho, com a jaqueta de Seth ao lado dele. Eu usava uma camisola limpa de algodão, e a sensação era incrível. Pensei em chorar de gratidão. Mas só bocejei.

– Anna? – Uma cabeça morena apareceu na fresta da porta, e Emmaline entrou no quarto com cara de alegria e preocupação. – Você acordou! Como se sente?

– Horrível. – Eu me espreguicei. – Mas fantástica ao mesmo tempo.

Tudo doía. As feridas nos pulsos e nos tornozelos ardiam com o sal do mar, mas minha cabeça descansava sobre um travesseiro de penas de ganso, e isso compensava muitas coisas. Além disso, eu ouvia o barulho da água correndo na banheira e sentia aromas deliciosos vindos do andar de baixo. Era o mais perto do paraíso que eu poderia chegar, pelo menos por enquanto.

– Oh, Anna. – Emmaline sentou-se na cama e, com um gesto atípico, se inclinou e me abraçou. Senti seu peito arfar enquanto ela lutava contra as lágrimas, depois ela se levantou, enxugando os olhos com determinação. – Bem. Caramba. Tudo bem, tenho que dizer, você está fedendo.

– Aposto que estou. – Levantei uma mecha de cabelo duro de água do mar, sangue e várias outras porcarias, e cheirei. – Eca!

– O banho está te esperando do outro lado daquela porta.

– Mal posso esperar. Que dia é hoje?

– Sábado. Seu pai volta amanhã. Não se preocupe. – Ela riu. – Essa foi por pouco.

Sábado. Então, o pesadelo interminável havia durado só uma semana. *Uma semana!* Parecia incrível. Impossível.

– Sério? – perguntei em dúvida. – Só se passou uma semana?

– Sério. Mas nós também tivemos a impressão de que foi muito mais.

– Nem me fale. – Toquei os ferimentos deixados pelo freio no meu rosto e me sentei com esforço doloroso. – Aiiiii.

– Vou providenciar antisséptico – Emma avisou, examinando meus vários cortes, hematomas e arranhões. – Caramba, eles não tiveram dó!

– Nenhum. – Passei a mão pelo cabelo com todo cuidado, tentando ignorar a dor causada pelo movimento. – Emma, o que *aconteceu*? Como Seth me encontrou? E o que era aquilo na seringa?

– Bem... é uma longa história. Está preparada para ouvir tudo?

– Sim, acho que estou. Só preciso tomar um banho e comer alguma coisa antes.

– Tenho uma ideia – Emma falou. – Trago alguma coisa para você comer enquanto toma banho, e vou contando tudo enquanto você come e se lava. Não se preocupe – ela disse ao ver minha cara. – Eu fico de costas. Não tenho interesse em ver suas partes íntimas, acredite em mim. Mas no estado em que está, pode acabar dormindo ou desmaiando, e minha mãe ficaria furiosa se a trouxéssemos das garras do Malleus para deixar você se afogar na banheira.

– Só uma coisa – eu disse antes de ela sair. – Você viu... Caroline? Recentemente?

– Sim. – Emmaline me olhou de um jeito engraçado. – Ela estava esperando o ônibus hoje de manhã. Por quê?

– Deixe pra lá. – De repente eu me sentia fraca. Fraca de alívio por tudo ter acabado, por eu não ter mais sangue em minhas mãos. – Deixe pra lá.

★

Não consegui suprimir um gemido de dor quando entrei na banheira cheia com água escaldante. A mistura de antisséptico e espuma fazia arder cada corte e arranhão, e eles eram muitos. Mas depois que me acomodei, a água era tão confortável que eu não sabia se ia querer sair de lá algum dia. Quando Emma me deu um prato com torradas e uma caneca de chocolate quente, realmente não encontrei mais motivos para sair da banheira.

Comecei a devorar a torrada com mordidas enormes, e Emma sentou-se no chão com as costas apoiadas à banheira, pronta para contar a história.

– Então, imagino que tenha deduzido o que aconteceu depois que você partiu... e que, de início, não foi muita coisa. Todos nós pensávamos que você estava em Londres, por isso ficamos muito surpresos quando minha mãe recebeu um telefonema na loja de alguém perguntando onde você estava. Era sua avó. Ela ficou preocupada quando você não apareceu em Londres e no início pensou que estivesse só atrasada. Mas quando ela não conseguiu falar com você ou com seu pai, entendeu que devia ter acontecido alguma coisa.

E continuou:

– Bem, minha mãe não sabia o que estava acontecendo, mas se ofereceu para ir à sua casa e ver se você estava lá. Assim que chegamos, entendemos o que havia acontecido. Entramos... – Emmaline parou de falar e estremeceu. – Bem, magia, sabe como é, fechaduras não são grandes problemas. Enfim, ouvimos seu telefone apitando quando passamos pela porta, e essa foi a primeira indicação de que havia mesmo alguma coisa errada. Depois encontramos sua mochila no quarto, junto com a bolsa e a passagem de trem, e notamos que havia sinais de luta. Uma janela quebrada no fundo, móveis derrubados. Deduzimos que aquilo era obra do Malleus.

– E o que fizeram?

– Primeiro entramos em pânico. Minha mãe telefonou para Abe, Sienna e Simon, e nos reunimos com sua avó na cozinha de casa, o que foi bem desconfortável, posso dizer. Depois entramos em pânico mais um pouco. Tentamos tudo – feitiços, encantamentos, vidência. E encontramos algumas respostas, mas não eram as que esperávamos e não eram agradáveis.

– Então continuamos pensando, ponderando a estranheza de formar uma aliança com uma das líderes dos Ealdwitan depois do que aconteceu no ano passado, até que Abe lembrou que tinha visto você quando todos imaginávamos que estivesse em Londres, e ele disse que você ia encontrar Seth.

Ela parou, uma interrupção significativa, e eu afundei um pouco mais na água e bebi um gole de chocolate quente, recusando-me a continuar o assunto. O silêncio se prolongou, rompido apenas pelo *ping*, *ping*, *ping* da torneira de água quente, e eu soube que Emma esperava me ouvir contar o que havia acontecido. Depois de um tempo ela desistiu e suspirou.

– Telefonamos para Seth – ela continuou –, e ele reagiu de um jeito meio... – Emmaline olhou para mim de lado por cima da borda da banheira. – Hummm. Bem. Você sabe.

Sim, eu sabia. Muitos adjetivos passaram por minha cabeça.

– Ele foi bem grosso comigo – Emma acrescentou, séria. – Mas quando entendeu o que estávamos dizendo, foi Seth quem criou um plano. Um bom plano. Mas ficamos muito apavorados. Basicamente, ele dizia ser a única pessoa que tinha alguma chance de se aproximar do Malleus sem ser morto, a única com um bom disfarce para se aproximar deles. A ideia era convencê-los de que ele tinha provas contra você. Ele iria ao local onde o Malleus a mantinha presa, tentaria entrar em contato com você e depois seguiria improvisando na medida do possível. A primeira parte do plano parecia ser boa. Era perigoso para Seth, sem dúvida, mas ele estava certo sobre ser a única pessoa com alguma chance de se aproximar de você e continuar vivo. Mas a segunda parte era suicídio. Não havia a menor chance de recorrer ao improviso, sabíamos que eles usavam drogas para anular seu poder, e isso significava que teríamos uma garota, provavelmente em estado lamentável, e um cara sozinho contra um exército de malucos. Ele seria pulverizado, e você acabaria queimada do mesmo jeito.

Estremeci. Havia chegado perto demais disso para me sentir confortável.

– Foi sua avó quem pensou na segunda parte do plano. De início não achamos muito melhor que a ideia de Seth sobre improvisar. Não era suicídio, mas chegava bem perto disso. Mas, quanto mais falávamos e argumentávamos, mais compreendíamos que era a única opção disponível.

– A seringa – entendi de repente.

– Sim.

– O que *era* aquilo?

– Magia – respondeu Emma. Mas o tom de voz dela parecia equiparar a palavra a "veneno".

– Como assim? – perguntei.

Emma mudou de posição e pigarreou com desconforto.

– Bem, existem coisas. Coisas assustadoras sobre br... – Ela hesitou, mas prosseguiu como se cuspisse a palavra. – Sobre bruxas. Coisas que você não sabe. Coisas que eu não sabia, na verdade... Boatos. – Ela estremeceu apoiada à banheira, e a superfície da água tremeu numa resposta solidária. – E acontece que é tudo verdade.

– Como assim? – repeti. – Pare de dar voltas. O que aconteceu? O que você fez?

– Já ouviu falar em transfusão?

– Transfusão de sangue?

– Não. Não de sangue. De magia. Todos nós ouvimos os boatos sobre... bem, algumas bruxas serem capazes de tirar a magia de uma pessoa e transferi-la para outra, dar a elas a capacidade de fazer coisas que estão além de seu poder.

– Foi sua avó quem sugeriu, e no começo todo mundo achou que ela estava maluca, que era muito perigoso, que você poderia morrer. – Emma suspirou e passou a mão na cabeça. – Todos nós rodeamos a verdade, covardes demais para dizer com todas as letras, até que sua avó foi direto ao ponto: não tínhamos alternativa. Era isso, ou você morreria de qualquer jeito.

– Depois foi só uma questão de encontrar a pessoa compatível. O problema era que o processo de compatibilidade ainda não é realmente compreendido. Essa é uma das razões pelas quais ele é considerado tão incrivelmente antiético, porque é muito perigoso.

– Perigoso como? Para quem?

– Para todos. Não sei como eles fazem, mas sei que não é como tirar sangue. É como uma... drenagem. E por ainda não terem esclarecido completamente as questões de compatibilidade, há muitas mortes. A pessoa que recebe a transfusão frequentemente morre. O corpo rejeita a injeção e entra em colapso. Quero dizer, você está bem, é claro, então acho que... Enfim, foi um risco muito grande.

– E a outra pessoa? – sussurrei. – A que teve o sangue extraído?

– Sim. É comum que morra também. – Emmaline apoiou a cabeça nas mãos. – O doador entra em choque.

– Quem...? – parei. Não tinha certeza se eu queria saber.

Emmaline sussurrou:

– Abe.

– Abe? – Virei na banheira para encará-la e fiz a água transbordar. – *Abe*? Ele está bem?

– Na verdade, não. Não neste momento. Sua avó afirma que ele vai se recuperar.

– Meu Deus, Abe! Mas por quê? Por que ele arriscaria a vida... por mim?

– Por quê? – A voz de Emmaline revelava cansaço, e ela evitava me encarar. – Pelo amor de Deus, Anna, por que acha que ele faria isso? Por que arriscou sua vida por Seth? Por que alguém arrisca a própria vida?

Ela se levantou, ainda de costas, e deixou em cima de uma cadeira a toalha que estava segurando.

– Vou sair agora. Se quiser sair da banheira...

A porta se fechou atrás de Emmaline, e eu fiquei sozinha e perplexa.

Puxei a tampa e vi a água turva escorrer pelo ralo, deixando no fundo da banheira uma camada de sujeira, areia e sangue. Abri a torneira, e logo nem isso mais restaria, nem mesmo essa evidência de tudo o que eu havia enfrentado.

Olhei para o meu braço, para o hematoma escuro que se espalhava do local onde Seth havia introduzido a seringa que salvou minha vida, e de repente tudo fez sentido – a tempestade, a sensação de poder me inundando, a força. Abe... Abe me deu tudo isso. Ele fez mais do que me oferecer sua vida – ele me ofereceu seu poder também.

Descobri que estava chorando, senti as lágrimas correndo pelo rosto. Por um bom tempo fiquei ali parada no banheiro cheio de vapor, chorando na toalha. Depois ouvi vozes do outro lado da porta e reconheci a de Maya através da madeira.

– Anna? Não vai sair daí? O jantar está na mesa.

– Saia daí, querida – minha avó pediu com aquele tom afetuoso e forte. – Estamos todos aflitos para ver você.

Ergui os ombros, limpei o rosto, destranquei a porta e saí para os braços abertos daqueles que me esperavam do outro lado.

★

Não me surpreendi quando constatei que Seth e Abe não estavam lá. A casa tinha aquela atmosfera relaxada e indefinível que só é possível em um lugar ocupado apenas por mulheres. O que me surpreendeu foi a camaradagem recém-descoberta entre Maya e minha avó. Elas se sentaram à mesa da cozinha e conversaram como velhas amigas, enquanto eu me entupia de ensopado e bolinhos, riram dos meus ferimentos e se uniram para me convencer a comer várias fatias de torta de maçã como sobremesa.

Finalmente deixei os talheres sobre o prato e disse:

– Quero ver Abe.

Elas se entreolharam, as três, e Maya assentiu.

– Tudo bem. Ele está na nossa casa. Sienna está lá com ele. Bem... É melhor que saiba logo. Ela está cuidando de Abe. Ele não está muito bem.

– Por causa da transfusão – concluí. Era uma afirmação, não uma pergunta.

Maya assentiu.

– Sim.

– Mas ele vai se recuperar. – Minha avó pôs a mão sobre a minha. – Abe não está em choque, que é o verdadeiro perigo. Está muito fraco, apenas. Doou mais do que era aconselhável, possivelmente. Contamos com o doador para dizer quando devemos parar, quando ele começa a se sentir fraco, e Abe... bem, ele estendeu a doação mais do que devia.

– Oh, Abe. – Apoiei a cabeça nas mãos, e Maya massageou meu ombro.

– Querida, não estamos falando tudo isso para fazer você se sentir mal. Ele quis assim. Só contei porque não queria que fosse até lá despreparada.

– E Seth? – perguntei. – Onde ele está?

Maya balançou a cabeça.

– Talvez. Talvez Emmaline saiba.

Mas Emmaline não sabia.

★

– Cristo, bruxa. Você está horrível – Abe declarou com voz rouca. – O que fizeram com você?

Tive que rir, mas a risada soou trêmula. Era exatamente isso que eu estava pensando sobre ele.

– Ia dizer a mesma coisa sobre você.

Abe deu de ombros.

– Ah, bom. Estou só fingindo, fazendo drama. – Ele tossiu, depois apontou o laptop aberto em cima de um banquinho ao lado de sua cama improvisada. – É só uma boa desculpa para trabalhar em casa. Estarei bem amanhã.

Olhei para ele sem esconder a dúvida, incapaz de acreditar no que via. Abe estava deitado no sofá, muito fraco, e havia sombras escuras embaixo de seus olhos e nas bochechas. A pele, normalmente morena, tinha um tom acinzentado, e até os olhos negros, sempre tão vivos, estavam apagados, sem brilho.

– Abe. – Torci os dedos. – Abe, como vou poder... Quero dizer, eu devo minha...

– Anna, não. – Ele me interrompeu desconfortável. – Não faça disso uma coisa importante demais.

– Mas é importante demais. Você salvou minha vida... você e Seth.

Soube imediatamente que unir os dois nomes na mesma frase era um erro. O rosto dele se contorceu contrariado, os olhos buscaram a janela.

– Sim, bem, deixo para ele o papel do cavaleiro na armadura brilhante, obrigado. Escute, deu certo: você está viva; eu estou satisfeito. Em algumas semanas estarei novo; não tem nenhuma dívida. Podemos encerrar esse assunto, esquecer?

– Sim – concordei em voz baixa. – É claro. Considere esquecido.

Mas é claro que não era verdade. Mesmo depois de Abe recuperar a força e a magia, estaria sempre ali – essa coisa tão importante entre nós. Abe agora era parte de mim, eu sentia sua magia pulsando em meu corpo. Não havia como desfazer essa mudança.

Ele amoleceu e me puxou para o sofá ao lado dele, deslizando os dedos sobre os vergões em meu pulso, segurando meu queixo para inclinar meu rosto em direção à luz. Ouvi o gemido contido quando os raios de sol iluminaram os cortes e arranhões, exibindo-os com grande efeito. Depois ele resmungou um palavrão e desviou os olhos.

– Anna, o que eles... o que...? – E parou.

– Foi um freio – revelei. – Um freio de bruxa. E algemas nos pulsos. Não se preocupe, eles não me torturaram, nada disso.

Bem, a menos que considerasse drogas, eletrochoque e prisão como tortura. Mas eu sabia em que tipo de coisa Abe estava pensando. Pelo menos podia me sentir grata por ter escapado disso.

– Não? – Ele inclinou minha cabeça novamente, dessa vez para me encarar. – Tem certeza? Você não... sabe... não bancaria a *corajosa* com isso?

Para esconder certas coisas, imaginei o que ele queria dizer. Tentar proteger as pessoas do que havia acontecido.

– Tenho certeza – respondi. Olhei nos olhos dele, e Abe deve ter percebido que eu dizia a verdade, porque assentiu.

Consegui rir. – Eles mal falavam comigo, na verdade. Acho que tinham medo de que transformasse todos em sapos. Então, não, não houve tortura ou interrogatório. Só muita droga e pouca comida.

– Você emagreceu – ele comentou como uma tia-avó. – Não ficou bom. Está magra demais. Pelo amor de Deus, consigo ver os ossos do seu quadril.

– Você também perdeu peso – respondi, levantando os *jeans* para esconder os ossos ofensivos. – Seu rosto murchou. Está cadavérico.

– Bobagem, pareço distinto. É meu visual Kafka.

– Kafka? Esse é seu ícone da moda? – eu bufei. – Esperava mais de você.

Ele riu e bateu de leve no meu braço, e eu comprimi os lábios e fingi estar aborrecida.

– Então, fale a verdade, foi legal? – Abe perguntou.

– O que foi legal?

– Usar minha magia, em vez da sua. Espero que tenha aproveitado ao máximo. Estou curioso... Foi diferente?

– Mais ou menos – respondi devagar, tentando lembrar. – Foi muito estranho, porque... sabe o que fiz para nos tirar de lá?

– Não, conte.

– Vento. Um tufão.

Abe assentiu lentamente, depois deu de ombros.

– Bem, sempre fui bom com essas coisas de clima.

– Eu também fui... por um tempo. Foi incrível, na verdade. Eu me senti... forte. Experiente. Eu simplesmente *sabia* que a tempestade ia me obedecer. Nunca havia sido assim antes.

– Anna. – Abe segurou meu braço. – Você pode ter tudo isso. Só precisa confiar em você. Pense no que fez. Há muitas bruxas que dariam o braço direito pelo poder que você tem. Você não precisa do meu, nem do poder de qualquer outra pessoa. Só precisa deixar o seu poder fluir.

– Eu sei. – Olhei para minhas mãos. – Eu sei. Inventei essa situação para mim e acabei arrastando você comigo. A culpa foi minha. Se houvesse escutado seus conselhos, seus e de Emma, e praticado, aprendido como me defender...

– Não é isso que estou dizendo. Não estou culpando você. – Ele se apoiou com dificuldade sobre um cotovelo. – Só estou falando... – E parou.

Seu rosto estava cinzento, cansado, e por um momento achei que ele ia desmaiar.

– Sim? – perguntei.

– Estou dizendo que não precisa escolher – ele continuou com cautela. – Entre amor e magia. Pode ter os dois. – Abe olhou dentro dos meus olhos, e meu coração parou de bater por um segundo. – Existem pessoas com quem você pode ter as duas coisas.

Minha garganta estava seca, o coração batia descompassado. Não sei o que eu teria dito, mas nesse momento Sienna entrou. Olhou para mim, depois para o rosto abatido de Abe e balançou a cabeça.

– Anna, você precisa ir para casa, descansar. Está horrível. E Abe, você *tem* que dormir. Nada de protestos – acrescentou impaciente, como se houvessem tido essa discussão antes. – Não quero ouvir mais nada. Vou confiscar o laptop, e se continuar insistindo em me desafiar, vou misturar Valium em pó no seu café.

Eu estremeci. A ameaça me fez lembrar experiências ruins. Abe percebeu e estendeu a mão.

– Está tudo bem – ele disse. – Acabou. Vá. Vá para casa e descanse.

Mas eu não podia ir para casa. Ainda não. Precisava ver Seth.

CAPÍTULO VINTE E TRÊS

Eu o encontrei onde ele sempre estava nos últimos dias. No píer, trabalhando no *Angel*.

Estava nu da cintura para cima, e a imagem me fez arrepiar, apesar do sol pálido de primavera. Eu vestia duas camadas de roupa e ainda tinha arrepios. Mas Seth estava abaixado, lixando furiosamente alguma coisa, espalhando serragem, e de repente ele endireitou as costas e limpou o suor da testa com a camiseta amassada, esfregando os olhos como se estivesse cansado.

– Seth – chamei. Ele não me ouviu no início, depois se virou e alguma coisa mudou em seu rosto.

– Anna.

– Seth, eu... – Ameacei me aproximar, mas ele recuou um passo.

– Só um segundo, estou suado e coberto de verniz e pó. Só quero... – Ele pegou um balde e se debruçou sobre a lateral do barco, despejando a água sobre a cabeça e os ombros, esfregando o pó e a sujeira da pele com a camiseta. Senti frio só de olhar, mas Seth se sacudiu como um cachorro e desapareceu na cabine do barco.

Respirei fundo e pulei sobre o vão entre o píer e o barco, abaixando a cabeça para segui-lo. Seth estava em pé no meio da pequena cabine, vestindo uma camiseta limpa, e meu coração ficou apertado por vê-lo se esforçando tanto. Ele parecia especialmente vulnerável e encantador com o rosto escondido pela camiseta; só o ventre magro e firme abaixo da camiseta e os cabelos escuros acima da gola. Então, com um movimento firme, ele puxou a camiseta, terminou de vesti-la. Seu rosto apareceu e ele voltou a ser o meu Seth. Cansado e molhado, mas meu Seth.

– Seth... – comecei, mas ele estendeu a mão.

– Espere, escute, antes de falarmos sobre qualquer outra coisa, só quero dizer... Não foi meu avô. Que a denunciou para o Malleus, quero dizer. Tenho certeza disso. Perguntei diretamente, e ele nem sabia o que estava acontecendo. Meu avô é um velho medíocre, mas não acho que mentiria para mim.

Abri a boca para tentar falar, mas Seth continuou:

– Seria mais provável ele se gabar disso. Na verdade, foi ele quem me disse onde eu encontraria os líderes, e se tivesse alguma coisa a esconder, ele nunca teria revelado essa informação. Teria me mantido o mais longe possível de tudo, se soubesse o que estava acontecendo e...

– Espere aí, espere aí. – Eu tentava interromper a enxurrada de explicações, e finalmente ele parou de falar. – Tudo bem. Eu sei que não foi Bran.

– Sabe?

– Sim. Não foi ele que me denunciou.

Assim que terminei de falar, percebi que havia cometido um engano. Seth não perdeu tempo.

– Então você *sabe* quem foi? Quem?

Ai, Deus. Olhei para ele por um momento, tentando decidir o que fazer.

– *Quem?* – Seth se aproximou um passo e cerrou os punhos.

Sabia que ele nunca me machucaria, mas a demonstração de fúria me amedrontava.

– QUEM? – ele gritou, e eu me encolhi. Seth deu um soco no balcão da cabine. – Pelo amor de Deus, Anna, tenho tanto direito de saber quanto você. Quase morri também, você sabe. Ou isso não significa nada?

– É claro que isso é importante! – gritei. – Como pode duvidar disso?

– Quem foi, então? Eles se vingavam de mim também, não só de você. E se não quer me dizer, deve ser alguém que nós conhecemos. É isso? Quem foi? Matt? Chris Meeks? Angélica?

Ele começou a relacionar nomes aleatoriamente, amigos, colegas do *pub*, pescadores do porto. Fechei os olhos quando compreendi que, se não contasse a verdade, ele passaria o resto da vida pensando que foi traído por um dos amigos.

– Foi Caroline – falei finalmente.

Por um momento achei que ele não havia escutado. Depois compreendi que só estava furioso demais para falar, para reagir. Seth ficou ali parado, e eu vi uma veia pulsando em seu pescoço.

– Eu vou matar aquela garota – disse em voz baixa. Depois berrou furioso: – Eu vou *matar* aquela garota! – E jogou a cabeça para trás, engolindo o ar e arfando, tomado pela ira. – Merda! Merda! Vagabunda calculista, fria, má... Eu vou matar... Vou... vou... – Mais um palavrão.

– Seth – falei, mas ele estava zangado demais para ouvir. – Seth, Seth, escute. Seth, ela se arrependeu. Disse que estava arrependida. E retirou a acusação. Pediu para todas as acusações serem retiradas. Seth, está ouvindo?

– Não interessa! – ele gritou. Depois apoiou a cabeça nas mãos e começou a chorar. – Não interessa. Não importa o que ela fez depois. Existem coisas que não podem ser desfeitas.

Eu não entendi. Ele distorcia tudo, fazia uma tempestade de proporções exageradas. Sim, o que Caroline fez foi terrível, mas, do ponto de vista dela, o que eu fiz também foi horrível. E havia acabado tudo bem, estávamos todos ali vivos. Atravessei a cabine e tentei abraçá-lo.

– Não! – Seth me empurrou com uma violência que me fez cambalear.

Por um momento fiquei parada, chocada, e depois, sem entender, tentei novamente, dando um passo à frente, abrindo os braços.

– Não! – Seth gritou, e sua voz saiu num soluço. – Anna, não, só vai tornar isso mais difícil.

– O quê? Do que está falando? O que vai ser mais difícil?

Ele virou como se não suportasse olhar para mim e cobriu o rosto com as mãos. Depois ajeitou os cabelos para trás, limpou as lágrimas com a manga da camiseta e, quando falou, sua voz soou estranhamente calma.

– Anna, escute, eu amo você. Mas estava falando sério.

– Quando? – Por um minuto não consegui entender a que ele se referia. Depois senti uma dor repentina, uma dor física, real. Lembrei do anzol de pesca e segurei o ventre com as mãos. – O que você disse? Quando?

– Quando... – Seth parou e respirou fundo. – Quando eu disse adeus.

– Não...

– Por que não os deteve, Anna? Podia ter impedido tudo isso. Você sabe que podia... se houvesse praticado, se houvesse se permitido...

– Não.

– Sim, você podia, sim. Mas ficou tão perturbada com o que aconteceu com a gente que deixou isso envenenar tudo. Envenenou sua magia. Envenenou nós dois. Está tentando ser alguém que não é, transformando-se em uma pessoa pela metade. E por quê? Porque, no fim das contas, ainda não acredita que eu amo você. Nunca vai acreditar que merece esse amor, que merece ser amada. Nunca vai acreditar em mim, não enquanto eu não for embora. Então, é isso que estou fazendo. Estou indo embora. De verdade. Vou sair de Winter.

– Não. – Continuava segurando o estômago, porque sabia que, se o soltasse, minhas entranhas cobririam o piso polido do convés do *Angel*. – Não. – Minha voz era tão fraca que eu não conseguia me ouvir. Não tinha certeza nem de que Seth percebia que eu estava falando. Ele nem olhava para mim.

De repente tive aquela ideia maluca de que, se conseguisse fazê-lo olhar para mim, olhar nos meus olhos, tudo ia ficar bem.

– Por favor – falei. – Seth, por favor, por favor, olhe para mim. Por favor, olhe nos meus olhos e diga que vai mesmo embora.

Ele olhou para mim. Seus olhos estavam cheios de lágrimas, mas limpos e calmos.

– Adeus, Anna.

Sufoquei um grito. Acho que cobri a boca com a mão para não gritar. Não sei se falei alguma coisa, acho que não. Sei que as lágrimas corriam por meu rosto, mas não me lembro de emitir sons.

CAPÍTULO VINTE E QUATRO

– Anna. – Emmaline sentou-se ao meu lado na biblioteca e suspirou. – Anna, você precisa parar com isso.

Eu não disse nada.

– Eu sei que está aí. E sei por que está fazendo isso. Mas não funciona comigo, e não pode continuar com isso para sempre.

A sra. Wright passou por nós e olhou curiosa em nossa direção.

– Você está bem, Emmaline?

– Sim, tudo bem, obrigada, sra. Wright. Estava falando sozinha.

– Hum, eu percebi. – A sra. Wright balançou a cabeça intrigada, como se lamentasse pelos *jovens de hoje em dia*, e seguiu em frente.

Emmaline e eu ficamos sozinhas novamente.

– Está vendo? – Emmaline falou quando os passos se afastaram. – Precisa parar com isso. Vou acabar internada no hospício da cidade por ouvir vozes.

Sorri relutante e me tornei visível. Emmaline também sorriu.

– Assim é melhor. – E meio que me abraçou, meio que me empurrou com o ombro. – Escute, não estou criticando. Também cansei de todo mundo querendo falar sobre a partida de Seth. – Ela fingiu não ver como eu me encolhia ao ouvir o nome dele. – Portanto, imagino o quanto você está cansada disso. Mas não pode ficar invisível para sempre. E isso vai melhorar, prometo.

Como se quisesse desmenti-la, uma menina do sexto ano se aproximou e perguntou:

– Ei, você é a namorada de Seth Waters, não é?

Mordi o lábio e não respondi. Não podia mentir. Mas também não suportava dizer a verdade, ainda não, não para estranhos.

– Acho muito legal o que ele está fazendo. – A menina me olhou com ar sonhador. – Mas não sente saudades dele?

– Não é *legal* – Emmaline disparou, imitando o tom reverente da menina com precisão cruel. – Ele abandonou tudo. Largou o colégio. É burrice. Ele arruinou as chances de ir para a universidade.

– Mas está velejando para o *Marrocos*! – a garota disse empolgada, como se tivesse em mente Zanzibar ou a Tasmânia. – *Sozinho*!

– Ah, é, uau, que legal – Emma respondeu azeda. – Gente normal pega um avião. O coitadinho do Waters é burro demais para pensar nisso.

– Emma, seja justa – falei cansada. – Ele não largou tudo. Charles Armitage pagou para ele levar o barco até sua casa de verão. Tem gente que faz carreira nesse ramo náutico. Não é uma brincadeira.

Não, é a saída de um covarde! A voz de Emma soou dentro da minha cabeça. Eu ainda não havia me acostumado com suas transmissões mentais, mas tudo fazia parte da campanha para minha máxima bruxalização.

– Não vamos discutir – anunciei. Ignorando a menina do sexto ano, recolhi meus livros.

★

Guardava as lágrimas para a noite. É difícil manter um feitiço de invisibilidade enquanto se está chorando, e eu não queria aparecer de repente com os olhos vermelhos e o nariz escorrendo no meio do colégio.

Mas à noite havia sempre o risco de meu pai ouvir, por mais que eu abafasse os soluços com o travesseiro.

As batidas na porta soaram por volta das onze, e minha primeira reação foi gemer e enfiar o rosto no edredom, mas eu não queria que meu pai ficasse preocupado. Sentei-me e enxuguei os olhos, tentando dar a impressão de que estava fazendo o dever de casa, como havia anunciado.

– Entre – falei, desejando que minha voz estivesse menos trêmula e rouca de tanto chorar. Meu pai espiou pela fresta da porta.

– Está tudo bem, querida? Pensei ter ouvido... – Ele parou de falar ao ver meus olhos inchados. Eu dei de ombros. Era inútil fingir. – Ah, meu amor. – Meu pai entrou, se sentou na minha cama, provocando um rangido das molas do colchão, e me abraçou. – Eu sei. Você sente saudades dele.

– Pai. – Apoiei o rosto em seu ombro e ele me amparou. – Eu o amo tanto, tanto. *Dói!*

– Eu sei. – Meu pai apoiou o queixo no topo da minha cabeça, e senti a barba por fazer enquanto ouvia o ritmo lento e reconfortante de sua respiração. E ele sabia. Certamente sabia. Havia sido pior para ele.

– Como conseguiu? – Levantei a cabeça para olhar para ele. – Quando minha mãe foi embora, como conseguiu lidar com o sofrimento, pai? Como não ficou maluco sem saber onde ela estava e o que fazia?

– Não sei. – Ele deu de ombros com tristeza. – Não sei. Talvez porque sempre soube que ela me amava, que amava nós dois. Nunca duvidei disso. Comecei a acreditar que às vezes as pessoas vão embora, não porque não amam você, mas porque amam demais. E acreditam que você vai ficar melhor sem elas... por mais que isso pareça impossível para quem fica. Talvez tenha sobrevivido porque, no fundo, sempre pensei que ela podia voltar. E me apeguei a essa esperança, por mais bobo que pareça agora. Ou talvez... – Ele parou.

– Sim? – perguntei.

– Talvez tenha sido porque eu tinha algo para fazer. Algo muito importante.

– O que era?

– Tinha você para criar. E me concentrei nisso. Em ser seu pai.

Ele suspirou, beijou minha cabeça novamente e se levantou, e ouvi seus joelhos estalarem.

– Querida, este velho aqui vai para a cama. Boa noite, meu bem. Vai melhorar, prometo.

★

Naquela noite, muito tempo depois de meu pai ter saído do quarto, as palavras dele ainda ecoavam na minha cabeça.

Eu tinha algo para fazer. Algo muito importante.

Abri a gaveta do criado-mudo e peguei a fotografia desbotada da minha mãe. Desta vez não usei feitiçaria, não procurei nela nenhum significado oculto. Fiquei deitada olhando para o rosto sorridente, para os olhos verde-acinzentados, cheios de amor e de vida. Talvez... talvez eu também tivesse algo importante para fazer.

Este livro foi composto em
ITC Berkeley Oldstyle Std para LeYa
em abril de 2014.